La isla

Crimen y Misterio

Biografía

Ragnar Jónasson nació en 1976 en Reikiavik, Islandia, y es escritor y abogado. A los diecisiete años se convirtió en el traductor al islandés de las novelas de Agatha Christie. Ha trabajado como periodista de informativos en la radio y la televisión públicas, imparte cursos sobre derechos de autor en la Universidad de Reikiavik y es miembro de la Crime Writers' Association de Reino Unido (CWA), además de cofundador del festival internacional de novela negra de Islandia, el Iceland Noir. Su obra ha recibido múltiples distinciones, entre las que destacan el reconocimiento a la mejor serie de novela negra por *The Independent*, *Sunday Express* y *Daily Express*, además del Dead Good Reader Award y el Premio Best Novel VLCNEGRA 2023. Es autor de la sextalogía Islandia Negra, publicada íntegramente en Seix Barral (*La sombra del miedo*, *La muerte blanca*, *Niebla en el alma*, *La noche eterna*, *La verdad silenciada* y *El crimen del fiordo*), que se desarrolla en el pintoresco pueblo de Siglufjördur, de donde es originaria su familia. *La dama*, que inició la serie protagonizada por la inspectora Hulda, *La isla* y *La tormenta* acaban de ver la luz como adaptación televisiva de la mano de la prestigiosa SkyShowtime con el título *The Darkness (La oscuridad)*. Las novelas de Ragnar Jónasson se publican con gran éxito en más de treinta países y cuentan con más de cinco millones de lectores.

Ragnar Jónasson

La isla

Serie Inspectora Hulda 2

Traducción del islandés por
Kristinn R. Ólafsson y Alda Ólafsson Álvarez

Seix Barral

Título original: *Drungi*

Seix Barral, un sello editorial de Editorial Planeta, S. A.
Avda. Diagonal, 662-664, 08034 Barcelona (España)
www.seix-barral.es
www.planetadelibros.com

Este libro se ha traducido con la ayuda de:

ICELANDIC LITERATURE CENTER

Adaptación de la cubierta: Booket / Área Editorial Grupo Planeta a partir de la idea original de semper smile, Múnich
Imagen de la cubierta: © Andrzej Kwolek / Arcangel; © Sally Waterman / Millenium; © Alanadesign, Podursky / Shutterstock
Primera edición en Colección Booket: mayo de 2025

Depósito legal: B. 7203-2025
ISBN: 978-84-322-4483-4
Impreso en España

Para María

Un agradecimiento especial a mis guías, Sigurdur Kristján Sigurdsson de las Islas Vestman y Sara Dögg Ásgeirsdóttir, por enseñarme la zona y por la información sobre la isla Ellidaey.

Gracias también a la fiscal Hulda María Stefánsdóttir por su ayuda en relación con los métodos de trabajo de la policía.

Por último, pero no menos importante, quiero dar las gracias a mis padres, Jónas Ragnarsson y Katrín Gudjónsdóttir, por leer el manuscrito.

El ánimo perturba una palabra
cruel.
En presencia de un alma cauto
has de ser.

Einar Benediktsson,
Einraedum Starkadar
(«Los soliloquios de Starkardur»)

PRÓLOGO

Kópavogur, 1988

La canguro llegaba tarde.

El matrimonio no solía salir de noche, así que no habían tenido la precaución de confirmar a tiempo si la chica estaría disponible. Les había hecho de niñera de vez en cuando a lo largo de los años —vivía en la calle de al lado—, pero, más allá de eso, en realidad no la conocían demasiado; ni a ella ni a su familia. Apenas se habían cruzado con su madre por el barrio, así de pasada, alguna vez que otra. Aun así, su hija de siete años sentía adoración por esa muchacha, que ya había cumplido los veintiuno; no paraba de hablar de lo divertida que era, la ropa tan bonita que llevaba, las historias tan geniales que contaba y demás. Le hacía mucha ilusión tenerla de canguro, y eso facilitaba la decisión de los padres de salir a divertirse, con la tranquilidad de saber que su hija estaría en buenas manos y se lo pasaría bien. Habían acordado con la joven un horario de seis de la tarde a doce de la noche, pero ya eran las seis pasadas; de hecho, cerca de las seis y media. Habían quedado para cenar a las siete y ni rastro de ella. El padre pensó en llamarla por teléfono para ver dónde se había metido, pero su mujer creía que no era necesario: ya llegaría.

Era una tarde de sábado del mes de marzo, y la ilusión reinaba en la casa. El matrimonio preveía una grata velada con los compañeros de trabajo de la mujer en el ministerio, y la chiquilla de siete años esperaba entusiasmada una noche de pelis con la canguro. No había reproductor de vídeo en casa, pero, como era un día especial, padre e hija se habían acercado a un videoclub vecino y habían alquilado un reproductor junto con tres películas. Además, la pequeña tenía permiso para quedarse despierta hasta tarde, tanto tiempo como aguantara.

Eran poco más de las seis y media cuando al fin sonó el timbre del telefonillo. La familia vivía en la segunda planta de un pequeño bloque de viviendas en Kópavogur, un municipio colindante con Reikiavik, a solo unos diez minutos en coche desde el centro de la ciudad. La madre contestó al portero automático; al fin había llegado. Al minuto apareció en la puerta del piso, empapada por la lluvia, y les dijo que había venido a pie desde casa y que estaba lloviendo a cántaros. Se disculpó, avergonzada por haber llegado tan tarde.

Los padres la recibieron con amabilidad, como de costumbre; no iban a permitir que el retraso estropease la buena noche de sábado que tenían por delante. Le dieron las gracias por haber acudido y le recordaron las normas de la casa. También le preguntaron si se aclaraba con los aparatos de vídeo, pero la hija los interrumpió: ella misma no necesitaba ninguna ayuda en eso. Parecía no ver la hora de librarse de sus padres para que el atracón de pelis pudiera empezar. Los sábados por la noche, de todos modos, la familia solía sentarse a ver la tele.

El taxi había llegado, pero el matrimonio se entretuvo un momento; no estaban acostumbrados a dejar a su hija con nadie.

—No os preocupéis —dijo la canguro al final—. Conmigo está en buenas manos.

Sus palabras inspiraban confianza y, además, siempre lo había hecho bien las veces que había cuidado de ella. De modo que salieron animados al diluvio de fuera.

La fiesta anual del ministerio comenzó bien, pero, según avanzaba la noche, la madre empezó a inquietarse por su hija.

—No seas tonta —dijo el marido—. Seguro

que se lo está pasando bomba. —Miró el reloj y añadió—: A estas horas seguramente ya van por la segunda o la tercera película y se han zampado todo el helado.

—¿Crees que tendrán un teléfono aquí, en la recepción? —replicó la mujer.

—Ya es un poco tarde para andar llamando. A lo mejor se ha quedado frita delante de la tele.

Aun así, decidieron regresar a casa un poco antes de lo planeado, poco después de las once. A esa hora ya había terminado la cena, que había consistido en un menú de tres platos y, a decir verdad, no había sido para dar palmas; el principal era cordero y estaba más bien insípido, por decirlo con suavidad. Tras la cena, los comensales invadieron la pista de baile. Al principio el DJ puso clásicos de los de toda la vida, pero luego le dio por la música pop actual y, aunque la pareja aún se consideraba joven —les faltaban unos años para entrar en la mediana edad—, lo cierto es que no era su estilo.

En el camino de vuelta a casa reinó el silencio en el taxi, con la lluvia cayendo a raudales al otro lado de las ventanillas. No eran muy de fiestas, sino más bien caseros, y aunque solo habían bebido un poco de vino tinto con la comida, estaban cansados.

Al alejarse del taxi, la madre comentó que ojalá la niña estuviera dormida, así podrían irse directamente a la cama.

Subieron las escaleras sin prisa y abrieron la puerta con la llave en lugar de llamar al timbre, por miedo a molestar a su hija.

Pero resultó que no estaba dormida. La chiquilla llegó corriendo a su encuentro y les dio un abrazo más fuerte que de costumbre. Parecía despierta del todo.

—Qué espabilada estás. —El padre le sonrió.

—Qué bien que hayáis vuelto —contestó la pequeña. Le notaron un aire raro en la mirada, como si quisiera decir algo que le costaba poner en palabras.

La canguro había salido al pasillo, desde el salón, y desplegó una sonrisa de oreja a oreja.

—¿Cómo ha ido? —preguntó la madre.

—De fábula —contestó—. Vuestra hija es un sol. Hemos visto dos pelis; un par de comedias. Le han encantado. Y se ha comido las albóndigas que habías preparado, casi todas, y también un montón de palomitas.

—Muchísimas gracias por venir; nos has salvado la vida.

El padre sacó la cartera del bolsillo de la chaqueta, contó los billetes y se los dio:

—Era eso, ¿no?

La chica contó el dinero y asintió con la cabeza:

—Sí, justo.

Una vez se hubo marchado, el padre se dirigió a la hija:

—¿No estás cansada, cariño?

—Sí, a lo mejor un poco. Pero ¿podemos ver un rato más la tele, porfa?

El padre negó con la cabeza y habló en tono cariñoso:

—Lo siento, ya es muy tarde.

—Por favor, no quiero irme a dormir todavía —insistió la pequeña, al borde del llanto.

—Vale, vale.

Su padre la guio de regreso al salón. La programación televisiva había acabado, pero encendió el reproductor de vídeo y puso otra cinta. Luego se sentó al lado de su hija y ambos esperaron a que comenzase la película.

—Os lo habéis pasado bien esta noche, ¿no? —preguntó con tacto.

—Sí..., sí, ha estado bien.

La respuesta, sin embargo, sonaba poco convincente.

—Y ella se ha portado bien contigo, ¿verdad?

—Sí —contestó la niña—. Sí, se han portado bien.

—¿Qué quieres decir? —se sobresaltó él al oírlo—. ¿A quiénes te refieres?

—Pues eso, a las dos.

Él la obligó a mirarlo de frente y reiteró la pregunta cariñosamente:

—¿Cómo que «las dos»?

—Sí, eran dos.

—¿Es que se ha pasado por aquí una amiga suya?

Hubo un breve silencio antes de que la niña contestara. Ahora él percibió el temor en su mirada y un ligero escalofrío le recorrió la columna.

—No. Ha sido un poco raro, papá...

PRIMERA PARTE

1987

1

La escapada de fin de semana al lejano noroeste había sido un capricho de última hora, una forma de desafiar la oscuridad otoñal. Salieron con tiempo en el viejo Toyota de Benedikt, pero el recorrido desde el centro de Reikiavik hasta el pequeño valle remoto se alargó más de lo previsto; ya casi era noche cerrada, y él, que iba al volante, había empezado a ponerse nervioso.

—¿No vamos un poco tarde? ¿Podremos encontrar la casa con esta oscuridad?

—No te preocupes. Conozco el camino. He venido aquí con las chicas un montón de veces este verano —contestó ella.

—Sí, este verano —replicó Benedikt con sorna, intentando mientras tanto mantener el coche dentro de la sinuosa carretera mal iluminada.

—Venga, corta el rollo —dijo ella, y él notó su tono alegre.

Llevaba esperándolo mucho tiempo; hacía siglos que estaba colado por esa chica, por su alegría y su delicadeza. Había notado que el sentimiento era mutuo, pero ninguno de los dos se decidía a dar el paso hasta que, unas pocas semanas antes, ocurrió algo y la chispa se convirtió en fuego.

—Queda poco para el desvío —dijo ella.

—¿Has vivido alguna vez aquí arriba?

—Yo no, pero mi padre es de los Fiordos del Oeste. Se crio en el pueblo de Ísafjördur y la familia veraneaba en esta casa de campo. Siempre veníamos aquí. Es un auténtico paraíso.

—Me lo creo, aunque esta noche no sé si veré a dos palmos de las narices con esta oscuridad. Estoy deseando llegar a algún sitio con luz. —Hizo una pausa y añadió, dubitativo—: Allí habrá electricidad, ¿no?

—Agua fría y velas —replicó ella.

—¿Va en serio? —gruñó Benedikt.

—No, te estoy tomando el pelo. Hay agua caliente..., mucha agua caliente. Y también electricidad.

—¿Les has...? Emm... ¿Les has dicho a tus padres que íbamos a venir aquí?

—No, no; no es asunto suyo. Además, mi madre está de viaje, y lo que yo haga es cosa mía. A mi padre solo le he dicho que no estaré en casa este fin de semana. Mi hermano también pasa fuera el finde, así que tampoco se ha enterado.

—Vale. Solo lo preguntaba porque, bueno..., la casa es suya, ¿no?

En realidad, lo que pretendía era averiguar si los padres sabían que se iban juntos, ya que enviaría una señal bastante clara de que estaban comenzando una relación. Hasta ahora era algo que habían mantenido en secreto.

—Sí, claro. La casa es de mi padre, pero sé que no la va a usar. Tengo las llaves. Va a estar genial, Benni. Imagínate las estrellas esta noche: creo que apenas hay una sola nube.

Él asintió con la cabeza, pero seguía con dudas sobre si eso era una buena idea.

—¡Es aquí! Métete por aquí —saltó ella de repente.

Benedikt tuvo que dar un frenazo y casi pierde el control del coche. Al final, no obstante, logró tomar el desvío y continuó adelante por una carretera comarcal todavía más estrecha, a velocidad de tortuga.

—Tienes que ir más deprisa o no llegaremos hasta mañana. No te preocupes, que no va a pasar nada.

—Es que no se ve una mierda. No quiero cargarme el coche.

Ella soltó una carcajada, con esa risa suya tan bonita y seductora, que al instante hizo que él se sintiera mejor. Fueron su voz y la autenticidad inocente de su risa lo que le atrajo de ella en un principio. Ahora, por fin, se habían retirado todos los obstáculos. Tenía la abrumadora sensación de que así debía ser, de que esto era solo el comienzo; un pequeño anticipo del futuro.

—¿No has dicho algo de un jacuzzi al aire libre? —preguntó—. Estaría de lujo darse un remojón después de tirarnos el día entero traqueteando por estas carreteras. Te juro que me duelen todos los huesos del cuerpo.

—Mmm, sí... Vale —contestó ella titubeante.

—¿Vale? ¿Qué quieres decir? ¿Hay o no hay un jacuzzi?

—Eso ya se verá...

Estas contestaciones vagas eran parte de su encanto. Tenía la habilidad de envolver la vida cotidiana en un halo de misterio.

—Bueno, lo espero con ganas.

Diez minutos más tarde se habían adentrado en el valle donde se supone que estaba la casa de campo. Benedikt seguía sin distinguir ningún edificio en la penumbra, pero ella le dijo que parara el coche y ambos salieron al frío.

—Sígueme. Tienes que aprender a fiarte.

Ella se rio, lo cogió de la mano con suma delicadeza y suavidad, y él se dejó llevar. Se sentía como si estuviera dentro de un hermoso sueño en blanco y negro, allí, en el valle oscuro. De repente, ella se detuvo.

—¿Oyes el mar?

Él negó con la cabeza.

—No.

—¡Chis! Espera. Quédate quieto, no hables. Solo escucha.

Se concentró en escuchar, y captó el débil rumor del oleaje. Había algo irreal en todo eso, una suerte de magia, le pareció.

—La playa no está lejos. Podemos dar un paseo hasta allí mañana, si quieres.

—Claro, me encantaría.

La casa de campo apareció de pronto. No era una edificación especialmente grande y saltaba a la vista que no era nueva. La chica encontró las llaves tras buscarlas en los bolsillos de su plumas y, al entrar, se abrió ante sus ojos un salón acogedor, con muebles visiblemente viejos, pero con encanto. Benedikt notó enseguida el buen ambiente.

Iba a disfrutar de la estancia, de esta aventura de fin de semana en mitad de ninguna parte. La sensación de aislamiento era aún mayor al pensar que nadie sabía que estaban allí. Tenían todo un valle para ellos dos solos. Como en un sueño.

La mayor parte de la cabaña la ocupaba el salón, pero también había una pequeña cocina y un baño, y al fondo, una escalera de mano.

—¿Qué hay arriba? —preguntó él—. ¿Un dormitorio en el altillo?

—Sí, date prisa.

Ella subió la escalera con movimientos ágiles.

Benedikt la siguió, y, ciertamente, ahí había un dormitorio abuhardillado, con varios colchones, edredones y almohadas.

—Ven —dijo ella tumbándose en uno de los colchones—. Ven aquí. —Le sonrió, y él fue incapaz de resistirse a la tentación.

2

Benedikt estaba fuera, bajo un cielo estrellado y envuelto en el frío otoñal, asando hamburguesas en una vieja barbacoa de carbón. El viaje había empezado bien y veía el futuro con optimismo. Era un chico de ciudad hasta la médula. Nunca le habían gustado las excursiones al campo, y aun así, para su sorpresa, aquí se sentía a gusto. La compañía, por supuesto, era de primera, pero este lugar y el aislamiento tenían algo hechizante. Respiró el aire fresco y volvió a probar a cerrar los ojos y escuchar el mar. El olor de la vegetación otoñal se mezclaba con el aroma de las apetitosas hamburguesas. La barbacoa estaba detrás de la casa, y ahora, de golpe, Benedikt cayó en la cuenta de que no había ni rastro de un jacuzzi.

Al acabar de comer en el salón, sacó el tema:

—¿Dónde diablos está ese jacuzzi que dijiste

que había? He dado la vuelta a la cabaña un montón de veces y no lo he visto por ningún lado.

Ella se rio, burlona:

—No habrás tardado mucho.

—Intentas salirte por la tangente.

—Para nada. Ven conmigo.

Se había levantado y salió antes de que él se diera cuenta. La siguió hasta la oscuridad otoñal.

—¿Vas a hacer que aparezca un jacuzzi por arte de magia?

—Tú sígueme y calla. ¿Tienes frío?

Él vaciló un momento. Tenía bastante frío con su jersey fino, pero no quiso admitirlo. Ella le leyó la mente, volvió a entrar y regresó con un grueso suéter de lana gris, con un dibujo tradicional en blanco y negro.

—¿Quieres que te lo deje? Es de mi padre, se lo cogí prestado. Me queda demasiado grande, pero es muy calentito.

—No me voy a poner un jersey de tu padre. Eso sería demasiado raro.

—Haz lo que quieras. —Tiró el suéter al interior, al suelo del salón. Luego cerró la puerta—. Está a unos cinco o diez minutos andando en esa dirección, valle adentro. —Señaló a la oscuridad.

—¿Qué hay valle adentro?

—El jacuzzi —contestó ella, ya en marcha—. O sea, una fantástica poza geotérmica natural, perfecta para dos.

El cielo estrellado y la luna llena iluminaban el

valle. A Benedikt le pasó por la cabeza que no le haría ninguna gracia recorrer a solas este camino en la oscuridad; no había más luz que la del cielo. Ninguna edificación vecina, aparte de la casita de campo, que ya había desaparecido de la vista. Bueno, al menos era una aventura, y él estaba coladísimo por la chica, así que apretó los dientes y siguió adelante, pese a que no acostumbraba a meterse así de cabeza en situaciones de dudosa seguridad.

Al rato, no asomaba ninguna poza por ningún lado, por lo menos no hasta donde él era capaz de ver.

—¿Queda mucho? —preguntó—. ¿No me estarás tomando el pelo?

Ella se rio.

—No, claro que no. Mira... —Señaló hacia arriba, valle adentro, y, en las mismas raíces de la montaña, él vislumbró una pequeña finca junto al cual se elevaba un hilo de vapor, blanco a la luz de la luna—. Sí, ahí. ¿Ves la cabaña? El jacuzzi está justo al lado. Es una cabaña muy vieja que la gente usa como vestuario.

Se dirigieron hacia la cabaña, pero, conforme se acercaban, Benedikt se dio cuenta de que entre ellos y la poza había un enorme río. Podía ver la luz de la luna brillando en las corrientes y los remolinos del agua.

—¿Dónde está el puente? ¿No tendríamos que dar un rodeo? —preguntó.

—Tú confía en mí. Aquí juego en casa. —Al llegar al río, añadió—: No hay puente, y este es el mejor sitio para vadearlo. ¿Ves las piedras?

Él asintió con la cabeza. Desde luego que veía las piedras, que asomaban sobre la superficie del agua, y no le gustaba nada su aspecto ahora que se daba cuenta de lo que ella pretendía.

—No es difícil. Solo ve saltando de una a otra y habrás cruzado.

Tras quitarse los zapatos y los calcetines, ella fue atravesando paso a paso, como si nada. «Como una gata de pies ligeros», pensó Benedikt.

Bueno, no había escapatoria. Le daba demasiada vergüenza que ella viera sus reparos, así que, siguiendo su ejemplo, se quitó los zapatos y los calcetines, que metió dentro de los zapatos, y con ellos en la mano se introdujo en el río y llegó hasta la primera roca, pero dio un respingo y retrocedió unos pasos al notar lo gélida que estaba el agua.

—¡Venga, cruza! —gritó ella. De repente, la otra orilla parecía estar muy lejos.

Él se aventuró en el río de nuevo, hasta la primera roca; desde ahí saltó a la siguiente. En el segundo salto, sin embargo, trastabilló y apenas logró alcanzar la tercera piedra con la punta de los dedos de un pie. Logró no caer al agua y, al fin, consiguió cruzar y suspiró aliviado.

Cuando alzó los ojos, vio que ella se había quitado la ropa y estaba de pie, completamente desnuda, junto al borde de la poza.

—Ven —dijo mientras se adentraba con cuidado en el agua.

Él no se hizo rogar, pero casi resbaló y cayó de cabeza al meterse dentro por lo resbaladizo que resultaba el fondo natural de la poza.

—Esto es... absolutamente increíble.

Benedikt miró al cielo, contemplando las estrellas y la oscuridad de la noche, y dejó que el agua caliente lo envolviese mientras se iba acercando a su chica.

3

Cuando volvieron a entrar en la casa tras la visita a la poza, a Benedikt le castañeteaban los dientes, y seguramente a ella le pasaba lo mismo. No tenía ni idea de qué hora era; su reloj estaba en alguna parte del coche, y el único que había en la casa de verano, un pequeño reloj de pared, se había parado. Resultaba muy apropiado que allí, en ese bello y lejano lugar, en la región vacía entre el mar y la montaña, el tiempo se hubiese detenido.

—Vamos derechos a la cama —dijo—. A meternos debajo del edredón. Me muero de frío.

—Vale —contestó ella—. Sí, date prisa. Ve tú delante.

La caricia de su voz le infundió un poco de calor.

Benedikt iba a esperarla, pero ella remoloneaba, así que, al final, subió la escalera. El altillo estaba a oscuras. Buscó un interruptor, en vano.

—¿No hay luz aquí arriba? —gritó.

—No, bobo —contestó ella risueña—. Esta es una cabaña de campo, no una mansión de lujo.

Él iba avanzando muy despacio en la oscuridad, con la ayuda de la débil luz que procedía de abajo, además de la del cielo estrellado que entraba por un ventanuco. Habían olvidado el pijama en el coche, pero Benedikt tenía demasiado frío como para volver a bajar, y no digamos salir al exterior. Además, había un buen trecho hasta el coche. Ordenó los colchones un poco, juntándolos, y se metió bajo el edredón. Un escalofrío lo recorrió de arriba abajo, pero a pesar de eso se sentía bien. Ahí abajo estaba la chica de sus sueños, a punto de subir con él, y estaban completamente solos, a kilómetros del asentamiento más cercano. Podrían haber sido las dos únicas personas del mundo.

Al rato oyó unos pasos ligeros; ella iba subiendo la escalera, literalmente acompañada de luz: llevaba entre las manos un candelabro con una vela encendida que iluminaba su cara de un modo extraño pero hechizante. Había algo irreal en todo aquello y, una vez más, un ligero escalofrío le trepó por la columna.

La joven dejó el candelabro con cuidado en el suelo. Si se producía un accidente con una llama en esa vieja cabaña de madera, no haría falta preguntarse por las consecuencias. Pero en ese momento su atención se distrajo al darse cuenta de que ella estaba medio desnuda.

—Guau —dijo él de manera instintiva. Joder, qué buena estaba. Pero, entonces, con un vistazo hacia el candelabro, se sintió obligado a preguntar—: ¿Esto no es peligroso? Lo de la vela.

—¿Cómo crees que se las apaña la gente en el campo? Eres tan de ciudad...

Él se rio.

—¿No vas a meterte debajo del edredón? ¿No tienes frío?

—¿Sabes? Casi nunca tengo frío. Es algo que no entiendo muy bien, la verdad.

Vio su sonrisa a la luz de la vela. Luego se dio la vuelta y comenzó a bajar de nuevo sin decir nada.

—¿Te vas otra vez?

No le contestó. Él se acercó a la vela, aprovechando el calorcillo para intentar quitarse el frío. De nuevo, la misma palabra le vino a la cabeza: irreal. U onírico. Sí, quizá eso pegaba más. Y al mismo tiempo, un poco prohibido, pero eso solo lo hacía todo más excitante.

Ella volvió a subir enseguida, esta vez con una botella de vino tinto y dos copas.

—D-de puta madre —dijo él.

Ella se deslizó bajo el edredón, pegándose a él:

—¿Así ya estás más cómodo, Benni?

La sensación era indescriptible: oírla decir su nombre... allí, así.

—Sí —contestó él sin saber bien qué decir.

—¿Sabes una cosa? Uno de mis antepasados vivía aquí al lado —dijo ella al cabo de un rato, y quedó claro por el tono de su voz que añadiría una historia.

Siempre estaba contando historias; era una de las cosas que le encantaban de ella. A él le había resultado tan fácil enamorarse... Con mucho, demasiado fácil, pero no lo lamentaba para nada. Ya no.

—Dicen que... —Hizo una pausa dramática y luego añadió, como pinchándole—: No sé si quieres oírlo...

—Claro que sí.

—Dicen que su fantasma vaga por aquí, por el valle.

—Ya, claro.

—Allá tú si no me crees, Benni, pero así es. Por eso nunca, nunca jamás, querría estar aquí sola de noche. —Se acurrucó, aún más pegada a él.

—¿Y tú lo has visto? —preguntó él, aguardando a que dejase esa tontería, aunque también le picaba la curiosidad. Disfrutaba escuchándola hablar pese a saber que no siempre podía tomarse en serio todo lo que decía.

—No... —contestó ella, y algo en el silencio que siguió le provocó cierta desazón—. No, pero lo he sentido... He oído..., he oído cosas que no sé explicar.

El tono de su voz se había vuelto tan grave que Benedikt se inquietó todavía más.

—Una vez, cuando era pequeña y estaba aquí arriba con mi padre, los dos solos, él tuvo que salir un momento, después de que me durmiera, pero me desperté y vi que estaba sola. Fue a principios de primavera, por lo que las noches aún eran oscuras. Intenté encender una vela, pero fue como si la llama se negara a prender..., y luego oí un ruido. ¿Sabes, Benni? En mi vida he sentido tanto miedo, ni antes ni después.

Benedikt callaba, casi arrepintiéndose de haber aceptado escuchar la historia.

La miró y, durante un instante, le pareció ver el miedo asomar a su mirada. Cerró los ojos, intentando sacudirse la inquietud. Mira que dejarse impresionar por una estupidez como esa...

—Yo no creo en... —Dejó la frase en el aire.

—Eso es solo porque no conoces toda la historia, Benni —contestó ella con mucha calidez, aunque su tono de voz sugería que algo horrible quedaba por decir.

—¿Toda la historia? —repitió él.

—Fue quemado en la hoguera. Imagínate, quemado en la hoguera.

—¡Venga ya! Me estás tomando el pelo, ¿no?

—¿Crees que sería capaz de eso? ¿No has leído sobre la quema de brujos en Islandia?

—¿Quema de brujos? ¿Quieres decir en el siglo XVII, cuando quemaban a las viejas por hacer magia negra?

—¿Viejas? Aquí, en Islandia, casi ninguna mujer fue quemada. Eran sobre todo hombres. Y mi antepasado fue uno de ellos. Imagínate, Benni;

imagínate por un momento la sensación, la de consumirte entre las llamas.

Subrayó sus palabras con un movimiento brusco de la mano, y con el gesto golpeó el viejo candelabro. Benedikt contuvo la respiración.

La vela cayó de su sitio al suelo de madera...

4

Ella reaccionó con rapidez, recogió la vela, enderezó el candelabro y volvió a ponerla en su sitio. Luego sonrió:

—Esto podría haber terminado mal.

—Sí, por Dios, ten cuidado —dijo él casi sin aliento, aterrorizado.

—Y ¿sabes una cosa? —añadió ella con la misma voz suave, como si nada hubiera pasado—. Era culpable, creo.

—¿Culpable?

—Sí, de brujería. No me malinterpretes, no quiero decir que esté bien que lo quemasen en la hoguera, pero está claro que andaba metido en asuntos de magia negra. He estado estudiando un poco sobre este tema, ya sabes, simbología mágica y cosas de este estilo. Me parece muy interesante.

—¿Interesante? ¿Esas chorradas de brujas?

—No, lo digo en serio: creo que es algo de familia, lo llevo en la sangre...

—¿El qué? ¿La magia negra? —preguntó él sin apenas dar crédito a lo que oía.

—Sí, la magia.

—Tienes que estar de coña.

—Benni, no bromeo. He estado experimentando. Es excitante. —Le dio un empujoncito.

—¿Experimentando?

—Sí, lo de los hechizos. —Luego dijo, guasona—: ¿Cómo crees que me las apañé para que cayeras en mis redes?

—No digas tonterías.

—Cree lo que quieras.

—Casi no creo que esté aquí, contigo.

Ella se rio:

—¿No íbamos a beber un poco?

La botella de vino seguía intacta junto a la vela, y las copas al lado.

—No quiero salir de debajo del edredón, todavía tengo frío.

—¿Frío? —Y añadió, con aire burlón—: No irás a decirme que te has asustado...

Él no contestó.

—Va en serio, ¿te has asustado?

—Pues claro que no. —Se acurrucó contra ella, notando el calor de su cuerpo desnudo.

—No pasará nada mientras tengamos la vela encendida. Él no se dejará ver. Solo en la oscuridad, Benni, solo en la oscuridad.

Entonces extendió la mano hacia la vela, apagó la llama con los dedos y volvió a darse la vuelta hacia él, besándolo con mucha suavidad en la boca.

5

Para su sorpresa, Benedikt se despertó temprano. Habría esperado dormir a pierna suelta hasta tarde en una casa de campo, lejos del ruido del tráfico y de cualquier despertador.

Encima no había dormido demasiado bien. Quizá había sido el cuento sobre hechiceros y quema de brujas antes de acostarse, o tal vez, simplemente, la tensión de haber podido pasar la noche con ella.

Al ver que dormía profunda y plácidamente, bajó a hurtadillas del altillo, se puso un jersey, unos pantalones, zapatos, y salió fuera a explorar los alrededores. Todo apuntaba a que tenían por delante un bonito día, con aire frío, pero calmado. Se alejó un trecho de la cabaña a paso lento, en dirección al mar. Una acogedora tranquilidad lo envolvía todo, y el hecho de estar tan lejos de cualquier zona urbanizada poseía una belleza indeterminada.

Observó por primera vez los alrededores bajo la pálida luz de la mañana. Había dado por hecho que el noroeste se caracterizaba por grandes cadenas montañosas que se alzaban sobre fiordos tan profundos que, en invierno, no veían el sol durante meses, pero aquí, en la parte más interior de Ísafjördur, el paisaje era más suave; el valle, cubierto de hierba, estaba rodeado por tres lados de colinas largas y bajas. Lo que le faltaba de dramatismo al paisaje lo compensaba su tranquilidad envolvente, su sensación de espacio y de vacío. Los únicos acentos de color en el paisaje desarbolado eran las matas de arándanos y de baya de cuervo y las serenas aguas azules del fiordo.

Benedikt era un chico de ciudad y, en general, no sabía apreciar las salidas al campo, pero aquí se sentía a gusto. A lo mejor era la compañía lo que hacía inclinar la balanza.

Tardó un buen rato en llegar hasta la playa, donde se sentó y se puso a contemplar el océano. Más allá de la boca del fiordo, las nieves perpetuas brillaban blancas en la costa norte del Djúp, un recordatorio de lo cerca que estaba del Círculo Polar Ártico. Ella le había dicho que casi toda la península septentrional estaba deshabitada, a excepción de un pequeño puñado de granjas que aún se aferraban a ella. La idea le hizo sentirse un poco desolado.

No quiso demorarse demasiado ahí fuera por

si ella se despertaba y empezaba a buscarlo, de modo que regresó a paso ligero. El paseo había estado bien, pero ya tenía ganas de volver al calorcillo de dentro.

Una vez de vuelta, echó un vistazo al altillo. Ella seguía como un tronco. Había que ver cuánto podía dormir.

Aprovechó la oportunidad para prepararle el desayuno a su chica; nada del otro mundo: tendrían que conformarse con pan, queso y un poco de zumo de naranja. Subió la comida arriba.

Con cuidado, le dio un empujoncito. Estaba preciosa así dormida. No reaccionó hasta que le susurró al oído que el desayuno estaba listo.

—¿El desayuno? —Entreabrió los ojos con un bostezo—. ¿Cómo?

—Sí, he ido a la tienda.

—¿A la tienda?

—No, es broma. Te he traído un sándwich.

Ella sonrió y susurró:

—Gracias, pero la verdad es que todavía estoy un poco cansada. ¿Me lo puedo guardar para luego?

—Sí. Claro. ¿Quieres dormir más?

—Eso sería fantástico.

A Benedikt se le fue el pensamiento a la naturaleza ahí fuera; ese vallecito deshabitado había logrado fascinarlo por completo.

—Vale, no hay problema. A lo mejor salgo a pasear y luego me doy un bañito en la poza.

—Sí, buena idea. Muy bien —contestó ella dándole la espalda—. Tómate tu tiempo.

Benedikt se embarcó en una especie de expedición a lo desconocido; la idea tenía algo de fascinante. Ahí estaba él solo por completo; por primera vez desde hacía un montón de tiempo estaba realmente solo, sin que hubiese modo alguno de contactar con él. Esta naturaleza tan poderosa le impactaba más de lo que nunca se hubiera imaginado. Iba bien abrigado, así que el frío matutino no lo afectaba de manera especial; además, entraba en calor con la caminata. El objetivo era meterse en esa hermosa poza geotérmica que llevaba ahí siglos, pero, al llegar al río, decidió seguir un trecho más e inspeccionar mejor el valle. Sería difícil perderse bajo la luz diurna; además, siempre tendría las montañas de referencia.

A veces estaba muy bien tener tiempo para uno mismo, para pensar. De todos modos, no cabía duda de que había encontrado a la mujer ideal, a pesar de que los inicios habían resultado difíciles. Congeniaban, y esas historias suyas de fantasmas no lo desconcertaban; tenían su encanto. Aún no había decidido si creer todo lo que le había contado la noche anterior; que hubiesen quemado a un antepasado suyo en la hoguera... No, qué va... Bueno, podría ser. Solo de pensarlo se le puso la carne de gallina. Y luego se había llevado un susto de muerte cuando ella había volcado la vela, y le había entrado la incómoda sospecha de que no había sido para nada un accidente, sino que lo había hecho adrede para aumentar el suspense de alguna forma. Era imprevisible, pero lo que importaba sobre todo era que él estaba enamorado de ella, con todos sus pros y sus contras, y que ahora ella era suya, por fin.

Aun así, necesitaba tiempo y tranquilidad para pensar en el futuro, en otros aspectos. Le rondaba la idea de estudiar Bellas Artes, y ese verano había decidido solicitar, junto a un amigo y compañero de clase en el instituto, el ingreso en una de las mejores academias de arte de Holanda. Aún había tiempo; Benedikt ya había recibido todos los papeles para la matrícula y los guardaba en su escritorio como un recordatorio de la decisión que le quedaba por tomar.

Había varias razones por las que no había dado el salto. En primer lugar, por supuesto, el hecho de que estaba enamorado; sin embargo, todavía faltaba casi un año para que comenzara el curso, y seguramente una separación temporal tampoco sería una sentencia de muerte para la relación, aparte de que ella era más que capaz de irse a vivir con él a Holanda, siendo como era, de carácter aventurero, como él; congeniaban de maravilla. En segundo lugar, estaba la cuestión económica: él no era de familia adinerada y no podía solicitar becas a ningún fondo de estudios, pero, con los préstamos estudiantiles y vigilando bien los gastos, seguro que la cosa se arreglaría. Aparte de eso, estaba la cuestión familiar: Benedikt era hijo único y, además, sus padres lo habían tenido muy tarde; ahora ambos se acercaban a los sesenta años y, en lo más profundo de su ser, se sentía un poco mal por dejarlos solos. Pero puede que la verdadera razón fuese lisa y llanamente su miedo a decidir. Siempre había pasado por la vida al ralentí; había ido al instituto que sus padres habían elegido, acudiendo a las actividades sociales y deportivas que se esperaban de él, y ahora se había matriculado en Ingeniería en la universidad porque todo lo que tuviese que ver con las matemáticas se le daba bien, igual que a sus padres. Pero se moría de aburrimiento en todas y cada una de las clases, aun cuando los estudios no le resultasen difíciles.

Ese fin de semana, mientras sus compañeros de primero de carrera hincaban los codos, estresados al principio de curso como era natural, él tenía intención de olvidarse de la universidad por completo. Ya veía que no iba a durar en Ingeniería, presentía que su rebelión estaba a la vuelta de la esquina. Solo necesitaba reunir el valor —ante sí mismo y ante sus padres— para tomar la decisión que sabía que era la correcta. Desde luego, sus viejos se llevarían un chasco cuando les dijera que había dejado Ingeniería y que tenía la intención de irse a Holanda a estudiar arte... Pensarlo casi resultaba cómico; podía imaginarse la cara que pondrían. Sin embargo, sabía que cuando se sentía mejor era metido en el garaje de casa con sus pinceles, óleos y lienzos. Hacía muchos años que le pasaba, y ellos lo habían apoyado a su manera, animándolo, pero sin abandonar nunca la convicción de que debía buscar estudios con salidas profesionales certeras. La pintura, como mucho, sería un pasatiempo.

Se acordaba palabra por palabra de cuando su profesor, al finalizar un cursillo de arte, les habló a sus padres del gran talento que poseía su hijo. Ellos aseguraron que lo sabían. Luego el maestro había añadido que un chaval tan prometedor debería dedicarse a eso, y ellos, a pesar de quedar algo sorprendidos —recordaba—, asintieron cortésmente. Desde entonces, Benedikt sabía que tenía que trazar su propio camino en la vida, y sabía qué camino era ese; solo que debía tener las agallas de luchar por sus sueños.

Sí, a lo mejor todo eso iba a ser más fácil a partir de ahora, con ella a su lado... Optimista, dirigió la mirada a las montañas y se dio cuenta en el acto de que había recorrido mucha más distancia caminando de la que pretendía. Pero se sentía bien, y resuelto; el aire resultaba fresco y, de algún modo, sentía que esa mañana iba a ser importante, que iba a contribuir a moldear su futuro. Cada uno labra su propia suerte, eso está claro, pensó. Estaba convencido de ello, así que había que agarrar el toro por los cuernos y aprovechar esta energía positiva al regresar a casa, dar el próximo paso fuera de la zona de confort.

El aire diáfano del campo obraba un efecto extraño en él. Era como si, por fin, lo viera todo claro. No podía con la idea de volver a clase en la maldita Facultad de Ingeniería. Mejor dejar todo ese embrollo —cifras y cálculos— en manos de otros, los que realmente tenían interés en hacerlos. Se sentó al pie de las montañas, relajándose tras la caminata, pero pronto sintió que el frío acechaba a hurtadillas, se le metía dentro del cuerpo sigilosamente; la tierra estaba fría, el aire estaba frío. Debía moverse.

Por otro lado, en realidad no tenía mucha prisa. Iba a dejarla dormir tranquila, así que se concedió a sí mismo un buen rato para disfrutar de los alrededores y de la naturaleza durante el trayecto de vuelta. Además, estaba dispuesto a hacer un alto en el camino y meterse en la poza; sería una lástima desaprovechar algo así. También tenía que practicar cómo cruzar el río sin problemas. No podía ser que lo atravesara a trancas y barrancas como un patoso la próxima vez que se metiera con ella en esa maravillosa poza caliente.

Dejó que sus pensamientos vagaran, entreviendo el futuro, dándole vueltas a la posibilidad de que se mudasen juntos a Holanda. En ese caso, ¿dónde vivirían? Intentó imaginarse un pisito, un acogedor pisito de estudiantes o, a lo mejor, un piso aquí en Islandia, a poder ser en el centro de Reikiavik, sí, seguro que allí se sentiría bien.

Su corazón latía por el arte, y ahora también por ella.

Tras la caminata, estaba de nuevo junto a la poza de agua geotérmica. En esa ocasión le fue más fácil cruzar el río pasando por las rocas con pie firme, aun cuando resultaban tan peligrosas y resbaladizas como la noche anterior. No se detuvo a pensar en lo malo que podría ser que tropezara o, incluso, se rompiera una pierna, hasta que hubo alcanzado la otra orilla. Estaba bastante claro que sus gritos y alaridos no llegarían hasta ella, además del hecho de que la poza quedaba oculta a la vista desde la casa. En ese caso debería asegurarse de que ella supiera por dónde andaba y que fuera a buscarlo si no volvía... La idea era inquietante, y ahora le entró cierto temor al pensar que tendría que volver a cruzar el río a solas.

Se quitó la ropa y se metió en el agua caliente: un fabuloso contrapunto al frío otoñal. Sí, pensaba quedarse un buen rato y dejar que la geotermia le calentase el cuerpo. Desde luego, ese valle era una maravilla. Ojalá se convirtiera en una constante en sus vidas el acercarse aquí, a los Fiordos del Oeste.

Benedikt dejó que pasaran los minutos; de hecho, había perdido toda noción del tiempo durante esa excursión matinal. Sí, ¿cuánto llevaba fuera? Seguramente demasiado, con mucho, pero tenía la esperanza de que ella siguiese dormida. Hizo ademán de levantarse, pero era como si el agua lo retuviera; le costaba salir de ese abrigo, así que se dijo que se había ganado un ratito más de descanso tras la caminata. A ella no le extrañaría su ausencia tan pronto.

Al final salió de la poza con cuidado, procurando no patinar sobre el fondo resbaladizo ni cortarse con las piedras puntiagudas. No había nada moderno en esa poza, nada seguro, ni siquiera la temperatura del agua.

No se le había ocurrido coger una toalla, de modo que intentó usar su ropa para secarse. A continuación se vistió, temiendo que todo eso acabaría en un resfriado monumental, y se dispuso a lidiar con las rocas del río, algo inquieto, aunque con la ilusión de regresar a la casita de campo y ver de nuevo a su chica.

6

Hulda Hermannsdóttir levantó la vista de su escritorio cuando llamaron a la puerta. Como de costumbre, estaba enfrascada en papeleo a esas horas del día. La mayoría de sus compañeros habían acabado la jornada, pero ella siempre se quedaba más tiempo al pie del cañón, incluso a pesar de que había acordado unos pagos fijos por horas extraordinarias y de que su tenacidad no le reportaba ningún ingreso añadido. Pero quería dar la talla; era propio de ella esmerarse más que los demás, no dar nada por sentado. Sabía que tenía un buen empleo como inspectora, aun cuando el sueldo podría ser mejor y, de hecho, estaba preparada para dar el siguiente paso hacia mayores cotas profesionales dentro del Departamento de Investigaciones Criminales, a sabiendas de que en ese frente podrían estar cocinándose más oportunidades.

Se acordaba muy bien —en realidad, demasiado bien— de lo dura que había resultado la vida no solo para ella y su madre, sino también para sus abuelos, con quienes vivían. Había crecido con ellos tres en un hogar donde había que mirar cada céntimo con lupa; las carencias dejaban huella en sus vidas de manera directa e indirecta. Su abuelo y su madre tenían empleos de salario mínimo, y su abuela se ocupaba de la casa. No les quedaba más remedio que apretarse el cinturón al máximo, y Hulda había aspirado consciente e inconscientemente a romper con aquella existencia en cuanto tuviera edad para ello. Por eso decidió seguir estudiando, a pesar de que la presionaron para que se metiera a trabajar enseguida y aportara dinero a casa. Había acabado el bachillerato con buena nota, una de las pocas chicas de su quinta que lo habían logrado. Una vez alcanzada esa meta, se había convertido en la persona con más estudios de la familia. Durante cierto tiempo le dio vueltas a la idea de cursar estudios universitarios, pero, al final, nunca dio el salto. Sus abuelos opinaban que ya estaba bien y que había llegado el momento de que saliera de casa. Su madre intentó protestar, pero con la boca pequeña. Tal vez se daba por satisfecha con lo que Hulda ya había conseguido: al fin y al cabo, el título de bachillerato no era moco de pavo. Y, a partir de ahí, su camino la había llevado hasta la policía. A decir verdad, fue casi por casualidad, pero también por pura cabezonería. Había estado mirando anuncios de trabajo con una amiga suya y compañera de bachillerato, y vieron que se buscaba personal para suplencias en la policía. Su amiga le comentó que esos puestos no estaban pensados para ellas; que no era un trabajo para mujeres. Hulda no estaba de acuerdo: creía que tenía las mismas posibilidades de obtener ese empleo que cualquiera, y, al final, solicitó el trabajo y lo consiguió. La suplencia pasó a convertirse en un puesto fijo y finalizó los estudios en la Academia de Policía de la Jefatura de Policía de Reikiavik. Luego, poco a poco, se fue introduciendo en el campo de lo criminal, y ahora trabajaba en el Departamento de Investigaciones Criminales. Allí estaba a las órdenes de Snorri, un policía de la vieja escuela, y era precisamente él quien se encontraba ahora en el umbral de la puerta de su despacho.

—Hulda, ¿podemos hablar un minuto? —preguntó con educación.

Siempre se mostraba más bien formal; no era de carácter amistoso, pero con ella nunca alzaba la voz y Hulda creía saber por qué: la trataba más como a una mujer que como a una compañera; nunca la había tomado lo bastante en serio.

—Sí, por favor, entra. Aunque la verdad es que estaba a punto de irme.

Miró alrededor, echó un vistazo a su mesa y

deseó haberse largado a casa hacía mucho tiempo. El escritorio estaba cubierto de pilas de papeles, informes y documentos; archivos que Hulda se pasaba mucho tiempo analizando. Solo había dos objetos personales: una foto de su hija, Dimma, y otra de Jón, su esposo. La primera era bastante reciente, la otra era algo más antigua, de cuando Jón y ella empezaban a conocerse. Él llevaba el pelo largo y ropa setentera de colores chillones e irremediablemente pasada de moda. Era el Jón de los viejos tiempos, muy diferente al serio hombre de negocios del año 1987. Ambas fotos miraban hacia ella, de modo que las visitas no se fijaban en ellas.

En vez de tomar asiento, Snorri se quedó de pie frente a la inspectora y aguardó un momento antes de hablar, como si quisiera darle la oportunidad de acabar lo que estaba haciendo.

—Solo quería saber si tu marido y tú vendréis finalmente el viernes por la noche a mi casa, antes de la fiesta anual.

Snorri, como de costumbre, había invitado a sus subordinados a tomar un aperitivo en su chalet. A pesar de que Hulda encontraba el evento insoportablemente aburrido, acudía cada año, arrastrando a Jón consigo, aunque él siempre se quedaba en una esquina, sin poner nada de su parte. A ella le habría encantado que alguna vez se mostrase más positivo hacia su trabajo, que hiciera un pequeño esfuerzo por conocer a sus compañeros, que eran casi todos hombres.

—Sí, por supuesto —respondió Hulda—. ¿No te contesté? Se me debió de ir el santo al cielo. —De pronto se dio cuenta de que ahí se presentaba una oportunidad de tener una breve charla a solas con Snorri sobre un tema que llevaba tiempo rumiando—. A propósito...

—¿Sí, Hulda?

—Tengo entendido que Emil se jubila dentro de poco...

—Sí, sí, el hombre ya tiene una edad. Se lo echará de menos.

Ella vaciló un segundo, intentando escoger las palabras adecuadas con mucho tiento.

—Me estaba planteando solicitar su puesto.

Snorri parecía desconcertado, saltaba a la vista que no se lo esperaba.

—No me digas —murmuró para el cuello de la camisa, y luego repitió—: No me digas, Hulda.

—Creo que tengo bastante que aportar. Conozco bien el trabajo y tengo experiencia.

—Desde luego, desde luego. Pero, por otro lado, eres algo joven todavía. Aunque no se puede negar que tienes experiencia y eres de fiar, eso por descontado.

—En realidad, tengo casi cuarenta años.

—¿Eh? Sí. Cierto. A mi edad, a los cuarenta aún eres joven. Y aparte de eso, pues...

—Tengo planeado presentarme cuando salga

la plaza. Tú tienes la última palabra sobre quién consigue el puesto, ¿no?

—Sí, supongo que sí..., al menos en teoría.

—Puedo contar con tu apoyo, ¿no? Aquí nadie lleva tanto tiempo trabajando a tus órdenes como yo...

«Al menos no tan buenos como yo», le habría gustado añadir.

—Cierto, totalmente cierto, Hulda. —Tras un breve silencio embarazoso, añadió—: Pero tengo entendido que Lýdur también ha pensado en solicitarlo.

—¿Lýdur?

Hulda debía admitir que no lo tenía en gran estima, y eso que sus caminos no se habían cruzado a menudo. Era de trato rudo y carácter descarado, pero conseguía resultados. Aun así, ella tenía bastante más experiencia y más años de servicio, de modo que él a duras penas representaba una gran amenaza en este asunto...

—Sí, tiene mucho interés y ha hablado conmigo sobre el puesto y..., y sus ideas sobre lo que podría mejorarse y cómo abordaría él estas tareas..., y...

—Pero acaba de unirse al departamento.

—Eso no es del todo cierto. Y la edad no es lo único que cuenta.

—¿Qué intentas decirme? ¿Que no debería presentarme?

—No, por supuesto que puedes presentarte,

Hulda —dijo Snorri, que parecía incómodo—. Sin embargo, entre tú y yo, creo que Lýdur obtendrá el puesto.

Sonrió y se despidió. Y Hulda supo que el tema estaba zanjado.

7

—¡Qué pérdida de tiempo, tener que venir pegando botes hasta aquí por una niñata! —dijo Andrés, jefe de turno de la policía de Ísafjördur, a su acompañante, un joven en su primer año de servicio.

Andrés había perdido la cuenta de los años que llevaba en este trabajo. Últimamente casi todo lo sacaba de quicio, y la llamada telefónica de la mujer de Reikiavik desde luego lo había conseguido. Estaba buscando a su hija, en realidad ya adulta, de veinte años. Andrés no la había atendido de buen grado, y le había dicho sin rodeos que no entendía cómo era posible perder a una persona adulta. Ella se había mostrado de lo más educada, había que admitirlo. Dijo que llevaba días sin saber nada de su hija y que eso no era propio de ella; que la familia tenía una casita de campo a una hora más o menos en coche desde Ísafjördur y que la chica tenía las llaves. Se preguntaba si alguien de la policía del pueblo podría acercarse, entrar en el valle y averiguar si había señales de visitantes en la casa.

Él había respondido que no era tarea de la policía hacerle recados a la gente, y luego había añadido a regañadientes que suponía que podría pasarse por su cuenta más tarde, ya que de todos modos iba a ir en esa dirección. No era cierto, pero tenían un día tranquilo y pensó que podría dar una vuelta con el nuevo agente, en lugar de quedarse de brazos cruzados en la comisaría. Aunque se aseguró de refunfuñar durante todo el trayecto. El mal tiempo solo le dio una excusa más para quejarse.

—¡Qué pérdida de tiempo! —repitió.

El novato asintió con un murmullo incomprensible. No acostumbraba a decir gran cosa. Andrés, además, solía intentar ahogarlo en palabrería y, en general, se afanaba en burlarse de su inexperiencia.

Era el que poseía la autoridad y los conocimientos, y se daba aires, pero evitando mencionar que había perdido todos los ahorros de su vida, y más, en una aventura empresarial junto a un socio de Reikiavik, y que había tenido que acudir a un prestamista usurero para salir del apuro. Y ahora una gran parte de su sueldo de policía se le iba en pagar a aquel desgraciado.

Al entrar en el valle, Andrés condujo el jeep

patrulla hasta donde llegaba el camino, pero no había ni rastro de una casita. Se apeó del vehículo, le dijo al novato que se quedase en el coche y se adentró a pie en el valle, bajo el ventarrón y la lluvia, hasta que al fin apareció la casa de campo.

—Tiene que ser ahí —farfulló para sí.

Estaba ya hasta la coronilla del clima islandés y la monotonía de su vida; el verano había sido corto y frío, y ya tenían el otoño encima. Un viejo compañero de clase y amigo suyo había tenido la ocurrencia de pasar los meses invernales más fríos en España, pero ese era un lujo que Andrés no se podía permitir, salvo en sueños. Y así era su día a día, infinitos desplazamientos en coche de aquí para allá y salidas innecesarias como esta. Si la chica quería alejarse de todo y pasar unos días en un valle aislado de los Fiordos del Oeste, ¿quién iba a culparla?

No había ventanas en los laterales de la casa, solo junto a la puerta de la fachada, y, a lo mejor, en la parte trasera. Andrés se acercó a paso ligero, ignorando el viento y la lluvia; estaba acostumbrado a climas aún peores. Llamó a la puerta y esperó, sin recibir respuesta. De hecho, tampoco había ningún coche a la vista en el valle, así que quizá no había nadie dentro. Volvió a golpear la puerta y a continuación miró por la ventana; no quería rendirse sin más. El cristal resultaba bastante opaco, no era fácil distinguir nada. De todos modos, Andrés estaba convencido de que allí no había nadie. Hacía rato que había decidido que este era un viaje en balde, pero aun así había acudido al lugar, tal vez solo para poder quejarse de ello durante las próximas semanas, contando cuentos de lo rara que era esa gente de Reikiavik. Y entonces vio algo a través del cristal, o creyó ver algo.

¿Eran imaginaciones suyas o había alguien tendido en el suelo?

Casi no se lo podía creer, pero todavía tenía la vista bastante bien, a pesar de todo.

Santo cielo.

Tenía que entrar en la casa. Barajó sus opciones: romper el cristal de la ventana o reventar la puerta. Lo primero podía hacerlo; lo segundo resultaría más difícil. Luego se le ocurrió accionar el tirador de la puerta y, mira tú por dónde, esta se abrió, mas lo que lo recibió fue un hedor tan horrendo que no tuvo más remedio que retroceder unos pasos.

«¿Qué diablos ha pasado aquí?»

Volvió corriendo al jeep patrulla, haciendo gestos al novato para que viniera.

—Tienes que esperar aquí fuera; yo voy a entrar.

—¿Qué..., qué olor es ese? —preguntó el joven cuando los dos estaban ya junto a la casa de nuevo.

—Eso, muchacho... Eso es el olor de la muerte.

8

Incluso un veterano como Andrés se estremeció ante la escena que se reveló ante ellos. Pero es que nadie logra acostumbrarse a estas cosas.

En el suelo yacía el cadáver de una chica, con los ojos terroríficamente abiertos y un charco de sangre seca bajo la cabeza.

A primera vista, Andrés dedujo que se habría caído hacia atrás, o que la habrían empujado. Lo recorrió un escalofrío solo de pensarlo y deseó que al menos la muerte hubiese sido rápida e indolora. Por la descripción que había facilitado la madre, llegó a la conclusión de que, por desgracia, el cuerpo tenía que ser el de su hija. Y, sinceramente, esperaba que le tocara a algún otro la china de darle la noticia.

De repente oyó un ruido fuera de la casita. Echó un vistazo por encima del hombro y vio al novato echar hasta la primera papilla. Le entraron ganas de recriminárselo, pero no era el momento. Había poca cosa que hacer, visto lo visto. La chica estaba muerta, eso era evidente. De todas maneras, se agachó para comprobar si tenía pulso y notó que el cadáver ya estaba frío. La pobre muchacha sin duda llevaba varios días tendida ahí.

¿Qué diablos había pasado?

¿Habría sido un accidente? Le extrañaba la ausencia de coches fuera. ¿Cómo podía haber llegado hasta ahí sin uno? Lógicamente, debía de haber alguien más con ella. Pero, si así era, ¿por qué no habían informado de su muerte? De pronto lo asaltó otra posibilidad: asesinato. En su jurisdicción... Eso era impensable.

¡Maldita sea! Sabía perfectamente que le dejarían meter poca baza en la investigación, pero también reconoció para sus adentros que quizá eso era lo mejor, dado que no tenía experiencia en investigaciones criminales. Hacía años que no asesinaban a nadie en esa parte del país y, para ser sincero, no recordaba muchos crímenes en toda Islandia en la última década. Pero sí sabía que debía tener cuidado de no alterar ninguna prueba.

Sí, a lo mejor había sido un accidente. Sin embargo, Andrés tenía la incómoda premonición de que allí se había cometido un terrible crimen.

9

Veturlidi se había despertado demasiado pronto tras una noche agitada. Eran solo las seis de la mañana y en la casa reinaba la calma. Las lindes del sueño y la vigilia resultaban borrosas esos días, con todo bajo una capa de nubes, y, mientras tanto, los días se convertían en noches, y las noches, en días. Era ya octubre, con esa eterna oscuridad fuera. Sin embargo, las últimas semanas había hecho un tiempo de lo mejorcito para esa época del año.

Él y su mujer Vera vivían en Kópavogur, una ciudad residencial al sur de Reikiavik, en una especie de cruce mal definido entre una casa adosada y un bloque de viviendas. Estupendo hogar, le habían dicho a Vera cuando lo compraron, amplio e ideal para una familia. Y eso era cierto, era muy espacioso: dos plantas y sótano, además de una buena terraza orientada al sur, un jardín y un parque infantil detrás de la casa, de uso común con las demás viviendas de la manzana.

Veturlidi trabajaba como auditor en una pequeña auditoría, pero en estos momentos estaba de vacaciones, de ahí que al despertar no supiese ni qué día era, literalmente. Casi seguro que miércoles o jueves. Vera era cajera en una sucursal bancaria del barrio —también de vacaciones—, por lo que el matrimonio había dejado de poner los despertadores.

Él, desde luego, hubiese preferido dormir hasta más tarde, al menos hasta que el chico se despertara para ir a clase. Al hijo de Veturlidi y Vera también le habían ofrecido librar en el colegio, pero era un chaval aplicado y volvió al instituto tras una semana de ausencia. Sus padres habían intentado que cambiara de idea, pero no hubo forma; el chico siempre había sido de ideas propias, independiente y decidido, y también, de hecho, inteligentísimo. Seguro que llegaría lejos; en eso coincidían los padres.

Veturlidi cerró los ojos y trató de volver a dormirse; sin embargo, temía los sueños que podrían estar esperándolo. Esos días estaba como cansado todo el tiempo. Dormir sin soñar era lo mejor que podía imaginarse, aunque ese era un lujo que no se daba así como así. Se quedó tumbado un rato, pero no había manera: estaba más despierto que un centinela. Tenía que entretenerse con algo, si no, su mente alzaría el vuelo, vagando por territorios en los que Veturlidi prefería no adentrarse, no ahora.

Se incorporó con todo el cuidado del mundo y salió de la cama. No quería despertar a Vera, que, cosa rara, parecía dormir a pierna suelta. El colchón chirrió un poco y ella se desveló ligeramente, pero enseguida volvió a dormirse. Él suspiró aliviado. Por suerte, al menos uno de los dos podría dormir.

Se le pasó por la cabeza entrar en la cocina y prepararse un café, pero, al pensarlo mejor, temió hacer demasiado ruido. Salió al pasillo y fue a echar un vistazo al cuarto del chico. Como de costumbre, la puerta de su habitación estaba cerrada, el chaval necesitaba su espacio.

Veturlidi entornó la puerta con sumo cuidado y miró hacia dentro; solo quería asegurarse de que todo estaba bien. Y ahí yacía, como un tronco. El padre sonrió mientras cerraba la puerta de nuevo. Eran preocupaciones innecesarias, por supuesto, pero así era la vida a esas alturas: él siempre en ascuas.

Se moría de ganas de tomarse una taza de café para poner el cuerpo un poco a tono, pero sobre todo deseaba un trago de algo más fuerte y, en realidad, era sorprendente que lograse resistirse a esa tentación. Sin duda, eso daba fe de la fuerza de voluntad que, a pesar de todo, debía de poseer. El alcohol había sido su compañero de viaje durante sus años de estudiante, pero siempre de un modo en que él pudiese controlar el consumo; de eso había intentado convencerse a sí mismo, al menos. Luego conoció a Vera. Ella no bebía en absoluto, a pesar de lo cual nunca le prohibió tomarse un trago de vez en cuando, solo que, con los años, los tragos se habían vuelto cada vez más frecuentes. La afición a la bebida comenzó a afectar su trabajo poco a poco y, en más de una ocasión, había estado a punto de perder el empleo; intentó ocultárselo a Vera, pero, por supuesto, fue un juego de disimulo del que ella se percató con facilidad. Él no cogió el toro por los cuernos, sino que se limitó a reducir el consumo, cuando en realidad debería haberlo dejado.

Fue inevitable que ese problema entrase de tapadillo en la vida familiar. Comenzó a beber a escondidas en casa, a altas horas de la tarde-noche. Al principio, solo los fines de semana, pero con el tiempo se permitía un trago que otro entre semana. Era un juego peligroso que solo podía acabar mal. Durante unos meses el consumo de alcohol se había convertido en una parte tan importante en el día a día de Veturlidi que la familia quedó desplazada a un segundo plano, la vida familiar acabó patas arriba y el vínculo matrimonial se volvió quebradizo. Bebía delante de la familia y a veces perdía el control sobre su temperamento, aunque no recurría a ninguna clase de violencia; ahí había trazado su línea roja. Por supuesto, había sobrepasado otras líneas rojas, y Vera terminó dándole un ultimátum: o se sometía a una terapia de rehabilitación, o se largaba de la casa familiar. La elección le resultó a la vez fácil y difícil: como veía impensable dejar que el alcohol arruinase su matrimonio, fue a terapia, pero eliminar el alcohol de la sangre y superar la adicción psicológica fue lo más difícil que había hecho nunca. Por si eso fuera poco, Vera se sentía tremendamente avergonzada por la situación. Rechazó de plano que sus amigos se enterasen de que él había entrado en un centro de desintoxicación; había que mantener las apariencias en todo y a toda costa. De todas formas, el escándalo que armaba no había pasado desapercibido a los vecinos; y algunas noches había regresado a las tantas de sus juergas, y podía imaginar las miradas curiosas en las ventanas y los cuchicheos detrás de las cortinas, y a los vecinos hablando entre sí, a media voz, de que ahí vivía ese vecino borracho y de lo terrible que tenía que ser para la familia.

Sabía con certeza que, durante el tiempo que pasó yendo a terapia, las habladurías habían corrido como la pólvora. Algunos habían dado con la explicación de su ausencia, y pronto llegó a los oídos del matrimonio. Veturlidi se había cansado de jugar al escondite y le preguntó a su mujer si no debían ir de cara y punto. Ella lo había mirado como si hubiese perdido la razón. Por encima de todo, su reputación debía permanecer inmaculada.

Fue un gran alivio volver al fin a casa, sobrio.

La familia lo recibió con los brazos abiertos. Vera era una persona diferente, como si se hubiese librado de una enorme carga, y Veturlidi comprobó que le resultaba fácil mantenerse sobrio; de hecho, tan fácil que empezó a darle vueltas a la idea de si quizá podría beber un sorbito de forma ocasional, cuando nadie lo viera. Maduró la idea durante un tiempo y al final dio el salto un fin de semana, cuando tenía toda la casa para él solo. Nada de jugar al escondite, nada de víctimas, y él disfrutando de ese estupefaciente al que tenía que admitir que estaba enganchado a pesar de todo.

Y aún no lo habían pillado. Lo hacía con prudencia, cuidándose mucho de beber solo durante los fines de semana que tenía exclusivamente para sí. A veces en casa, si el resto de la familia estaba fuera; a veces en otros sitios si él mismo se encontraba fuera de casa un fin de semana entero, sin levantar sospechas. En ocasiones, esos viajes tenían una explicación natural, al menos en parte, algo relacionado con su trabajo, pero en otras tenía que recurrir a mentiras piadosas para poder salir de la ciudad. Eso no podía hacerlo a menudo. Era imprescindible que Vera no sospechase nada. En esos casos, por lo general se iba a los Fiordos del Oeste, a la casa de campo, lejos de todo el mundo, solo consigo mismo y la botella. Las botellas, mejor dicho. Tenía unas cuantas escondidas allí, bien ocultas, para emergencias.

Pese a darse perfecta cuenta de la contradicción que suponía, justificaba esa conducta ante sí mismo como sigue: el hecho de que estas maquinaciones le saliesen tan bien era la prueba de que controlaba perfectamente su consumo, así que no había problema en continuar con ello; estaba claro que un hombre capaz de tramar algo semejante no podía ser un alcohólico.

Sin embargo, debía mantenerlo en secreto. Su mujer nunca lo entendería, nunca podría ponerse en su lugar. Necesitaba beber, sí, pero con moderación.

Y ahora necesitaba como nunca un buen trago, pero tenía que aguantarse, esperar el momento propicio. Para colmo, ni siquiera podía tomarse un café tan temprano sin correr el riesgo de despertar a toda la familia. ¡Hay que joderse!

Bajó la escalera y fue de puntillas al salón. La pieza tenía un aspecto arreglado, con un aire de tranquilidad, como si nada hubiese pasado, como si todo su mundo no hubiese saltado por los aires...

Parecía que tendrían por delante un bello día otoñal. Veturlidi abrió la puerta de la terraza, asomó la cabeza, aún en pijama, y respiró el aire fresco de la mañana. Todo estaba tranquilo en el barrio a una hora tan temprana; ni un alma por la calle. Y apenas se oía ningún automóvil, a lo sumo un rumor lejano. Se quedó allí de pie un buen rato, ya sin sentir el frío, sumido en una especie de placidez, una calma largamente deseada, solo escuchando el silencio y mirando la oscuridad, nadie más en el mundo.

Volvió a subir, con la idea de intentar echar una cabezada. Había entrado en el dormitorio y ya estaba tumbado en la cama cuando, de repente, el silencio se rompió. Se levantó con un respingo.

¿Era el timbre de la puerta? ¿A esas horas?

Se quedó petrificado un instante y esperó con toda el alma que, por algún motivo, se tratase de un error.

Volvieron a llamar al timbre, esta vez con más insistencia que la primera. No cabía duda, ahí fuera había alguien. Veturlidi se acercó veloz hasta las escaleras para ir a abrir, lo cual tomó su tiempo, una eternidad, le pareció. Ahora llamaban con los nudillos. Notó cómo se le aceleraba el pulso. ¿Qué diablos estaba pasando?

Ya había llegado hasta la puerta y estaba a punto de abrirla cuando oyó a alguien acercarse por detrás. Volvió la vista y vio a Vera, de pie en el descansillo de las escaleras, en camisón y con cara de cansada, más cerca del sueño que de la vigilia.

—¿Qué pasa, Veturlidi? —preguntó—. ¿Han llamado a la puerta? Pero si todavía es de noche. ¿Qué..., qué...? ¿Ha pasado algo más? —le temblaba la voz—. ¿Le ha pasado algo a..., a...?

Veturlidi se apresuró a contestar:

—No, cariño. Él está bien. Dormido como un

tronco en su cama. No sé quién arma todo este escándalo, pero vamos a enterarnos.

De nuevo golpearon la puerta, más fuerte aún que antes.

Y Veturlidi abrió.

10

En la puerta aparecieron dos inspectores de policía que, aunque iban de paisano, Veturlidi enseguida reconoció como tales. Lo asaltó una repentina ansiedad, a esas horas ninguna visita llegaba con buenas noticias.

Se quedó parado como un pasmarote, en pijama, en el vano de la puerta; luego carraspeó y saludó a los visitantes.

Miró atrás. Vera seguía en el mismo sitio, a una distancia prudencial.

—Buenos días, Veturlidi —dijo el mayor de los dos hombres, que aun así no aparentaba más de treinta y pocos. Se llamaba Lýdur—. ¿Podemos pasar un minuto?

Veturlidi se hizo a un lado y los policías entraron en el recibidor, y daba la impresión de que se iban a conformar con ello.

—¿No quieren... pasar al salón? —propuso el anfitrión, dubitativo—. Podemos... hacer café...

—No, muchas gracias. Lamentamos venir a molestarlos tan temprano —contestó Lýdur, dirigiéndose claramente a Vera, y no al marido—. Y sentimos tener que..., emm...

Ahora pareció que el policía se había quedado falto de palabras.

En ese preciso instante, Veturlidi oyó un tenue ruido procedente de la planta de arriba. El hijo del matrimonio apareció junto a su madre en el descansillo, con aspecto fatigado y el pelo revuelto, en calzoncillos.

—¿Qué pasa? —dijo mirando a su madre—. ¿Mamá? ¿Qué hacen esos aquí? —Ella no contestó. Miró a su padre, con evidente temor en los ojos—. ¿Papá?

—Tenemos que pedirle que nos acompañe —dijo al fin Lýdur, tras un silencio incómodo.

Veturlidi no se dio la vuelta hacia él, seguía observando a su mujer y a su hijo, le llevó unos segundos entender que esas palabras iban dirigidas a él.

Se volvió.

—¿Quién? —preguntó.

—Usted. Estoy hablando con usted, Veturlidi.

—¿Yo? ¿Tengo que acompañarlos? ¿Ahora mismo? ¿Se dan cuenta de la hora que es? —Intentó mantener la calma.

—Sí, tiene que venir con nosotros. Somos

conscientes de que nos hemos presentado muy temprano, pero se trata de un asunto urgente.

—¿Qué quiere decir? ¿Por qué?

—Me temo que ahora no es buen momento para comentarlo.

El policía más joven se había quedado algo apartado y no decía esta boca es mía.

—Yo..., yo... —Veturlidi vaciló sin saber cómo reaccionar, sin comprender qué pasaba.

—Venga, no lo alarguemos más —resolvió Lýdur mostrando autoridad.

—Sí, yo... denme unos minutos. Dejen que me espabile como Dios manda y en cuanto mi hijo se haya ido a clase...

—Lo siento —lo interrumpió—. Debe venir con nosotros ahora mismo.

—Pero supongo que eso... Eso lo decido yo, ¿no?

—No, Veturlidi. Está usted arrestado.

—¿Arrestado? ¿Es que han perdido la cabeza? —subió el tono, sorprendiéndose a sí mismo—. ¿Arrestado? —gritó a continuación, reverberando sus palabras en el silencio matutino.

Oyó que Vera se había echado a llorar. Volvió la vista y vio la cara de susto que tenía y las lágrimas que le bajaban a raudales por las mejillas.

—Veturlidi —dijo a través de los sollozos—. ¿Veturlidi?

—¿Cómo? ¿Van a detener a mi padre? —El chico metió baza, alzando la voz.

—Pues... —El policía dudó. Por lo visto no sabía cómo explicarle el asunto al chaval—. Tu padre tiene que acompañarnos para tomarle declaración. Eso es todo.

No obstante, estaba más claro que el agua que esa no era para nada la verdad.

—Todo va bien —dijo Veturlidi, dirigiéndose a la vez a su hijo y a su esposa—. Todo va bien.

Apenas podía creérselo él mismo, pero tenía que mantener la compostura.

—¡No, no se lo pueden llevar! —exclamó el chico, guardando sin embargo las distancias, claramente cansado y confuso.

—Todo va bien, cariño, todo va bien. —Veturlidi se dio la vuelta hacia los agentes y, con la mirada fija en el más joven, añadió—: Al menos dejen que suba a cambiarme. No puedo salir en pijama.

El policía miró a su compañero, quien contestó a la vez que le ponía la mano con fuerza en el hombro a Veturlidi.

—Me temo que no. Tiene que acompañarnos ahora. Luego haremos que le lleven ropa. Ahí fuera hay efectivos que van a registrar su casa mientras esté en comisaría.

—¿Registrar? ¿Nuestra casa?

Veturlidi sintió que estaba a punto de desmayarse. Cerró los ojos e intentó respirar hondo, relajarse. Tenía que dar la talla, mostrarse fuerte delante de su mujer y de su hijo.

—¡No se lo van a llevar a ningún sitio! —gritó Vera, ya bajando la escalera.

El joven agente se interpuso, y su reacción fue intentar apartarlo como pudo.

—Tranquila, mi amor —dijo Veturlidi—. Eso solo lo empeora.

Entonces el hijo llegó por el mismo camino, escaleras abajo, y empujó al joven policía.

—¡Déjenlo en paz! ¡Dejen en paz a mi padre!

La puerta principal seguía abierta. Veturlidi pasó a la escalera exterior, a la oscura mañana, y vio que había dos coches de policía delante de su casa. Descendió por la escalera junto a Lýdur, que lo tenía agarrado por el brazo con excesiva fuerza. ¿De veras esperaba que un padre de familia en pijama fuese a tratar de escapar? La humillación era completa.

—¡Papá! —oyó gritar Veturlidi. Estaba ya junto al coche patrulla y miró hacia atrás para ver cómo su hijo corría escaleras abajo, medio desnudo bajo el frío—. ¡Déjenlo en paz! ¡Papá!

Estaba montando tal escándalo que el detenido se imaginó que detrás de todas y cada una de las cortinas de la vecindad se escondía un par de ojos curiosos. La tranquilidad se había roto en ese precioso día, en el barrio y para la familia. Mal que bien, habían logrado frenar las habladurías a causa de su alcoholismo, según creía Veturlidi, pero a partir de ahora resultaría imposible calmar las aguas. Los que fueran testigos de esa escena no iban a olvidar cómo lo sacaron a rastras de su casa al alba, con su pijama como única vestimenta, y cómo su hijo intentó con todas sus fuerzas impedir la detención con gritos y alaridos.

La gente se preguntaría: «¿Qué diablos habrá hecho ese hombre?».

Y sabía que la mayoría no tardaría en llegar a sus propias y terribles conclusiones.

11

El ánimo de Veturlidi oscilaba entre la esperanza y la desesperación. Se encontraba sentado en una pequeña celda, con los ojos cerrados, sin creerse lo que le había sucedido. Las últimas semanas tenían que haber sido una especie de pesadilla, solo era cuestión de tiempo que se despertara, bañado en sudor pero a salvo en su propia cama, al lado de su Vera. Y todo volvería a ser como antes.

Así divagaba su mente por los terrenos de lo imposible; en parte para crear una ilusión de tiempos mejores por venir, en parte para martirizarse con lo que nadie podría cambiar.

Su pensamiento voló a Vera. La policía había detenido a su marido a la fuerza, delante de ella y de su hijo. ¿Qué estaría pensando en ese momento? ¿Que todo eso era un error, que tenía que ser un error, porque la idea de que no lo fuera sería demasiado difícil de soportar, y que esa versión de la realidad no podía ser cierta? ¿O había llegado a otras y más oscuras cábalas...?

Veturlidi se sentía incapaz de llevar esa idea hasta sus últimas consecuencias.

No sabía cuánto tiempo había transcurrido desde que lo habían encerrado; le habían quitado el reloj y había perdido por completo la noción del tiempo. Ya sería bien entrada la mañana, sin duda. Todo el mundo estaría en el trabajo a esas horas... Y de nuevo sus pensamientos regresaron a sus vecinos. Como si a esas alturas eso importara un pimiento, pero aun así..., aun así, le parecía que lo hacía. Llevaban diez años viviendo en el barrio y la reputación era importante; la imagen que los demás tenían de ellos. La opinión de los demás —en este caso los vecinos, aunque él apenas conocía a dos o tres por su nombre— actuaba como una especie de espejo, y él, al mirarse en ese espejo, debía tener buen aspecto; debía poder ir con la cabeza alta. Y eso ahora le resultaba imposible, igual que a su mujer. La familia entera asumiría la carga de esa vergüenza.

Intentaba que la reclusión no lo doblegase, a sabiendas de que en ese caso la partida estaría perdida, de que entonces se rendiría directamente. Por suerte, no tenía claustrofobia y no le costaba permanecer en espacios pequeños y angostos. Menos mal, pensaba, porque difícilmente existía nada peor que eso: cuatro paredes, ninguna ventana, la puerta cerrada a cal y canto. Y él, supeditado a la gracia y merced de sus conciudadanos. No, no; tenía que mantener la compostura y esperar que lo soltasen cuanto antes.

Le habían ofrecido contactar con un abogado. Su primera reacción fue decirles que no conocía a ninguno ni nunca lo había hecho, que no tenía idea de a quién debía llamar. Le contaron que no importaba, que podían designarle un abogado defensor de oficio; que no se preocupara de elegirlo. Se lo pensó un rato y luego se dio cuenta de que aquello sería como declararse culpable. Que aquello era una especie de trampa, que si él consideraba que necesitaba un abogado defensor, igual podría confesar aquí y ahora.

12

A decir verdad, a Andrés le sorprendió y le alegró a partes iguales recibir el recado de que debía reunirse con un compañero de Reikiavik para tomar un café.

Su visita a la capital guardaba relación con el hallazgo del cadáver en los Fiordos del Oeste, aquel terrible día en que descubrió el cuerpo de la chica en la casa de campo. La imagen se le había quedado grabada en la memoria, y eso que se había creído capaz de afrontar cualquier cosa de ese tipo, veterano como era y después de años de lidiar con suicidios, accidentes y casos de abandono, y con ancianos muertos que no habían sido descubiertos hasta pasados días, incluso semanas de su fallecimiento. El asesinato, sin embargo, quedaba fuera de su experiencia.

Había estado en contacto telefónico con ese hombre, Lýdur, en relación con el caso. Él estaba al frente de la investigación; un joven de unos treinta y tantos, evidentemente un chaval prometedor.

Se habían citado en el Café Mokka, en el centro de Reikiavik, que Andrés solo conocía de oídas.

Acudió temprano, pidió un café solo y se sentó a una mesa junto a la ventana. Era el único cliente del local, a media tarde y entre semana. Al rato entró un joven que parecía querer dárselas de duro. Era fuerte de constitución, pero no muy alto. Se dirigió a la mesa donde Andrés se encontraba sentado.

—Hola, ¿qué tal? Andrés, supongo. —Le tendió la mano; el apretón, firme.

—Hola, ¿qué hay?

—Veo que ya tienes un café. —Se acercó al mostrador y regresó enseguida con su propia taza—. Qué bien que hayas podido venir —añadió campechano.

—Qué menos.

Andrés se mostraba algo vacilante. Era un sitio raro para una reunión de trabajo. ¿Por qué no lo había citado Lýdur en su despacho? ¿Es que el edificio del Departamento de Investigaciones Criminales era demasiado finolis para un simple poli de provincias? Intentó sacudirse esos recelos de encima; sería que el hombre solo intentaba mostrarse amable con un forastero.

—Desde luego, es un caso espantoso —comentó Lýdur—. Muy perturbador.

—Y que lo digas.

—¿Y tú fuiste el primero en acudir al lugar de los hechos? No habrá sido una visión agradable.

—Bueno, uno ya ha visto de todo...

—Gracias por bajar hasta Reikiavik. Soy consciente de que interrumpe tu trabajo.

—No hay problema —contestó Andrés.

—Era imprescindible que vinieras. No hay nadie más indicado que tú para describir el escenario. —Hizo una breve pausa—. Pobre chica.

Andrés asintió, sin tener claro por dónde iban los tiros.

—Al menos estamos convencidos de haber arrestado al hombre correcto —agregó Lýdur—. Una detención bastante rápida y acertada; todos los indicios apuntan en esa dirección, pero tú ya estarás al tanto de los puntos principales, ¿verdad?

—Sí, sí —contestó Andrés para su taza de café.

—Un caso así hay que rematarlo deprisa. A la sociedad le alarma que asesinen a chicas jóvenes; no es algo a lo que estemos acostumbrados. Uno casi nunca se enfrenta a un caso de homicidio, y la gente no tiene paciencia, quiere ver resultados rápidos.

—Sí, lo habéis hecho bien.

—Menos mal que él se olvidó el jersey —remató Lýdur.

—¿El jersey?

—Sí, el jersey de lana que se encontró junto al cadáver. Gris, con un estampado blanco y negro.

¿Nadie te ha informado de ello? Hemos procurado mantener los detalles fuera del alcance de los medios de comunicación.

—¿Eh? No, nadie se ha puesto en contacto conmigo.

—Se dejó el jersey en el escenario del crimen. Ha confesado que es suyo y tenemos testigos que lo vieron con él puesto aquí, en Reikiavik, poco antes de la fecha del crimen, así que tuvo que estar allí el fin de semana en cuestión, a pesar de que él haya declarado lo contrario. ¿De verdad no recuerdas haber visto el jersey?

—No, aunque en realidad solo me fijé en el cadáver y en la sangre. Resultó difícil ver otra cosa, la escena era bastante terrible.

—Claro, claro, ya me imagino —dijo Lýdur con cierto desinterés—. El caso es que había sangre en el jersey, así que es importante. Estaría muy bien si pudieras acordarte, ya sabes, dado que fuiste el primero en acudir al lugar. Los de la Científica lo encontraron, pero no queremos que exista la más mínima sombra de duda al respecto.

—¿Que pudiera acordarme de él? Pero... es que no me acuerdo.

—Te entiendo, claro. Pero sería preferible.

—¿Preferible?

—Obviamente, tenemos otras pruebas. Todo esto está más que amarrado; seguro que el hombre confesará durante el juicio... Pero queremos asegurarlo al cien por cien, ¿no es así? ¿Te acuerdas de si ella tenía el jersey agarrado o de si estaba tirada encima de él?

—A ver, es que... No recuerdo...

—Tenía el jersey agarrado. Eso apuntala la culpabilidad del detenido. Una señal de lucha, o de que ella, a lo mejor, nos quiso dejar una pista.

—Me temo que no sé si... —Andrés notó que había empezado a hiperventilar; a veces le pasaba cuando estaba sometido a mucho estrés. Quizá sus kilos de más estaban cobrando su peaje. Rompió a sudar—. Es que yo...

—Te lo vamos a preguntar. Estaría muy bien que todo eso estuviera aclarado de antemano.

—No sé qué más puedo hacer, las cosas son como son y resulta que no lo recuerdo.

A pesar de la diferencia de edad y de experiencia, Andrés se había puesto a la defensiva ante el policía de Reikiavik. Había un punto de firmeza en su actitud que hacía que el veterano se sintiese inseguro.

Lýdur se quedó callado; dio un sorbo al café y esperó.

—El café que ponen aquí no está nada mal —dijo al cabo—. ¿No te parece?

Andrés asintió con la cabeza.

—Últimamente hemos estado investigando a un tipo —añadió Lýdur de repente—. Anda metido en algún negocio de préstamos usureros. ¿Tenéis algo por el estilo allí, en el oeste?

Andrés contuvo el aliento al darse cuenta de

golpe de adónde apuntaba la conversación. Al menos creyó saberlo, aun cuando esperaba con todas sus fuerzas estar equivocado.

No contestó, era incapaz de abrir la boca.

—Es tremendo, claro. Ese tipejo está cobrando intereses del cien por cien, incluso del doscientos por cien. Pobre gente.

Andrés callaba, intentando mantenerse inmóvil en su asiento para no mostrar reacción alguna.

—Es habitual que en investigaciones como esta se vea envuelta gente de lo más insospechada. El tipo ha estado prestando dinero para varios asuntos turbios, pero también ha habido gente normal que ha recurrido a esos préstamos. Los que se ven en apuros tienen que arreglárselas como sea. Sería de desear, claro, poder dejar a esos individuos fuera de la investigación; fuera de los focos de la prensa, mejor dicho. Esto va a dar que hablar.

—No entiendo qué relación tiene esto con el caso —dijo Andrés al final.

—Pues tengo entendido que ahí ha salido tu nombre. —Lýdur dejó que las palabras permanecieran vivas en el silencio durante un ratito—. ¿Te suena de algo? Se me ha ocurrido que a lo mejor tú preferías que no trascendiera. Estamos hablando de cantidades bastante importantes que te prestaron, ¿no es así?

—No hay nada turbio en..., en meterse en problemas económicos —tartamudeó Andrés.

—Bueno, tú verás. —Lýdur se puso en pie—.

Piénsatelo, de todas formas. Dudo que algo así esté en boca de todos en los Fiordos del Oeste, y, a lo mejor, no tendrá ninguna consecuencia para tu posición allí. Yo no estoy al tanto, pero, sea como sea, espero que tu testimonio sea claro. No podemos permitirnos el lujo de dejar escapar a ese hombre.

13

Andrés se estaba tomando con mucha calma el trayecto de regreso a casa después de su viaje a Reikiavik para prestar declaración formal como testigo. Tenía muchas cosas en la cabeza. La carretera no estaba en malas condiciones, todo lo bien que cabía esperar en invierno, incluso al llegar a la península de los Fiordos del Oeste y tomar la que ascendía por los páramos. Durante todo el día el mundo había formado un telón de fondo en escala de grises para sus pensamientos —nieve blanca, rocas negras, mar gris, cielo gris—, pero apenas se fijó en el paisaje, preocupado como estaba por lo que acababa de hacer.

La reunión de hacía un par de meses con el joven policía, Lýdur, había puesto todo patas arriba; en un pispás, había tenido la sensación de que el mundo se había derrumbado. Sabía de sobra que, en sentido estricto, no había infringido la ley al aceptar un préstamo con intereses usureros, pero tampoco tenía ganas de que eso fuera de dominio público. Por supuesto, había estado negociando con el mismísimo diablo al aceptar un crédito de esta índole; el prestamista no era un hombre de fiar, sino alguien con un pasado dudoso y conexiones en los bajos fondos. Un respetable agente de la ley como Andrés no debería tener ningún trato con tipos de su calaña, y no digamos ponerse en la situación de estar a su merced financieramente, pero, a fin de cuentas, así estaban las cosas.

Un respetable agente de la ley... Sí, ese era precisamente el quid de la cuestión. Andrés se había pasado toda su vida laboral construyendo su reputación de hombre íntegro y fiable que había mantenido la ley y el orden en su pueblo, miembro de toda clase de clubes y asociaciones. Un ciudadano honrado. Sería un duro golpe destruir esa imagen en un abrir y cerrar de ojos. Y no solo pensaba en sí mismo, sino también en su familia; en su mujer, que ahora lo esperaba y le preguntaría cómo había ido el viaje y si había logrado meter a un culpable entre rejas; en los hijos, la chica y el chico, ya adultos ambos, que admiraban a su padre desde niños, y en el nieto, ojalá el primero de muchos, que adoraba a su abuelo. No podía hacerlos pasar por ese escándalo.

Lýdur había vuelto a ponerse en contacto con él poco antes de que debiera testificar para decirle que, por un error, no se habían hecho fotografías de la víctima agarrando el jersey de su padre, un lamentable descuido en el lugar de los hechos, pero que, por supuesto, existían fotos que mostraban el jersey a poca distancia del cadáver. Añadió que era importante que Andrés confirmara ese extremo, y de paso le dijo que, como el usurero estaba bajo arresto, ahora habría oportunidad de llegar a un acuerdo con él para cancelar el préstamo, además de que su nombre quedaría excluido del caso. Andrés no daba crédito a sus propios oídos y, sin embargo, la oferta resultaba tentadora. No era como si le estuvieran pidiendo que mintiera, no exactamente, aunque la verdad era que no se acordaba de aquello, pero no había razón para suponer que Lýdur sostuviera un embuste. A él solo le importaba que se hiciera justicia, que el culpable fuera castigado por un horrendo crimen contra una joven. Andrés intentó convencerse de que esa era la razón de que finalmente decidiera dar testimonio en la línea de lo que Lýdur le había solicitado, de que formaba parte de una especie de lucha por un castigo justo. Por supuesto, en su fuero interno sabía cuál era el verdadero motivo, y no lograba quitárselo de la cabeza. Había dado un testimonio de acuerdo con lo que Lýdur había sugerido y esperaba que el acusado confesara a continuación, porque ahora una duda insistente lo asediaba: ¿y si la policía había detenido al hombre equivocado?

Al llegar con su coche al desvío hacia el valle donde se encontraba la casita de verano, instintivamente abandonó la carretera principal y se dirigió al lugar de nuevo. No sabía exactamente qué iba a hacer, solo sentía la urgente necesidad de volver allí con la intención de rememorar lo que había visto y convencerse de que no había hecho nada reprobable, sino que había contribuido a hacer justicia.

Aparcó el coche y se acercó a la casa a paso lento, deseando de todo corazón que la pobre muchacha no hubiese muerto en ese escenario, que toda esa situación nunca se hubiera producido. Echó una mirada por una ventana, al igual que cuando había descubierto el cadáver, pero esta vez apenas vio nada. Todas las luces estaban apagadas y no había rastro de presencia humana. Estaba más claro que el agua que la familia iba a dejar esa casita cerrada a cal y canto para los restos. Quizá un buen día, cuando los acontecimientos hubieran caído en el olvido, se vendiera a un inocente urbanita que no tendría ni idea de lo que había pasado entre esas cuatro paredes.

Pero el caso, afortunadamente, ya estaba resuelto, ¿verdad? La policía había detenido al asesino. Los polis de la capital no cometen errores, no en asuntos de este calibre. Imposible. Andrés, por sí solo, no habría podido con una investigación así, y, de hecho, su papel en el asunto había sido mínimo; solo un pequeño engranaje en la maquinaria perpetua de la justicia; solo un breve testimonio, aunque a lo mejor jugase un papel decisivo. Sí, eso era justo lo que temía, que su testimonio, de hecho, hubiese sido clave.

Ahora aquel hombre esperaba el juicio, y la mayoría de las personas con las que Andrés había hablado parecían creer que sería condenado, que de ello había poca duda. El asunto, decían, era horroroso, aunque cualquiera diría que la gente disfrutaba al chismorrear sobre ello. Tal y como lo habían planteado la policía y la fiscalía, implicaba varios factores que se consideraban inusuales, incluso jugosos, según las malas lenguas. En realidad, Andrés sentía lástima por aquel hombre a pesar de no tener ninguna razón para ello. No sabía si se debía dar crédito a la policía. Y, sin embargo, le daba pena. Y su familia tenía toda su compasión; la mujer y el hijo, este prácticamente adulto ya, pero que parecía tan deshecho durante el juicio.

Andrés seguía inmóvil junto a la casa de campo, sin saber a ciencia cierta por qué estaba aquí ni por qué se quedaba parado, como si tuviera los pies de plomo. No lograba moverse. Cerró los ojos, rememorando la terrible visión que se había presentado ante sus ojos.

Cuanto más pensaba en ello, tanto más seguro estaba. En absoluto había visto a la pobre chica agarrando el jersey; no, se acordaría.

¡Joder!

Había mentido bajo juramento. Peor aún: había sido consciente de ello todo el tiempo en su fuero interno a pesar de intentar ahora, en el escenario del crimen, convencerse a sí mismo de que solo en este instante comenzaba a recordar los detalles.

La cuestión que quedaba sin respuesta era si aquella mentira tenía alguna importancia.

Si el hombre fuera condenado, ¿qué peso tendría en la sentencia el papel que Andrés había desempeñado?

Y si volviese ahora a Reikiavik y retirase su testimonio, ¿qué impacto tendría? ¿El juez llegaría a la conclusión de que todo el caso se asentaba sobre infundios y absolvería al hombre? A un hombre que posiblemente era culpable de un crimen horrendo...

No, no era de extrañar que sintiera los pies como de plomo. Tenía que decidirse antes de continuar. ¿Lo dejaba estar o regresaba a la capital y se sinceraba?

¿Qué consecuencias conllevaría la segunda opción? Lo expulsarían del cuerpo, su humillación sería completa y su familia tampoco se escaparía. ¿Podía hacerlos pasar por ello? ¿Podría vivir con la mentira?

Tenía que decidirse aquí y ahora.

14

Veturlidi tenía tantas cosas en la cabeza que estaba a punto de volverse loco, así recluido en la celda, a la espera de acontecimientos.

La vista había acabado y no había visto demasiadas esperanzas en los ojos de su abogado, aunque intentaba disimular.

—Al final, la justicia siempre vence —dijo ese hombre de mediana edad, con su traje, sus gafas grandes y su pelo ralo—. No se preocupe —añadió, pero Veturlidi desde luego estaba muy preocupado.

Era obvio que el abogado fingía su simpatía por él y parecía más interesado en salir de allí cuanto antes; tenía una vida fuera de los muros de la cárcel y otras cosas en las que centrarse aparte del destino de Veturlidi.

Este apenas podía pensar en su familia sin derrumbarse. El confinamiento entre rejas lo había destrozado. Ya no era ni la mitad del hombre que había sido; apenas una sombra de sí mismo. El sentimiento de claustrofobia era horrible y las primeras noches las había pasado despierto, gritando y golpeando los muros hasta que le sangraban los nudillos. No lograba dormir, le parecía que se ahogaba. Eso había mejorado algo, pero era imposible acostumbrarse a ello. El aislamiento había sido lo peor, aunque la celda que ocupaba ahora tampoco era mucho mejor.

Oficialmente se le permitía recibir visitas familiares, pero lo había rechazado de plano. No podía mirarlos a la cara; la vergüenza era completa y abrumadora. Pensaba en cómo debían de sentirse Vera y su hijo. El chico ya tenía diecinueve años, se estaba haciendo mayor, pero al verlo de pie en las escaleras esa noche, chillando de miedo, su padre había sentido una dolorosa punzada en el corazón: su pequeño estaba sufriendo y él no podía ayudarlo en nada. Fue una sensación horrenda.

Fuera cual fuese la sentencia del juez, en realidad ¿podría volver a vivir una vida normal algún día? Lo dudaba mucho. ¿No iba a quedar para siempre dañada su relación con la familia? ¿No los corroería siempre la duda, incluso si quedaba absuelto? ¿Y qué había de los demás? ¿Podría volver a su trabajo?, ¿pasear por su barrio como antes?, ¿mirar a los vecinos a la cara?

Estas preocupaciones le pesaban todavía más que el temor al resultado del juicio y la posible pena de cárcel. Cuando todo eso se juntaba, resultaba una carga que apenas podía aguantar. Nadie debería verse sometido a algo semejante. A veces, lo único que deseaba era dormir y no volver a despertar.

15

Cuando por fin llegó el viernes, Hulda estaba agotada, pero al menos tenía la seductora perspectiva de un fin de semana libre por delante. Su trabajo la dejaba exhausta; los casos que trataba eran exigentes y, a veces, la dejaban sin energía. No había nada en ese empleo que cupiese entender como rutina; podía esperar cualquier cosa al acudir al trabajo por la mañana o por la noche, toda clase de salidas y problemas imaginables, incluidos incidentes violentos e incluso muertes. Y, si algo había aprendido, era la importancia de mantener la vida familiar separada del trabajo.

Al principio le había costado, y, en cierto modo, siempre estaba metida en el curro, preparada a todas horas y con la mente puesta en cualquier caso que hubiese quedado sin resolver al cabo de la jornada. Por otro lado, la línea roja que trazaba era la de no hablar del trabajo en la mesa de la cocina o en el salón, o, de hecho, en ninguna parte del hogar familiar, que veía como una especie de santuario.

El tráfico avanzaba a trompicones, como era habitual los viernes, pero se fue despejando a medida que se acercaba a la urbanización costera de Álftanes y podía pisar algo más el acelerador de su nuevo Škoda. Lo había comprado a principios de año y estaba la mar de contenta con él. En realidad, era su primer coche. Hasta ahora su marido Jón y ella se habían contentado con tener un solo automóvil, pero eso requería bastante organización y paciencia, sobre todo porque habían tomado la decisión de vivir lejos del centro de Reikiavik. El negocio de Jón había ido viento en popa el año pasado, de modo que habían decidido añadir otro coche. Iba a ser el de ella, así que tenía libertad a la hora de escogerlo, dentro de ciertos límites. Y se había enamorado de este Škoda verde de tres puertas.

Había hecho los preparativos para la noche. En la nevera tenía hamburguesas y refrescos; un buen plan —y además cómodo— para las noches de los viernes. Después, la familia solía sentarse en el salón a ver cualquier cosa que pusieran por la tele. Hulda no era muy dada a quedarse enganchada a la pantalla, pero lo hacía más que nada por su hija. Siempre había preferido pasar sus ratos de ocio al aire libre, en el jardín o contemplando el océano, o en las montañas, cuando disponía de tiempo para ello. Jón no era muy aficionado a la vida en la naturaleza, pero hacía lo que podía y pasaba por el aro de deambular por montes y montañas con ella.

Esas excursiones no habían sido muy frecuentes durante los primeros años después del nacimiento de la pequeña Dimma, aunque conseguir una niñera no era difícil. La madre de Hulda, desde el primer día, se había mostrado ávida de cuidar de la niña; tarea que había llevado a cabo con extraordinaria entrega. Sin embargo, a veces a Hulda le daba la impresión de que su madre conectaba mejor con su nieta que con su única hija, de que, de algún modo incomprensible, había una conexión más sincera y cálida entre abuela y nieta que entre ella misma y su madre. Ahora la niña estaba a punto de cumplir trece años, y eso tenía sus pros y sus contras. Por supuesto, era más independiente, pero la adolescencia traía problemas. Dimma era de humor cambiante, irascible a ratos, y se mostraba menos interesada que antes en pasar tiempo con sus padres; a veces llegaba a casa y se encerraba directamente en su cuarto, incluso echaba el pestillo. Y lo que era peor: Hulda temía que estuviese también encerrada en sí misma ante sus amigos, que ese comportamiento llevara a que la excluyeran de la pandilla a la que pertenecía desde hacía tanto tiempo. De cuando en cuando, trataba de sentarse con ella y charlar, pero esas conversaciones solían terminar en silencio o en discusiones. No obstante, se aferraba a la esperanza de que fuera una fase transitoria; parte del proceso de maduración.

Lo que quizá empeoraba la situación era que, debido a sus respectivos empleos, tanto ella como su marido pasaban bastante tiempo fuera de casa. Hulda hacía guardias vespertinas o nocturnas de vez en cuando, y Jón era prácticamente un adicto al trabajo, ocupado desde la mañana hasta la noche, y eso a pesar del diagnóstico médico que indicaba que no tenía el corazón en muy buenas condiciones. Por un lado, se resistía a seguir la pauta de medicación que el cardiólogo le había recetado, medicamentos que el doctor, de hecho, decía que resultaban vitales para él, y, por el otro, ignoraba por completo las indicaciones, o más bien órdenes, de tomarse el trabajo con calma.

Desde luego, Hulda debería ser más firme con él, pero en el fondo sabía que los ingresos que tenían procedían en su mayor parte de su marido. El salario de policía no era nada del otro jueves. Ella tenía poca idea de en qué consistía el negocio de Jón; de acuerdo con sus propias palabras, había sacado buenas ganancias de las importaciones y ahora dejaba que el dinero «trabajase por él» invirtiendo en otros negocios y pasándose los días en reuniones y en bancos, según entendía. Más de una vez le había dicho que debería tomárselo con calma, que tampoco era necesario que vigilase de cerca cada inversión día y noche, pero él contestaba que, ya que estaba, también podía cerrar la tienda y regalar su dinero. Hulda lo dejaba en paz porque sabía que, cuanto menos trabajo tuviera Jón, tanto peor sería el nivel de vida de la familia.

Y, desde luego, a Hulda le hacía ilusión la velada que tenían por delante; ojalá fuera como en los viejos tiempos. Debía quitarse de la cabeza todos los casos de la semana, aquellas imágenes que a veces se quedaban grabadas a fuego en su mente, pues a menudo era testigo de grandes tragedias.

En esas ocasiones, Jón y Dimma eran como un oasis en el desierto; le daba fuerzas encontrarse con ellos y abrazarlos.

La madre de Hulda se había puesto en contacto con ella esa misma mañana, la había llamado por teléfono al trabajo. Como de costumbre, en la llamada quedaba implícito un amable recordatorio de que no se veían lo suficiente y, esta vez, de hecho, también incluía un ruego explícito de que se vieran ese fin de semana delante de una taza de café. Hulda había declinado la invitación contándole el embuste de que tenía que trabajar. No podía con la idea de encontrarse con ella durante sus días de descanso. Sentía cariño por su madre y le gustaría llevarse mejor con ella, y, más que nada, le habría encantado tener la oportunidad de conocer a su padre. Por desgracia, al parecer, ella era el fruto de un rollo de una noche de su madre con un soldado estadounidense, y la mujer no había tenido lo que había que tener ni siquiera para hacerle saber al padre su embarazo ni para hacer el esfuerzo de buscarlo, una vez nacida ella.

Pero ahora ya era la tarde-noche de viernes y Hulda confiaba en poder evadirse delante de una película mala, cortesía de la televisión islandesa.

La recibió un silencio extraño al entrar en su bonito chalet de Álftanes.

—¿Dimma? —Ninguna respuesta—. ¿Jón?

—Aquí, en el despacho —respondió él.

Se acercó a su estudio de trabajo, se colocó en el vano de la puerta, mirando hacia dentro. Su marido estaba sentado al escritorio, dándole la espalda.

—Jón, cariño, sal ya. ¿Dónde está Dimma?

—Sí, ahora mismo... —contestó sin darse la vuelta.

—¿Estás trabajando?

—Sí, sí, cariño. Tengo que acabar una cosita esta noche, es bastante urgente. Vosotras empezad sin mí; hay algo sencillo para cenar, ¿no?

—Hamburguesas.

—Estupendo. Solo espérate a hacer la mía.

—¿Y Dimma dónde está? ¿No ha vuelto a casa?

—Sí, está... aquí, en su habitación. Ha echado el pestillo, creo. Algo pasa en el colegio. —Seguía dándole la espalda a Hulda.

—¿Otra vez? Eso no está bien... Pero lo de encerrarse noches enteras, una tras otra...

—Se le pasará, cariño. Se le pasará —contestó Jón en tono firme.

SEGUNDA PARTE

DIEZ AÑOS MÁS TARDE, 1997

1
DAGUR

Fuera ya era verano, verano de verdad; la temperatura se acercaba a los veinte grados, era prácticamente apacible, con solo un ligero hálito de brisa fresca. El laburno estaba en flor, sus flores amarillas colgaban en gruesos racimos en los jardines de la ruta de Dagur por la ciudad. En una ocasión se detuvo e inspiró hondo, sintiendo la fragancia del verano islandés, el verano de Reikiavik. Había oído que las flores de estos árboles eran venenosas, y no le había sorprendido; sabía por amarga experiencia que el mundo era un lugar peligroso. Un poco venenoso.

Dentro de la residencia de ancianos, en cambio, reinaba un otoño eterno; las paredes eran de colores apagados y parecían apagarse más con cada día que pasaba, y Dagur siempre se sentía mal ahí metido. Algunas de las ventanas incluso tenían cristales ahumados, por lo que los rayos del sol no lograban abrirse camino a través de ellas. Él venía de visita por afecto, pero también en parte por un sentido del deber. Al marcharse siempre sentía alivio. Y daba igual el tiempo que hiciera fuera; siempre prefería el aire libre a la pesada y abrumadora atmósfera del interior.

Con sesenta y tres años, su madre era muy joven para estar allí internada, pero no había alternativa. Estaba exhausta en cuerpo y alma. La degeneración había durado diez años y se había ido agravando de manera paulatina. Había pocas explicaciones médicas explícitas; literalmente, era como si hubiese perdido las ganas de vivir.

Dagur se dirigió con paso enérgico escaleras arriba y por un largo pasillo oscuro hasta la habitación de su madre. Era una pieza pequeña e impersonal, pero, por suerte para ella, no tenía que compartirla con nadie. Como de costumbre, estaba sentada junto a la ventana mirando hacia la calle a pesar de que el panorama no era para nada interesante. Dagur se imaginaba que tenía la vista puesta más hacia dentro que hacia fuera, y que rememoraba los buenos tiempos, los días felices del pasado.

Habían transcurrido tres años ya desde que tomó la decisión de internar a su madre en una residencia; no podía cuidar de ella, tenía que echar a andar su propia vida, escapar del círculo vicioso de los sucesos de años atrás. El silencio en la casa acerca de lo que importaba era, además, agobiante, e insostenible a largo plazo.

De un modo incomprensible había logrado acabar los estudios de bachillerato, incluso en aquellas circunstancias tan adversas. Tras la graduación se tomó un año sabático, aunque no se fue a ninguna parte, como algunos de sus amigos, que se lanzaron a viajar y conocer mundo. No, él siguió en Islandia, buscó trabajo y ayudó a su madre a mantenerse a flote. En aquel entonces ella todavía tenía empleo —trabajaba de cajera en un banco—, pero con jornada reducida. Al principio estaba bien psicológicamente, pero el trauma y el estrés habían derivado en fatiga y dolores físicos. En realidad, resultaba asombroso que fuera capaz de seguir trabajando a media jornada. Al final llegó el momento de dejar de trabajar y comenzó a cobrar una pensión de invalidez. Dagur era consciente de cómo iban a acabar las cosas, por lo que se matriculó en una carrera técnica en la universidad, previendo que tendría que arreglárselas solo e, incluso, ayudar a su madre financieramente. Eligió Empresariales y abandonó el sueño de iniciar otros estudios. Al menos por ahora.

La carrera de Empresariales no le aportó ningún placer en particular, aunque, eso sí, las clases le parecían fáciles; los números siempre se le habían dado bien y era de mente rápida. Tras licenciarse lo contrataron en un banco. Y en ese mundillo llevaba ya trabajando siete años. Al Dagur de diecinueve años jamás se le habría pasado por la cabeza que con treinta se habría convertido en un empleado de banca.

Los últimos años había tenido algunas relaciones sentimentales, por así llamarlas, pero ninguna de ellas había encendido la llama del amor auténtico. No obstante, tenía que dar el paso y encontrar a una buena mujer; crear un hogar, su propio hogar. Seguía viviendo en la casa en la que se había criado, más solo que la una en un espacio demasiado grande; y, de largo, con demasiados recuerdos. Aun así, por alguna razón no se había decidido a mudarse; a lo mejor por consideración hacia su madre, aunque ella ya solo iba de visita en las grandes fiestas de guardar.

Sí, tenía que saldar cuentas con el pasado de un modo u otro. Nadie se había ofrecido a ayudarlos a superar los traumas en su día. Puede que ahora, diez años más tarde, las cosas se hubiesen hecho de otra forma, pero en aquel entonces se quedaron los dos solos.

Ahora quería dar unos pasitos adelante en la vida, labrarse su propio futuro. Se daba cuenta de que, si no, siempre estaría solo en su lúgubre realidad. Y eso no pensaba permitirlo; él no era así y punto. A lo mejor dejaría el empleo de corredor de bolsa y se metería en alguna otra cosa.

—Mamá, soy yo —dijo en tono suave.

Todavía llevaba el traje puesto, acababa de finalizar su jornada de trabajo. Ella nunca hacía ningún comentario sobre cómo iba vestido, ni siquiera reparaba en ello.

Se giró hacia él; la mirada, como de costumbre, incómodamente lejana, y, sin embargo, lo miraba. Él vio que el pasado asomaba a sus ojos, vio a la madre que había mantenido a flote la casa familiar.

—Dagur, cariño, ¿qué tal estás? —preguntó ella tras una pequeña pausa.

Algunos días estaba al pie del cañón, otros parecía rechazar el presente y refugiarse en el pasado. Los médicos eran incapaces de ofrecer una explicación concreta y lo achacaban todo al trauma —o mejor dicho, los traumas— que había sufrido. Pero incluso cuando tenía un día bueno, había una especie de distancia entre ellos que a Dagur le resultaba difícil salvar; notaba el cariño por su parte, ese amor de madre, solo que a ella le costaba romper el cascarón dentro del cual se había refugiado los últimos años. A lo mejor se sentía bien ahí metida. Dagur estaba seguro de que así seguiría todo hasta que finalmente se rindiera.

—Todo va bien, mamá.

—Bien, cariño, me alegro.

—¿Has salido hoy? Hace muy buen día.

No contestó enseguida. Al final dijo:

—La verdad es que casi no salgo nunca, cariño. Salvo para visitarte a ti. Se está bien aquí dentro.

—Estoy dándole vueltas a la idea de mudarme.

Se le escapó. No tenía previsto contárselo a su

madre, quería evitar alterarla, pero quizá fuese mejor ir de frente y, sobre todo, decirlo en voz alta. Eso aumentaría las probabilidades de que finalmente diese el paso.

Su reacción le sorprendió.

—Eso me parece una buena idea. Ya era hora.

Dagur se quedó bastante aturdido. Había esperado que ella intentara disuadirlo.

—Bueno... No he decidido nada todavía.

Y cayó en la cuenta de que, a lo mejor, había utilizado a su madre como pretexto; de que quizá él mismo tenía más dificultades para ajustar cuentas con el pasado de lo que quería admitir. ¿De verdad deseaba vender la casa de su infancia perdiendo así el nexo con todos sus recuerdos, los buenos y los malos? Al fin y al cabo, estos últimos se habían atrincherado en su alma, convirtiéndose en parte de él.

—No debes retrasarlo por mí —dijo ella, y sonrió.

Su sonrisa denotaba melancolía, y aun así pareció que durante un instante se le levantó un velo, como si él lograse ver a su madre diez años atrás, tal y como había sido.

Dagur nunca lloraba, ni siquiera lo había hecho cuando todo sucedió. Entonces había guardado los sentimientos en su interior y había encontrado otras salidas para aliviarlos. Ahora, de buenas a primeras, le pareció como si una lágrima buscase abrirse camino. Se dio prisa en cambiar de tema.

—¿Y tú cómo te encuentras, mamá? ¿Estás bien?

—Siempre estoy cansada, cariño, ya lo sabes. Eso no ha mejorado y no creo que vaya a mejorar. Siempre me gusta que vengas a verme, pero entre una visita y otra lo único que hago es descansar.

Era precisamente eso lo que temía Dagur, que su madre apenas se relacionase con los demás residentes. Además, sabía que había roto todo contacto con sus amigas, sus compañeros del banco, las compañeras de clase de la infancia. Todo había cambiado y ella había cerrado todas las puertas al pasado. Era una soledad autoimpuesta, y quizá —a veces él lo pensaba— una degeneración autoimpuesta. «Cuadro de depresión» era el diagnóstico al que los médicos recurrían más a menudo, pero la medicación que le recetaban solo empeoraba las cosas.

Muy rara vez mencionaba, por ejemplo, lo que había sucedido; parecía que así se sentía mejor. Era la manera que había encontrado para afrontar la desgracia. Dagur, desafortunadamente, todavía no había hallado la suya, pero albergaba la esperanza de que fuera diferente. Aunque no supiera lo que iba a pasar, él y su madre compartían los mismos genes. Él nunca hablaba de aquellos sucesos pasados con nadie, ni siquiera con sus amigos.

—Tienes que cuidarte. ¿Por qué no..., por qué no vienes a comer a casa conmigo pronto?

—Solo en Navidad, cariño. Tú tienes que vivir tu vida.

—Pero...

En ese instante le sonó el móvil.

—¿Qué estruendo es ese? —gimió su madre.

—Es mi teléfono, mamá —contestó a través de los ruidosos timbrazos mientras buscaba el móvil en el bolsillo de la chaqueta.

—Sí, un..., un móvil de esos, justo. No entiendo por qué lo tienes que llevar encima todo el rato. ¿No son solo trastos para presumir?

—El banco quiere que esté localizable.

—Eso en mis tiempos no era así. ¿No es un incordio de cara al público?

Nunca se había sentido con fuerzas para explicarle con exactitud qué hacía en el banco, pero había quedado claro que ella daba por sentado que era cajero, como ella misma lo había sido. El mundo bursátil, sin duda, le resultaría de lo más exótico. Había seguido poco lo que acontecía fuera de las paredes de la residencia tras dejar de trabajar.

Contestó al teléfono. Era un amigo suyo de la infancia. Tenían una relación bastante buena, aunque no muy profunda; sobre ella pesaba una sombra insondable.

—¿Te pillo en mal momento?

Dagur miró a su alrededor; la pequeña habitación era singularmente antipática y fría. Su madre le sonrió, señalándole que podía irse ya. Sabía que sus visitas eran importantes para ella, a pesar de todo, y se avergonzó del poco aguante.

—No, para nada —dijo al teléfono conforme se levantaba.

Le dio un beso en la mejilla a su madre. Ella le puso una mano en el hombro con extremo tacto y otra vez notó esa lágrima que quería brotar sin hacer ruido. Joder, qué le estaba pasando.

Salió a toda prisa.

—Estaba pensando, Dagur —decía su amigo—. Ya sabes. Hace mucho que no nos reunimos la vieja pandilla. El caso es que ayer estuve hablando con Klara... Y ha seguido en contacto con Alexandra, que, sorpresa, sorpresa, está en Reikiavik, y puede juntarse con nosotros el finde...

Dagur dejó que se hiciese el silencio mientras bajaba veloz las escaleras; sentía la necesidad de salir al aire fresco estival.

—Este año se cumplen diez desde que..., ya sabes...

—Sí, lo sé.

—Pensábamos hacer algo para conmemorarlo, vernos...

Dagur reflexionó. En circunstancias normales habría dicho que no sin dejar lugar a discutirlo, pero aún le rondaba la conversación con su madre, que prácticamente lo había animado a mudarse. Una especie de ajuste de cuentas con el pasado era inevitable; de hecho, llevaba demasiado tiempo retrasándolo, de forma consciente o inconsciente.

—¿Qué tenéis pensado?

—Bueno..., pues...

A Dagur le dio la impresión de que su amigo había esperado una reacción algo más reticente.

—Puedo conseguir un alojamiento de primera para una escapada este finde. Una oportunidad de pasar un ratito juntos, solo los cuatro —continuó.

—¿Por dónde?

—¿Estás libre?

Dagur miró al cielo; hacía un día bonito y sentía el ánimo renovado, optimista. También sabía que si se lo pensaba demasiado diría que no, así que accedió.

—Vale, me apunto. ¿Adónde vamos?

—Déjanos sorprenderte. ¿Vas a poder?

Algo se agitaba en su interior, había algo en el aire: tenía que dar el salto al futuro.

—Sí, no hay problema. Me hace ilusión veros.

2

En cierta manera, este era un viaje que la inspectora detective Hulda Hermannsdóttir había tenido la intención de emprender, aunque tal vez no tan al pie de la letra como había resultado. Hacía ya algunos meses que había fallecido su madre, y se podría concluir que ahí se encontraba la causa, lo cual de algún modo era cierto, pero no en el sentido de que ella estuviera cumpliendo una especie de última voluntad de una moribunda ni mucho menos.

Su madre había pasado un tiempo inusualmente largo postrada en su lecho de muerte, y Hulda había intentado estar con ella todo lo posible. Habían hablado de tiempos pasados, pero nada de últimos deseos. Su madre, al final, se había limitado a despedirse de este mundo, y no hubo mucho que decir al respecto.

En ocasiones, Hulda había estado sentada junto a su cama de enferma, mirándola dormida, intentando echar una lagrimita, sentir algún vínculo inquebrantable, pero su relación no era así. Al menos, no por parte de Hulda. Sin embargo, creía saber que su madre se sentía de otra manera. Percibía en sus ojos una especie de anhelo de que algunas cosas hubiesen sido distintas en el pasado.

Y ahora ella se había quedado sola, no tenía a nadie. Sus abuelos maternos habían muerto, así como su marido y su única hija. Prefería pensar lo menos posible en aquella época terrible, cuando Dimma y Jón fallecieron con tan poco tiempo de diferencia.

Probablemente siempre había tenido la intención de probar a reunir más información sobre su padre, el soldado estadounidense, y le pareció que había llegado la hora.

Su madre casi nunca hablaba de su padre biológico y, a decir verdad, no daba la impresión de que supiera mucho de él. Ante esta situación, Hulda llegó a la conclusión de que mientras su madre viviera, debería ser ella quien decidiese si lo buscaban, así que se quedó de brazos cruzados. Pero ahora, tras el fallecimiento de su madre, estaba resuelta a intentarlo.

Lo único que sabía de aquel hombre era el nombre de pila, la época en que lo enviaron a Islandia, más o menos, y de qué parte de Estados Unidos era.

Armada con esta información se presentó en

la embajada estadounidense, donde también se había permitido mostrar su placa de policía, aunque con ello sobrepasaba con creces esa zona gris que a veces llegaba a pisar cuando la situación lo requería.

En la embajada había acabado en el despacho de un joven servicial que le prometió mirar el asunto. La llamó algunos días más tarde y le facilitó los apellidos de dos hombres llamados Robert que procedían de ese estado en cuestión, ambos destinados a la base americana de Keflavík en 1947.

Hulda dio el paso y reservó con poca antelación un vuelo a Estados Unidos. Hasta ahora solo había localizado a uno de los dos hombres; el otro posiblemente había fallecido, así que tal vez el viaje solo sirviera para visitar la tumba de su padre.

3
BENEDIKT

Benedikt se levantó de la silla, se acercó a la ventana y se desperezó. Las vistas no eran nada del otro mundo: bloques de edificios sin rostro y tráfico rodado de la mañana a la noche. A veces era mejor tenerla cerrada para evitar que entrase el aire viciado por los gases de los tubos de escape.

Su amigo Dagur lo había sorprendido. Bueno, quizá llamarlo «amigo» fuese cargar las tintas. Por supuesto, habían sido buenos amigos en el pasado, y los lazos de una antigua amistad no se rompen así como así, pero ahora su relación se había vuelto intermitente y siempre unilateral: era Benedikt quien invariablemente tomaba la iniciativa de que se vieran. Dagur nunca llamaba primero. Parecía que le iba bien en el banco, pero en los demás aspectos estaba atascado en lo de siempre. Seguía viviendo en la casa de sus padres y encima completamente solo, sin apenas trato con nadie. Todos los viejos amigos decían lo mismo de él: que, de algún modo, vivía anclado en el pasado a la vez que lo había dejado atrás.

A pesar del terreno yermo, el hormigón y el tráfico que se revelaba ante los ojos de Benedikt al mirar por la ventana, no se le escapaba que fuera hacía un maravilloso día de verano, y que era una lástima tener que pasarlo encerrado entre cuatro paredes con un tiempo así.

Abrió la ventana para que, junto con el ruido y la contaminación, entrase un poquito de aire veraniego. Luego volvió a su escritorio, se sentó, extendió la mano para alcanzar un folio en blanco y un lápiz y se puso a dibujar, absorto. Era algo que hacía a menudo para relajarse. A veces ni siquiera se daba cuenta de lo que dibujaba hasta que lo había acabado; era un gesto casi inconsciente en el que el instinto tomaba las riendas.

Los cajones de su mesa estaban repletos de esos dibujos, que se habían ido acumulando, y nadie podía verlos.

Benedikt no tenía tiempo de cultivar su talento artístico con verdadera dedicación; su negocio iba viento en popa y había muchas cosas interesantes cociéndose. Había fundado la empresa con tres compañeros de la carrera de Ingeniería dos años atrás. Habían ampliado la plantilla, aunque seguían instalados en esta especie de cuchitril, pero en breve podrían trasladar la actividad a unas instalaciones más gratas. La empresa aún no rendía beneficios, pero unos inversores financieramente sólidos habían adquirido parte de las acciones y metían dinero a mansalva en su gestión, de modo que él y sus socios al fin podían permitirse unos sueldos decentes. Para otoño estaba prevista la salida a bolsa de la empresa, algo que ya había despertado bastante interés. Benedikt andaba ocupado en reuniones con abogados y auditores para prepararlo, y mientras tanto no tenía mucho tiempo para dedicarse a la programación informática. Ese verano iba a tener poco tiempo libre, pero el sacrificio valdría la pena con creces.

La excursión a la isla, en cambio, estaba al caer; todo listo y arreglado. La última pieza del puzle que quedaba por encajar era el sí de Dagur. Benedikt contaba con que su amigo recibiera la idea con reticencia, que encontrase toda clase de impedimentos, pero por alguna razón se había mostrado bastante positivo.

Diez años.

El tiempo había pasado con incómoda rapidez y a veces Benedikt se sentía como si aquellos sucesos hubiesen ocurrido ayer. Le resultaba sencillo revivir aquel día —y también los días siguientes— casi fotograma a fotograma. Algunas de las conversaciones estaban marcadas con hierro candente en su memoria; no era capaz de librarse de ellas de ninguna forma. Quería conservar algunas, pero otras no. Esos años no habían sido fáciles. Ese juego de engaño, que ya duraba una década; el hecho de cargar con ese terrible secreto.

Y, sin embargo, la idea del reencuentro en la isla había sido suya; sentía que de algún modo debía mantener el recuerdo de ella vivo, que tenía que hacer penitencia, aunque eso no cambiaría nada a esas alturas.

Había cometido un error, un espantoso error, y no tenía más remedio que vivir con ello. «Error», qué palabra tan inadecuada para describir lo que había hecho.

Le dolía rememorarlo, le dolía volver a reunirse con los amigos, con Dagur y las chicas, con Alexandra y Klara. Aunque a lo mejor por eso había insistido tanto. Anhelaba el dolor porque era mejor sentir eso que el punzante remordimiento que lo asediaba a diario, tras los ajetreos de la jornada, cuando se acostaba y las pesadillas de cada noche llegaban a su encuentro.

4

La asaltó una sensación extraña cuando el avión comenzó a aproximarse, ya de noche, al aeropuerto John F. Kennedy. Nueva York quedaba al alcance de la mano, pero Hulda no tenía más remedio que posponer la visita a la famosa metrópoli, en esta ocasión al menos. Nunca antes había visitado Estados Unidos, por lo que se le había pasado por la cabeza quedarse dos o tres días en la ciudad. Sin embargo, el coste del viaje ya era de por sí excesivo y los hoteles que había mirado en la Gran Manzana no eran lo que se dice baratos. No podía volver a Islandia endeudada hasta las cejas. Además, tenía que procurar no perder de vista el objetivo del viaje: averiguar si su padre seguía vivo. De modo que, no sin cierta tristeza, hizo la escala al siguiente vuelo hacia el estado de Georgia, donde pensaba pasar tres días.

Lo logró por los pelos. El avión procedente de

Islandia llevaba algo de retraso y Hulda quería llegar a su destino esa misma noche en lugar de verse obligada a dormir en un hotel de aeropuerto. Estaba ilusionada, pero también un poco preocupada. ¿Conocería a su padre? ¿Qué sentiría? ¿Qué le contaría a él? ¿Harían buenas migas enseguida o sería como encontrarse con un extraño?

Antes de salir se había puesto en contacto por carta con uno de los dos candidatos, diciéndole que era una mujer islandesa que iba a pasar por Georgia y que le gustaría verlo a causa de un viejo camarada que él había conocido en su día en Islandia. Él recibió su petición de buen grado y le aseguraba que no se acordaba de casi nadie de aquel frío país, pero que la invitaba a visitarlo. Sobre el otro Robert no había logrado encontrar ninguna información. Un empleado de la embajada de Estados Unidos en Reikiavik había prometido profundizar en el asunto, pero al final Hulda había salido de viaje y no había vuelto a tener noticias suyas.

El vuelo a Georgia fue cómodo. Era de noche cuando aterrizó en Savannah, ciudad histórica sobre la que había leído algo, pero en el trayecto en taxi hasta su hotel tuvo una impresión de calor, humedad, edificios elegantes y árboles inmensos. El hotel tenía un aire de grandeza del viejo mundo y, al registrarse, la joven recepcionista la recibió con una calidez encantadora. Encontrarse con semejante amabilidad por parte de una desconocida le resultó extrañamente alentador. Se había sentido —quizá continuaba sintiéndose— algo inquieta por verse sola en una ciudad desconocida, tan lejos de casa.

Se fue directa a la cama, encendió el televisor con el volumen bajo y se quedó dormida con el arrullo de voces extranjeras. Durmió inusualmente bien, sintiendo una cándida ilusión de niña. Y por una vez todos los pensamientos que solían acosarla por las noches le dieron tregua.

5
ALEXANDRA

Alexandra odiaba los viajes en barco. Incluso con el mar en calma lo pasaba mal. Su sentido del equilibrio quedaba trastocado y, en ocasiones, tardaba varias horas en recuperarse tras volver a pisar tierra firme. De ahí que evitara esos paseos como la peste. Esta vez, sin embargo, había dejado que Klara la convenciera de acompañarlos. Al principio le pareció una idea extraña, pero el motivo, claro, era de tal naturaleza que resultaba difícil negarse. Se cumplían diez años de la muerte de su amiga, y había cierto acto de respeto en el hecho de que se reuniera la vieja pandilla, a pesar de que los lazos entre los cuatro habían quedado bastante deshilachados tras el fallecimiento. En su día siempre iban juntos, cinco adolescentes: cuatro de la misma edad, y Dagur un año más joven. La amistad era un vínculo muy poderoso, a pesar de todas sus complicaciones.

Antaño, cuando todavía eran cinco, se mantenían unidos a las duras y a las maduras. Ella aún mantenía contacto con Klara, pero a los chicos solo los seguía a distancia. Sabía que Dagur se había metido a empleado de banca, y no le había sorprendido. Encajaba bien en un trabajo así. En cambio, la asombró enterarse de que Benni había fundado una empresa informática, que iba viento en popa, según leyó en la prensa. Siempre había creído que acabaría siendo artista, pero tal vez la programación digital era la creación artística de las postrimerías del siglo xx. Ella era la única de la pandilla que no solo estaba casada, sino que además tenía ya hijos: dos chicos.

Había llegado a Islandia con dos años, hija de madre islandesa y padre italiano, nacida en Italia y bilingüe. Aun así, probablemente era más islandesa que italiana; no había vuelto a vivir en el país transalpino aunque había pasado allí muchas vacaciones con su familia paterna. Su padre había trabajado como agricultor en Italia, y su madre también descendía de una familia de granjeros del este de Islandia, así que, a lo mejor, a Alexandra le faltaba el gen marítimo. Con una estirpe de marineros de agua dulce, ¿qué había de raro en que no soportara los barcos?

Durante buena parte de su infancia más temprana, su familia había vivido con los abuelos en la parte oriental de la isla, hasta que se mudaron a la capital. Llevaban diez años viviendo en Kópavogur cuando la empresa familiar se fue a pique y sus padres regresaron a la casa de los abuelos. Alexandra, que por aquel entonces acababa de cumplir los veinte, los acompañó. Ahora estaba casada con un granjero y vivían con sus padres en el este, preparados para hacerse cargo de una próspera explotación ganadera cuando llegara el momento. La vida en la granja era dura pero buena, aunque disponía de poco tiempo para sí misma, sobre todo por sus dos hijos pequeños, que no paraban. Ese fin de semana se lo había ganado a pulso; podría permitirse volver a los despreocupados años de la adolescencia junto a sus amigos, lejos de casa. Y, pese a estar nerviosa por el viaje en barco, le hacía verdadera ilusión aquella escapada a la isla. Benni le había enseñado una foto, y su belleza natural era innegable.

Era la primera vez que visitaba las islas Vestman, el pequeño archipiélago de unas quince islas volcánicas e innumerables islotes que sobresalían del mar a unas pocas millas de la costa meridional de Islandia. Esa misma mañana había volado con sus amigos a Heimaey, la isla más grande y la única que seguía habitada.

Había sido noticia mundial en 1973, cuando una erupción volcánica provocó la evacuación masiva de la población a tierra firme. La erupción duró más de cinco meses; después, la mayoría de los isleños regresaron y reconstruyeron su ciudad, desafiando la amenaza siempre presente del volcán. Ahora, Heimaey albergaba una próspera industria pesquera, pero Alexandra podía ver el cono volcánico, aún marrón y desprovisto de vegetación, que se cernía sobre las blancas casas del pueblo.

A su llegada se dirigieron al puerto y montaron en un pequeño barco pesquero. Alexandra ya sentía molestias, y eso que la embarcación continuaba amarrada al muelle y las aguas eran un espejo, afortunadamente.

—Esto... sí... Esto sí que va a ser la bomba —dijo Benedikt de repente, como si tuviera la necesidad de rellenar el silencio. No era así en los viejos tiempos. Por aquel entonces habían podido hablarse y callarse juntos, los cinco.

Antaño, Benni solía intentar mantener al grupo animado, pero a Alexandra siempre le parecía que aquello era una fachada, que solo se trataba de una especie de máscara. Lógicamente, el incidente lo había dejado hecho polvo, como a todos, pero más allá de eso su vida había ido sobre ruedas y no tenía mucho de qué lamentarse.

Dagur, en cambio... Alexandra no podía ni imaginarse todo lo que había tenido que sufrir.

—¿Es tu tío... el que nos ha gestionado esto? —preguntó a Benni.

—Sí, mi tío pertenece a la asociación de cazadores de la isla de Ellidaey y nos ha conseguido el permiso. Yo iba con él a menudo en los viejos tiempos.

—¿Y cuándo viene este tío tuyo? —se interesó Alexandra.

—Él no va a venir. ¿O qué os creíais? No lo vamos a tener encima todo el fin de semana, ¿verdad?

—Bueno, pero digo yo que tendrá que llevarnos a la isla en la barca.

—Eso no tiene sentido. Entonces tendría que ir luego a recogernos y tal. Un lío.

—¿Y quién va a pilotar la barca?

—Yo, por supuesto —contestó Benni bastante ufano.

Se hizo el silencio, que no se rompió hasta que Dagur tomó la palabra, haciendo de portavoz de los tres restantes:

—¿Tú sabes llevar una barca de estas?

—No hace falta licencia para este tipo de embarcaciones. Esto es pan comido. Si alguno de vosotros no se fía de mí; ahora es el momento de echarse atrás —dijo con cierta guasa en la voz, aunque con un trasfondo serio.

Durante unos segundos, nadie abrió la boca. A Alexandra le entraron ganas de proponer que desistieran por completo, pero no dio el paso. Otra vez fue Dagur quien rompió el hielo:

—Nadie va a echarse atrás. ¿Has estado en Ellidaey antes?

—Sí, un montón de veces. Pero tranquilos, que

os estaba tomando el pelo. Ahí viene el viejo —dijo señalando hacia los muelles—. Nos llevará a la isla y nos recogerá el domingo. Hay un radiotransmisor en la barca y otro en la caseta de la isla, así que podremos avisarlo cuando estemos listos. La única forma de comunicarse mientras estemos allí es a través del radiotransmisor, así que esperemos que no esté estropeado.

El tío de Benedikt, Sigurdur, era un hombre simpático y animoso. Arrancó el motor, soltó amarras y zarpó dirigiendo la embarcación, al parecer con mano experta, por la bocana del puerto hacia el este, rumbo a la isla de Ellidaey, que se erguía a cierta distancia.

La excursión, sin embargo, le daba mala espina a Alexandra. ¿Debería haber dicho algo? La travesía en sí no le daba miedo, pero había algo en ese viaje que le disgustaba, y esta sensación iba en aumento. Es cierto que habían sido buenos amigos, pero de eso hacía mucho tiempo y llevaban siglos sin verse. Ella mantenía cierto contacto con Klara, pero ¿acaso conocía realmente a los otros? Su pensamiento voló hacia sus pequeños; ahí era donde debería estar, con ellos, y no aquí con unos desconocidos en un intento de revivir sus años de juventud. Y para colmo se reunían para conmemorar un suceso en el que no había manera de pensar sin que un gélido escalofrío te recorriese el espinazo.

Aun así, debía admitir que el paisaje era espectacular. El cielo estaba despejado y la barca reaccionó bien cuando el tío de Benedikt por fin le dio un buen acelerón al motor.

—Ahí tenéis los acantilados de palagonita de Heimaklettur, que es uno de nuestros muchos volcanes, coronado por esas laderas con sus lozanas hierbas —dijo el tío en plan guía turístico, señalando a la izquierda y para arriba—. Y al lado, en medio de este trío, están Midklettur y Ystiklettur. A la derecha —continuó—, el nuevo campo de lava y el volcán de la erupción del 73, que cubrió Heimaey de cenizas, amenazó la bocana del puerto y destruyó casi una tercera parte de las casas del pueblo.

Mientras que los dos chicos y Klara se mantenían en pie, Alexandra permanecía pegada a su asiento. Ellos parecían disfrutar más de la travesía que ella.

—Ahí... Mirad. —Benni señalaba al este—. Ahí está Bjarnarey, y un poquito más a la izquierda y más alejada está Ellidaey, y detrás vemos el mismísimo volcán glaciar de Eyjafjallajökull que se eleva encima de las negras arenas de la costa sur de Islandia.

Alexandra echó una mirada a la isla en la distancia, luego bajó los ojos y los cerró.

De repente, alguien le puso una mano con delicadeza en el hombro. Miró hacia arriba y, al ver que era Dagur, sintió que una ligera corriente le atravesaba las entrañas: recuerdos de una época pasada, de expectativas y esperanzas... Durante cierto tiempo había tenido la certeza de que en la pandilla se formarían dos parejas, la de ella y Dagur y luego Benni y... No, no tenía sentido pensar en eso. Hacía mucho que todo estaba olvidado y enterrado.

—¿Te encuentras mal? —preguntó él con amabilidad.

—No me van mucho los viajes por mar —contestó, a la vez que se le pasaba por la cabeza si podría haber nacido algo entre ellos, algo más que los flirteos juveniles.

Por supuesto, ya era demasiado tarde, ¿verdad? Lo cierto era que, en su matrimonio, no había lo que se podría llamar un romanticismo chispeante, ya no; quizá nunca lo hubo. Y ahora tenía delante un fin de semana entero con el chico —con el hombre— por el que había estado coladita, o, mejor dicho, del que había estado enamorada... en aquel entonces. ¿Fue esa la razón por la que había dicho que sí cuando Klara le propuso el viaje? Lo cierto es que le había preguntado si los dos, Dagur y Benni, también vendrían.

Ahora la isla se alzaba ante ellos en todo su esplendor. Parecía de otro mundo, como un campo de golf de dioses, con su herbazal de un verde intensísimo elevándose por encima de los majestuosos acantilados, y con una única y solitaria casa. Difícilmente existía un sitio más apartado en ninguna parte.

—Vamos a dar la vuelta a la isla, ¿no? —sugirió Sigurdur, echando un rápido vistazo hacia atrás a sus acompañantes en la barca.

Alexandra habría preferido no alargar la navegación, pero se quedó en segundo plano. Sus amigos, en cambio, apoyaron la sugerencia sin dudarlo.

Estaban ya muy cerca de la isla y sobre ellos se elevaba una impresionante pared rocosa vertical que sin duda era imposible escalar, pensó Alexandra. Un considerable número de aves marinas iban revoloteando de un lado a otro.

—Esto es una maravilla, ¿a que sí? Son sobre todo dos clases de gaviotas: la tridáctila y la común, creo —dijo Benni—. Esta pared se llama Cornisa Alta. Y mirad ahí... —Señaló muy arriba del acantilado—. ¿Veis como una lengua que sale de la roca, ahí, en lo alto...?

Alexandra le concedió el deseo de alzar los ojos acantilado arriba y observó la repisa que sobresalía.

—Aquel es un buen sitio para sentarse... Y sentir la vida.

—Tienes que estar de broma —dijo Dagur.

—Nada de bromas. Luego nos acercamos.

A Alexandra se le cortó la respiración.

—Y por ahí podemos subir a la isla —añadió Benni señalando una ladera de rocas empinada—. ¿Veis la cuerda allí?

Ahora Alexandra no se aguantó más.

—Ni hablar, no vamos a subir por esa cuerda; ¿estás loco? Eso es peligrosísimo.

—Podríamos subir por ahí... —Benni sonrió—. O por otra ruta al otro lado de la isla, algo mejor.

—¿Qué es aquello que hay arriba, encima de las rocas, aquel aparato? —preguntó Dagur.

—Es para bajar a las ovejas.

—¿Las ovejas? ¿Hay ovejas aquí?

—Sí, unas cuantas decenas. Hay un poste de sujeción ahí arriba y otro aquí abajo. Los hombres atan una cuerda entre el poste de arriba y la sujeción de esa roca que está ahí abajo, en el mar, y bajan a las ovejas en una red, de dos en dos, por el acantilado. Así es como los granjeros las llevan hasta los barcos.

Continuaron navegando sobre el mar liso.

—Bueno —dijo Sigurdur al rato—. Aquí vamos a desembarcar, ¿lo veis? —Intentó señalar a la vez que controlaba la pequeña embarcación.

Alexandra cedió a la tentación de mirar hacia arriba con la esperanza de ver un embarcadero, pero nada de eso, solo rocas y piedras y poca cosa más...

—Bueno, tenéis..., tenéis que saltar —alzó la voz Sigurdur.

—¿Saltar? —preguntó Klara.

Los otros guardaban silencio.

—Sí, a la isla, al Yunque, como llamamos a esa roca plana de ahí; no es nada complicado, en principio. Solo hay que acertar con el instante correcto. Venga, Benni, tú primero. Yo te digo... —Silencio—. Uno, dos... y saltas.

Benni no se lo pensó dos veces y dio un salto desde la barca hasta el Yunque, logrando a duras penas mantener el equilibrio sobre la piedra.

—Nada complicado, como veis.

Dagur hizo lo propio. Viendo a Klara imitar a Benedikt y a Dagur, parecía coser y cantar, pero a Alexandra le costaba moverse, estaba prácticamente paralizada.

—¡Venga, salta ya! —gritó Sigurdur.

Benedikt lo secundó:

—¡Ahora, Alexandra, ahora! Uno, dos... y saltas.

Y ella se lanzó sin pensárselo más y logró alcanzar la roca, resbalando un poco al aterrizar, pero Dagur la agarró por la cintura y la ayudó a mantener el equilibrio y los pies en tierra firme, si es que esto se podía llamar tierra firme, pensó. Y se le pasó por la cabeza que en realidad no suponía ninguna seguridad verdadera el hecho de haber llegado a esa peligrosísima isla sin población humana, y lamentó haberse dejado engatusar para participar en esa excursión. ¿Cómo demonios iba a terminar?

6

Robert vivía a media hora en coche del centro de la ciudad, y el taxi salió caro. Su vivienda era una casa de madera, baja y bonita, de color blanco, con tejados rojos y un hermoso porche; todo rodeado de un jardín de exuberante vegetación. Hacía un calor asfixiante. El taxista le había dicho que estaban casi a cien grados. Hulda no sabía cómo pasar de Fahrenheit a Celsius, pero tampoco lo necesitaba para confirmar que hacía mucho calor. Mientras sudaba a mares, rezó para que en el interior hiciera más fresco.

—*Welcome, welcome* —dijo un señor mayor que apareció en la veranda—. ¿Hulda? —preguntó luego con acento yanqui.

Era alto, algo entrado en carnes, pero Hulda sospechaba que en sus años mozos había sido más atlético. Prácticamente no le quedaba ni un pelo en la cabeza y un sinfín de arrugas le surcaba el rostro, pero su expresión resultaba amable y simpática.

—Sí, soy Hulda.

Su inglés andaba algo oxidado por la falta de uso, pero, como la mayoría de los islandeses, lo dominaba razonablemente pese a haber viajado poco y no haber vivido nunca en el extranjero. Tenía buen oído para los idiomas, era una lástima que no hubiese tenido más oportunidades de utilizarlos.

Se acercó a él con paso lento mientras lo observaba con atención, y por un segundo le pareció percibir cierta semejanza, algún punto en común, como si ese hombre fuera familiar suyo. Al mismo tiempo temió que eso no fuera más que un deseo ingenuo. Había recorrido un largo camino hasta allí y estaba deseando encontrar a su padre.

—Entramos, ¿no? —preguntó él mientras avanzaba un paso hacia ella y la saludaba con un cálido apretón de manos.

—Sí, por favor.

Por suerte, hacía más fresco dentro.

—Mi mujer no está en casa —le contó—. Siempre está por ahí; es algo más joven que yo.

Sonrió e invitó a Hulda a sentarse a la mesa del comedor. Ella se preguntó qué edad tendría, pero le dio apuro verbalizarlo, al menos por el momento. Hacía cincuenta años que había estado en Islandia. ¿Puede que rondara los setenta? Al menos, llevaba la edad bastante bien: tenía un aspecto saludable y se lo veía ágil de movimientos.

—Pero, de todos modos, nos ha dejado algo en el horno —continuó él antes de salir y regresar al instante con una tarta que olía de maravilla—. Es un pastel de melocotón —explicó orgulloso—. Aquí todo el mundo come pastel de melocotón.

Le ofreció una especie de limonada para acompañar.

Hulda tuvo que admitir, tras el primer bocado, que era uno de los mejores pasteles que había probado en su vida. Hacía tiempo que ella misma había dejado de hacerlos; si apenas tenía ganas de preparar la cena, mucho menos algo más elaborado. Eso no tenía sentido para una mujer que vivía sola. Antaño, seguramente le habría pedido la receta con la idea de hacerla para Jón y Dimma, pero ahora se contentaba con disfrutarla mientras la comía.

—Esto sabe divino —comentó.

—Muchas gracias. Mi mujer tiene buena mano para estas cosas. Está muy bien tener una excusa para hacer pasteles; no recibimos muchas visitas. Y entonces llega usted, ¡y nada menos que desde Islandia!

—No queda tan lejos, aunque eso ya lo sabe. Ya no, al menos. Cinco horas de avión desde Nueva York.

—¿Eso es todo? —El viejo parecía sorprendido—. Vaya, pues en ese caso debería haber ido alguna vez de visita.

—¿Nunca volvió?

—No, lo mío fue una estancia corta, ya le digo. Creo recordar que estuve allí menos de un año, en 1947.

Hulda vio cómo perdía la mirada mientras sus pensamientos volvían a aquella época, medio siglo atrás.

—¿Se acuerda bien de aquel año? ¿Y de Islandia?

—No puedo decir que sí, pues la verdad es que no. En esa época anduve bastante a salto de mata, de acá para allá. Para mí la estancia en Islandia solo fue una misión de muchas. De todas formas, sí recuerdo la lava, aquella lava infinita por todas partes. Un paisaje de lo más escabroso. Casi como..., sí, como en la luna, o como uno se imaginaría que es la luna, al menos.

Robert desplegó una cálida sonrisa.

—¿Hay alguna otra cosa memorable de su paso por Islandia?

Hulda se sentía casi como si estuviera metida en medio de un interrogatorio, intentando lograr que un sospechoso se fuera de la lengua, que confesara un delito. Tenía que cambiar de táctica. No era un enfoque justo para ese hombre que, a lo mejor, era su padre.

Él negó con la cabeza.

—No, la verdad es que no. Y también debo

admitir que Islandia no era lo que se dice... Bueno, no era el destino más popular. Recuerdo que, cuando me enviaron allí, lo primero que se me pasó por la cabeza fue: ¡¿y ahora qué he hecho mal?! —Se rio con ganas—. Por supuesto, eran prejuicios, pero hay que admitir que la isla en aquel entonces aún no estaba del todo metida en el siglo XX; no había comparación con lo que conocía de casa. ¡Ni siquiera tenían televisión!

—Llegó algunos años más tarde —confirmó Hulda—. Con la base americana de Keflavík.

—No me diga.

—Usted era joven en aquel tiempo —sondeó ella, sorprendida por lo fácil que le resultaba hablar en inglés.

—Bueno, tenía cerca de treinta años... —Pareció hacer cálculos mentales—. Sí, justo, tenía treinta años.

—Le resultaría difícil separarse de su mujer todo un año —inquirió Hulda en tono interrogativo. Era interesante saber si estaba soltero por aquel entonces... Aunque eso tampoco habría sido determinante. A lo mejor había tenido un desliz extramarital en Islandia.

—Sí, sí, visto así, pero por fortuna la guerra había acabado, por lo que había pasado el peligro. Ella ha sido muy paciente y buena conmigo todos estos años. Llevamos casados más de medio siglo.

—Enhorabuena.

—Gracias. —Se quedó callado un rato y luego,

antes de que Hulda hubiera elegido las palabras correctas para continuar, habló en tono quedo y ponderado—: Así que... ¿me dijo por teléfono que teníamos un conocido en común?

7
KLARA

Klara no acababa de encontrar su lugar en el mundo. Al menos eso era lo que se decía a sí misma cuando trataba de justificar por qué a sus treinta años seguía viviendo en casa de sus padres y no tenía planes de mudarse en breve. Saltaba de un trabajo a otro, frenada por la falta de estudios formales. Durante una temporada había trabajado como suplente en una guardería y la experiencia le había gustado, pero, como en el resto de sus trabajos, tampoco allí aguantó demasiado. De cuando en cuando le habían salido trabajos como dependienta, más que nada suplencias, y luego un puesto en otra escuela infantil, pero de nuevo por poco tiempo. Quizá el problema fuera que no se esforzaba lo suficiente en mantener los buenos empleos cuando llegaban. Estaba a gusto en casa, donde más o menos tenía todo lo que necesitaba, porque, además, sus padres le permitían vivir en el apartamento del sótano sin pagar alquiler.

Se hallaba de pie delante de la casa de la isla, mirando el mar, mientras su pensamiento volaba a los tiempos en que la vida era más sencilla; cuando tenía a estos buenos amigos, con los que compartía todos los ratos libres, o casi. Habían estado muy unidos, y se acordó de cómo entonces pensaba que sería así toda la vida, que serían amigos para siempre, e incluso algo más que eso...

Era un día hermoso y diáfano, y Klara a duras penas podría imaginarse un escenario más espectacular, pero, por algún motivo, Alexandra estaba siendo una auténtica aguafiestas. Después de subir por el sendero cubierto de hierba que bordeaba el acantilado, con la ayuda de una vieja cuerda fijada a la roca, su amiga no paraba de quejarse de que no deberían haber venido, e incluso le echó la culpa a ella: «¡No deberías haberme metido en esto!». Pero ella no la había obligado a meterse en nada de nada, pensó Klara. Lo único que había hecho era intentar convencer a su vieja amiga de que lo correcto era reunirse para honrar la memoria de la tercera chica de la pandilla, esa de la que ya casi no hablaban. A lo mejor, la elección de ese sitio había sido poco acertada, una vieja casa de la isla de Ellidaey, un sitio de lo más apartado imaginable, pero cuando Benni le envió una foto de la islita, se convenció de que era el lugar perfecto: ¡cuánta belleza!

Ahora también ella había comenzado a tener sus dudas. Tal vez era solo la certeza de estar aislados del resto del mundo. Tuvo la repentina sensación de que estaban varados, como náufragos atrapados en una isla desierta, sin forma de comunicarse con el mundo exterior salvo a través de una vieja radio.

Encerrados dentro de un magnífico lienzo paisajístico.

La casa, o más bien la caseta, pensada para la caza de frailecillos, estaba situada al pie de una ladera cubierta de hierba que se elevaba hacia el cielo antes de caer en vertical al mar. Cerca había otra edificación más antigua, de menores dimensiones: una cabaña de cazadores del siglo XIX, una de las casas más antiguas de las islas Vestman, les había contado Benni. También les había dicho que la pequeña choza que estaba junto a la casa nueva se usaba como sauna, a lo que Klara no daba mucho crédito.

Oyó que alguien la llamaba; probablemente Benni. Se llenó los pulmones con el aire fresco del mar mientras escuchaba los graznidos de los pájaros, lo único que rompía el silencio. Luego, decidida a disfrutar del momento, se sacudió de encima la creciente inquietud que la invadía y fue a reunirse con los demás.

Benni había convocado al grupo y les había dicho que iban a visitar la Cornisa Alta. Nadie puso pegas, pero Klara vio que a Alexandra no le hacía demasiada gracia la idea.

El paseo los llevó a través de la isla, y se fueron encontrando alguna que otra oveja por el camino.

—Quedaos en el sendero, es lo más seguro. Las ovejas se ocupan de mantenerlo, normalmente van por esta misma ruta —explicó Benni.

—¿Lo más seguro? —preguntó Dagur—. ¿Tiene algún peligro caminar por la hierba?

—Las madrigueras donde anidan los frailecillos están por todas partes, y es fácil torcerte el tobillo si pisas una por accidente. Solo id con cuidado.

Klara les iba a la zaga, a poca distancia de los otros. Algunas de las cañadas se distinguían peor que otras; el suelo estaba cubierto de hierba alta y grandes matojos que dificultaban la marcha. El terreno comenzó a inclinarse peligrosamente bajo sus pies.

—La verdad es que esto no es para los que sufren de vértigo —dijo Benni cuando parecía que se acercaban a su destino—. Vosotros seguidme, y si veis que perdéis el equilibrio, lo mejor es agarrarse a la hierba; es muy resistente.

Klara, al final del grupito, siguió a los demás hasta encontrarse de golpe en uno de los sitios más bellos que jamás había contemplado, dentro de una especie de hueco en lo alto del acantilado, y ahí estaba la repisa que habían visto desde el mar. Apenas había sitio para los cuatro y era imposible erguirse del todo salvo acercándose al borde del precipicio.

—¿Quién quiere sentarse en la cornisa? —preguntó Benni—. Las vistas son increíbles. Y vaya si te hace sentir vivo, pero el riesgo de muerte inminente es lo que tiene. Un mal paso y estás perdido.

Dagur fue el primero en probarlo, un poco vacilante, pero Alexandra dejó claro por sus gestos que no pensaba arriesgarse a moverse un milímetro más allá de donde se encontraba, por poco seguro que fuese también ese refugio.

Al volver Dagur, Klara lo imitó y se sentó en el borde del acantilado, admirando el mar, el cielo y las aves marinas, que eran muchísimas, y que volaban tan cerca que casi podía tocarlas. Se sintió transportada a otro mundo; la tranquilidad era absoluta y el panorama no tenía igual. Podía ver Bjarnarey despuntando sobre el mar, y, más allá, los conos volcánicos de Heimaey, y después nada salvo el océano que se desplegaba hasta el lejano horizonte. Luego su vista fue hacia abajo, asomándose por el borde del precipicio. Fue como enfrentarse al infinito, como mirar a la muerte a los ojos. Se echó hacia atrás por puro instinto e inspiró hondo. Ningún ser humano podría sobrevivir a una caída semejante.

8
DAGUR

La cabaña de caza, una elegante casita de madera, era más grande de lo que su nombre sugería, casi como una casa de verano, revestida de láminas de chapa ondulada, blanca en las paredes y negra en el tejado. La entrada daba directamente a la cocina, donde los viejos tiempos convivían con los nuevos; electrodomésticos modernos compartían espacio con objetos antiguos: una estupenda cafetera, un calendario antiquísimo y una radio que había tenido su momento de gloria en los años setenta. A Dagur le pareció que la casa tenía un aire acogedor. De la cocina se pasaba a un amplio salón, donde los cuatro amigos estaban ya acomodados. En las paredes había fotografías antiguas de cazadores y del techo colgaban aves marinas disecadas, como recordatorio de que la isla pertenecía a los pájaros, de que allí los humanos eran visitantes.

—Dicen que en esta isla hay más pájaros que habitantes tiene Manhattan —dijo Benni. Hasta ahora, la comunicación entre ellos había sido algo forzada, una señal de cuánto tiempo llevaban sin reunirse los cuatro, aunque Benni intentaba hacer lo que estaba en su mano para animar el ambiente—. Y un sinfín de túneles de frailecillos.

No había agua de manantial en la isla; lo habitual era recoger el agua de la lluvia en un aljibe, pero ellos habían traído cantimploras llenas, además de bebidas alcohólicas y comida. Había sido todo un reto desembarcar el equipaje sin romper nada en el proceso.

—Esto no está nada mal —dijo Alexandra, aunque un ligero temblor en su voz traicionaba sus palabras. Dagur tuvo la sensación de que ella preferiría estar en cualquier otro sitio—. Tuvo que ser difícil construir una casa aquí.

—Sí, me han contado historias sobre eso —contestó Benni, abalanzándose encantado sobre el nuevo tema de conversación—. Tuvo que ser un infierno, ya os podéis hacer una idea: transportar la madera y todo el material hasta la isla.

—Es una auténtica aventura estar tan lejos de todo y de todos —intervino Klara—. Menudo cambio para ti, ¿eh, Alexandra? No oír el llanto de ningún crío.

Alexandra sonrió sin decir nada.

—¿Qué tal la vida en el este? —preguntó Dagur para romper el silencio.

Alexandra no respondió enseguida, pero al final dijo:

—Bien, bastante bien. —Luego apartó los ojos con rapidez, y Dagur creyó percibir en su expresión que se había dejado cosas en el tintero.

Se le ocurrió dirigirse a Klara para preguntarle qué se contaba, pero desistió en el acto. Sabía perfectamente que los últimos años —de hecho, la última década— habían sido difíciles para ella; que vivía en casa de sus padres y que aún no había encontrado un trabajo adecuado.

Dagur miró a Benedikt, intentando transmitirle con la mirada que le tocaba mantener la conversación viva.

—Deberíamos brindar, ¿no? Un brindis... por ella. —Benedikt se puso de pie. Quedaba claro a quién se refería.

—Sí, hagámoslo —se sumó Klara.

Klara y ella habían sido mejores amigas. Del grupo, Dagur y Klara eran los más cercanos a ella.

—¿Vas a por alcohol? —preguntó Klara a Benni.

—¿Tú qué crees? —Buscó una botella de whisky en un armario y sirvió a las chicas y a sí mismo antes de girarse hacia Dagur—: ¿Tú vas a querer?

Dagur llevaba muchos años sin tomar un trago, no desde aquellos terribles sucesos, que, de hecho, los habían traído a los cuatro hasta allí. Desde luego había bebido en la adolescencia, pero luego tuvo que dejarlo. Más concretamente, cuando su padre admitió que estaba borracho cuando..., cuando el suceso tuvo lugar..., y que hacía mucho tiempo que bebía a escondidas, ocultándoselo a la familia. A raíz de aquello, Dagur no podía con la idea de probar ni una gota. Y había cumplido con ello.

A veces, la tentación había sido muy fuerte —quizá lo llevaba en la sangre—, pero no tenía intención de caer. No había forma de saber hasta qué punto el alcohol tenía la culpa de haber destrozado a su familia, pero estaba claro que, sin él, la situación no habría sido ni mucho menos tan grave.

No, iba a mantenerse sobrio esa noche, como siempre.

9

—Sí, eso es... —Hulda dudó cómo responder a la pregunta sobre su amigo en común. Pese a la costumbre, no se había preparado bien para eso; no había pensado cómo iba a abordar el asunto.

—¿Usted qué edad tiene? —preguntó él, y al instante ella se dio cuenta de por dónde iban los tiros—. Espero que me perdone la descortesía, pero cuando uno llega a estas edades, se permite muchas licencias con los más jóvenes.

—Por supuesto, y mi edad no es ningún secreto... Cumplo cincuenta este año. Un cumpleaños de los emblemáticos.

—Desde luego. Recuerdo cuando yo cumplí cincuenta. Creía que la vida se terminaba, pero ha sido todo lo contrario. —Se rio con afabilidad—. ¿Tiene familia?, ¿marido e hijos?

La pregunta dejó a Hulda descolocada. En Islandia, casi todo el mundo con quien tenía trato sabía lo que había pasado: que Dimma se había quitado la vida y que Jón había fallecido poco después. Llevaba mucho tiempo completamente sola, y sin duda seguiría así. Por eso no estaba acostumbrada a hablar de ello, y al instante tomó la decisión instantánea de no abrirse tanto a un desconocido... Algo un tanto injusto, teniendo en cuenta que confiaba en que él admitiera una infidelidad matrimonial, una aventura amorosa con una joven de Reikiavik hacía medio siglo.

—No, vivo sola —contestó con la intención de zanjar ahí el asunto.

—Bueno, no es demasiado tarde para buscarse un buen hombre.

Ella no respondió.

—¿No le apetece otro trozo? —preguntó él señalando el pastel de melocotón.

Hulda aceptó el ofrecimiento, aunque solo fuese para ganar tiempo.

Tras un breve silencio, Robert le allanó el camino y le ahorró el esfuerzo:

—¿Se trata de alguien de su familia? ¿Su madre, quizá, ese conocido en común?

Hulda dudó antes de contestar:

—Emm... Sí, exacto. Es mi madre.

Él se reclinó en su asiento.

—Ajá. Es lo que pensaba.

Permaneció sin decir nada un tiempo, y Hulda no pensaba sonsacarle nada; ante todo quería que él moviera ficha.

—Tiene la edad justa, y eso es probablemente lo único que puede empujar a una mujer de Islandia a venir a visitar a un anciano desconocido aquí en Georgia, tan lejos de casa. ¿Tengo razón o no?

Hulda notó que su corazón daba un salto. ¿Era ese su padre? ¿De veras estaba sentada delante de él al cabo de tantos años? De pronto tenía que luchar contra las lágrimas.

—Sí... —dijo titubeante.

—Ajá —repitió Robert.

—¿Estuvo usted...? ¿Mi madre y usted estuvieron...? —Hulda no encontraba las palabras.

Esta vez fue Robert quien guardó silencio. También él parecía tener dificultades con las palabras.

10
BENEDIKT

Benedikt notó que el alcohol empezaba a hacerle efecto, quizá más de lo previsto. Beber con el estómago vacío no había sido una buena idea.

Tenía su gracia contemplar al grupo, sus tres viejos amigos de la adolescencia, ahora con diez años más a la espalda. Había mantenido el contacto con Dagur e intentaba quedar con él con regularidad, aun cuando últimamente Dagur se encontraba más a gusto detrás de su coraza. Benedikt siempre había pensado que su amistad era sólida, que había sido capaz de resistir frente a viento y marea, pero a veces le daba la impresión de que Dagur lo sentía de otra forma. A las chicas, en cambio, hacía tiempo que no las veía. Klara prácticamente había desaparecido del radar, y Alexandra se había mudado al este. Había oído por ahí que a la primera le costaba aguantar en los trabajos que conseguía y que continuaba viviendo en casa de sus padres. En los viejos tiempos, cualquiera habría dicho que tenía un futuro prometedor por delante, y la mayoría de la gente creía que iba a llegar lejos en cualquier ámbito al que se dedicase. Él habría apostado por que Klara acabaría sacándose un título universitario, pero por lo visto no tenía el tesón que él le había supuesto. Sin duda, él mismo había tomado la decisión correcta... Nunca había albergado dudas al respecto, al margen de cómo habían ido las cosas.

Pero tampoco podía olvidar que aquellos sucesos pasados los habían marcado a todos para siempre, de un modo u otro. Y no solo a ellos, sino a todos los que la habían conocido a ella, su amiga en común.

Llevaban hablando de ella un buen rato, por primera vez en muchos años. Les provocaba una sensación agradable. Era algo que deberían haber hecho hacía mucho.

Alexandra había compartido con ellos un recuerdo agridulce, y a Benedikt le pareció que ahora le tocaba a él.

—Recuerdo... —empezó, intentando contener el sollozo que amenazaba con agarrarse a su garganta en cuanto rememoró la historia—. Recuerdo que una vez me contó que a un antepasado suyo lo habían quemado en la hoguera. Y por si eso no bastara, dijo que su fantasma la rondaba. Aseguraba que prácticamente lo había visto, que lo había sentido de alguna manera.

—Sí, recuerdo aquellos... cuentos —intervino Dagur con cautela.

Benedikt notó cómo el recuerdo le calentaba el corazón, aunque también le provocó un levísimo escalofrío.

—Siempre estaba contando algo, probablemente invenciones la mayoría de las veces, espero —dijo Benedikt—. Pero era parte de su encanto.

—Exactamente —le sonrió Alexandra. Parecía que el alcohol le había soltado la lengua—. Era una mentirosa redomada, pero nunca por malicia. Era solo que le gustaba adornar la verdad.

—Bueno, tanto como una mentirosa redomada... —repitió Dagur, que a todas luces seguía sobrio como un juez y no estaba por la labor de apoyar cualquier cosa—. Eso quizá sea pasarse un poco.

—Perdón, sí, no pretendía insinuar nada con eso. —Alexandra se sonrojó.

—¿Y crees que decía la verdad sobre ese antepasado suyo? —preguntó Klara, que había dado buena cuenta de las bebidas; incluso más que ninguno—. ¿Lo quemaron en la hoguera? ¿De verdad se hacían esas cosas en Islandia?

—¿Sabes?, eso fue justo lo que le pregunté a ella... —Al instante, Benedikt se dio cuenta de que estaba a punto de irse de la lengua—. En todo caso..., Dios, es que no lo sé. No recuerdo los detalles. Fue hace siglos.

—¿Pasó en los Fiordos del Oeste? —inquirió Dagur.

—¿Cómo? No, ¿a qué te refieres? ¿Los Fiordos del Oeste?

—Yo conozco la historia. Ese hombre vivió allí, el tipo al que quemaron. Eso es verdad. Me lo contó una vez en la casa de campo... —Su voz sonaba seria—. Dijo que le asustaba la oscuridad de allí.

Benedikt no contestó. Pretendía llevar la conversación por otros derroteros, pero Dagur continuó:

—Había olvidado aquella historia hasta ahora. Es curioso recordarla. Seguramente fueron exageraciones, ¿quién sabe? ¿Cuándo te lo contó a ti?

—¿A mí? —Benedikt hizo como si la pregunta no fuera con él.

—Sí, ¿cuándo te contó aquella historia?

Fingió que se estrujaba el cerebro:

—Buf, no consigo acordarme. Solo recuerdo que alguien fue quemado en la hoguera. Eso se te queda gravado.

Se rio mientras observaba la reacción de sus amigos. Se fijó en que Alexandra se acercaba un poco más a Dagur en el sofá que ocupaban solo los dos. Quizá de forma instintiva..., ¿o no? Klara no reaccionó en absoluto, tenía la mirada perdida, como si estuviera pensando en algo que no tenía nada que ver con aquello. Y Dagur... Dagur estaba atento, con los ojos clavados en Benedikt, y quedaba claro por su mirada que algo en el relato de su amigo le había molestado.

—Diez años —dijo Dagur luego—. El tiempo vuela, chicos. ¿Brindamos?

Hicieron un brindis por ella, ¿por quién si no? Por la chica que había contribuido a formar la pandilla; compañera de clase de Benedikt y Klara desde primaria hasta finalizar el instituto, amiga de Alexandra, que nunca había ido con ellos al mismo colegio, y hermana de Dagur, del «pequeño Dagur», como lo llamaban a veces, porque tenía un año menos que ellos. Pero ella había insistido en que lo dejaran acompañarlos. Así la recordaba Benedikt: vivaracha, vacilona, cariñosa, bondadosa con todos aunque decidida a la hora de alcanzar sus metas. Nunca dejó que nada la detuviese...

—Yo casi puedo sentirla aquí con nosotros. —El alcohol hacía que Alexandra trastabillara un poco con las palabras—. ¿No lo sentís también? Como un espíritu invisible que se desliza por la casa y hace que todo parezca más luminoso: un espíritu travieso, ¿no lo sentís? —No recibió respuesta, así que continuó—: Lo siento, me he puesto un poco sensiblera. Es el alcohol, no estoy acostumbrada a beber así, ya no. En la granja siempre estoy cuidando a los niños y a mi marido; ya no tengo tiempo para salir de fiesta.

—Sí, la siento; siento su presencia. —Klara sonrió—. Sin duda, Alexandra.

—No puedo evitar preguntarme si está intentando decirnos algo —añadió ella, envalentonada por las palabras de Klara—. Si quiere transmitirnos algún mensaje.

—¿A qué te refieres? —Benedikt alzó la voz casi por puro instinto—. ¿Decirnos el qué?

—Ya sabes... —replicó Alexandra vacilante.

Benedikt no respondió. No sabía cuál era la mejor manera de reaccionar a eso.

—Ya sabes —repitió ella—. A lo mejor quiere contarnos qué le pasó.

Ahora Benedikt notó como el ambiente se tensaba; casi podía palparse, como si el fantasma de ella literalmente los hubiese acompañado a Ellidaey.

—No te entiendo —intervino Klara.

Benedikt la miró de verdad por primera vez. El tiempo la había tratado muy bien. Ya era una chica muy guapa en primaria y en el instituto, y ahora había madurado, convirtiéndose en una mujer de lo más atractiva. Siempre había sentido algo por ella, aunque sabía que ahora no podría haber nada entre ellos. En cierto modo, le gustaba volver a verlos a todos, pero, por otro lado, también se alegraba de haber cortado los lazos con las dos chicas: le bastaba con Dagur.

—¿Contarnos qué pasó? —insistió Klara—. ¿A qué te refieres? Todos sabemos qué pasó...

Hablaba bajo pero claro, y durante un segundo se habría podido oír el ruido de un alfiler al caer. Luego Dagur se puso en pie con tanto estrépito que el vaso del que había estado bebiendo fue a parar al suelo y se rompió en pedazos.

—¡No lo sabemos! —gritó, y lo hizo con tanta violencia que Benedikt se preguntó si el vaso no tenía alcohol a fin de cuentas. Aquel arrebato no era propio de él.

Benedikt se levantó y abrazó a su amigo.

—Por supuesto que no lo sabemos. No lo sabe nadie... Pero ya sabes a qué se refiere Klara: el caso está cerrado y la policía creyó haber llegado a una conclusión. No necesariamente tenemos que estar de acuerdo. Cada uno de nosotros puede tener su propia opinión.

Dagur lo apartó de un empujón tan fuerte que Benedikt se sobresaltó.

—¿Que cada uno puede tener su propia opinión? ¿Qué gilipollez es esa, Benni? ¿Klara? ¿Y qué dices tú, Alexandra? Ahí sentada, callada como un ratón. ¿Tú tienes alguna opinión? —Clavó la mirada en ella.

—No, no, o sea... Estoy de acuerdo contigo, Dagur.

—¿Me estáis diciendo que todos os tragáis la versión oficial? ¿En serio? Creía que erais mis amigos, que éramos una piña. ¡Y ahora vosotros también me estáis mintiendo, o al menos tú, Benni! ¡Tú! Somos amigos, por el amor de Dios, o lo éramos. ¿Por qué me has estado mintiendo?

—¿Cómo que te miento? ¿A qué diablos te refieres? —dijo Benedikt.

Pero Dagur ya había salido disparado escaleras arriba.

11
ALEXANDRA

Alexandra tardó un momento en percatarse de lo que la había sacado de su sueño. Se despertó de golpe sobresaltada y vio que era plena noche, con tanta oscuridad fuera como era posible en esa época del año. Su colchón era viejo e incómodo. Eso no era un hotel de lujo, en realidad solo un altillo acondicionado para dormir, pero los que se hospedaban allí, presumiblemente, no lo veían como un inconveniente. La mayoría iban allí para alejarse de todo. Y, aun así, ella —que solía definirse como una chica de campo— no lo estaba disfrutando. Había algo en el aire, algo difícil de determinar, y habría dado lo que fuera por estar en su casa, en el este, en su propia cama, lejos de esa isla y de esa gente. La velada había acabado como el rosario de la aurora. Dagur de repente se había cabreado con Benedikt sin venir a cuento. Y, a partir de entonces, la fiesta se había ido apagando, y eso que hasta ese momento tampoco había sido lo que se dice la juerga padre. Alexandra confiaba en que el nuevo día trajera ánimos más positivos.

Le había costado pegar ojo, aunque al final lo había conseguido. Luego oyó un grito y enseguida supo que había sido justo eso lo que la había despertado; un gemido que, sin embargo, penetraba hasta la médula; un grito de mujer, de eso estaba segura. ¿Klara?

Alexandra se incorporó, muerta de cansancio y todavía con alcohol en la sangre tras varias copas. Notaba un leve mareo. Cuando vio que Klara no estaba en su colchón se dio cuenta de que, en realidad, estaba muerta de miedo, porque ¿qué diablos podía provocar semejante grito de terror? Casi no tenía ganas de averiguarlo, pero debía ir en ayuda de su amiga.

El altillo estaba dividido en dos habitaciones, con la puerta que las comunicaba entornada; los chicos ocupaban la más interior; la otra, Klara y ella.

Entonces, de repente, la vio. Estaba sentada en un rincón, en una especie de posición fetal, dándole la espalda.

—¿Qué demonios pasa? ¿Cuál es el problema? —preguntó Dagur, que ya había salido de la habitación interior y miraba a Alexandra con ojos incisivos, como si creyese que era ella quien había gritado—. ¿Dónde está Benni?

—¿No está contigo?

—No. ¿Quién ha gritado?

Alexandra señaló a Klara.

—Klara, ¿estás bien? —dijo él con un tono diferente, más amable.

Ella se giró muy despacio, como en una calma onírica, y Alexandra se dio un susto de muerte al ver su rostro.

12

—Mi esposa y yo... —dijo Robert, y se detuvo un instante antes de comenzar de nuevo—: Mi esposa y yo no hemos podido tener hijos. Y yo no tengo hijos con otras mujeres. No tuve ninguna aventura en Islandia; siempre he sido fiel a mi mujer. Lamento mucho que haya venido hasta aquí en balde, pero no soy su padre. ¿No era esa su pregunta?

Hulda suspiró.

—Sí. La verdad es que... casi me había hecho ilusiones de que fuera usted.

Intentó no mostrar mucho su decepción. Después de todo, había sido una búsqueda inútil, pero, por un instante, había creído de verdad que aquel hombre amable y amistoso podía ser su padre. De pronto se dio cuenta de lo mucho que necesitaba un padre. Sentía que llevaba toda una vida esperando la oportunidad de conocerlo, de abrazarlo, de hacer que se sintiera orgulloso de ella...

—¿Por qué creía que era yo?

—Mi madre... Ella nunca le habló a mi padre de mi existencia, nunca le dijo que se había quedado embarazada, que tuvo una niña... —Hulda tuvo que callarse un momento para poder tomar aire.

—Entiendo —asintió Robert—. ¿Cómo se llama? ¿Vive todavía?

—Anna. Se llamaba Anna. Ya ha fallecido.

—Lo siento —dijo él, y parecía sincero.

—He estado postergando este viaje; no quise hacerlo mientras ella vivía. Es difícil de explicar, pero no me pareció bien meter las narices en esto hasta después de su muerte. Era asunto suyo, la decisión de no intentar dar con... mi padre.

—Siento que no lo haya encontrado. Todavía no, en cualquier caso. Pero ¿por qué pensó que podría ser yo? —preguntó con amabilidad.

—Ella sabía que se llamaba Robert. Eso sí me lo dijo. Y que era de Georgia.

—Sí, de hecho, éramos dos —apostilló él.

—Lo sé. Pero no he logrado encontrar al otro. Por eso tenía la esperanza de que fuera usted. De todos modos, ha sido un placer conocerlo. —Se puso en pie despacio.

—Igualmente. —Él sonrió.

—¿No sabrá...? ¿Por casualidad no sabrá qué fue de él?

El anfitrión negó con la cabeza:

—Me temo que no, aunque me acuerdo de él perfectamente. De hecho, nos convertimos en buenos colegas y seguimos en contacto durante un tiempo a través de la asociación de veteranos, pero ya llevo diez años o más sin saber de él. Aun así, ¿sabe?, podría llamar a un amigo común si usted quiere. Es lo mínimo que puedo hacer. —Se levantó—. Voy un momento al despacho a ver si lo localizo. Tómese otro trocito del pastel mientras tanto, por favor. Eso no se come solo y a mí no me hace ningún bien.

13
DAGUR

Dagur vio que Alexandra se sobresaltaba cuando Klara se dio la vuelta. No era de extrañar. El rostro de la mujer era una máscara de terror puro. También estaba cenicienta, como si hubiese visto un fantasma. Eso fue lo primero que se le pasó por la cabeza, a pesar de que no creía para nada en espectros ni apariciones. Probablemente, Klara se había despertado de una pesadilla y, de paso, había despertado a toda la casa... Aun así, había algo pavoroso en esa situación. Él nunca había visto a una persona tan aterrorizada ni tan lívida. Era como si estuviese fuera de sí de puro pánico.

—¿Va todo bien, Klara? —preguntó Dagur en tono quedo, acercándose a ella con pasos cautelosos.

Ella tenía la mirada fija en el vacío, como si no

los viera. Él intentó mirarla a los ojos, pero Klara parecía atravesarlo con los suyos.

—¿Qué ha pasado, Klarita? Siéntate, siéntate aquí. Alexandra está conmigo. Hemos oído un grito.

Klara no reaccionó.

—¿Has sido tú quien ha gritado? ¿Ha pasado algo?

Tras uno o dos minutos, por fin se levantó y el color fue volviendo poco a poco a sus mejillas.

Dagur echó un vistazo por encima del hombro y vio que Alexandra se mantenía en segundo plano, esperando a una distancia prudencial. Como si no quisiera correr el riesgo de presenciar lo mismo que Klara había visto...

—¿Va todo bien? —repitió él cuando juzgó que la joven había tenido tiempo para sobreponerse.

Ella negó con la cabeza.

—¿Una pesadilla?

Volvió a menear la cabeza.

—No.

—¿Qué ha pasado?

Klara permanecía callada. Dagur esperó paciente. Vio por su expresión que necesitaba algo más de tiempo para recuperarse antes de poder contestar.

Al fin, con una voz espantosamente hueca, dijo:

—La he visto. Estaba aquí.

Dagur sintió náuseas y una oleada de pavor lo

recorrió de pies a cabeza. No había la menor duda de a quién se refería y, aun sabiendo que no era posible, no pudo evitar impresionarse, asaltado por dudas incómodas que intentó sacudirse de encima. Él no creía en esas cosas, pero no había manera de negar que algo pavoroso le había pasado a Klara.

—¿Qué gilipollez es esa? —explotó, incapaz de contenerse—. ¡Déjate de chorradas!

Notó que alguien le ponía la mano en el hombro, y otra vez sintió que un escalofrío le recorría el cuerpo. Echó un vistazo rápido hacia atrás, casi esperando verla ahí de pie a ella, a su propia hermana.

14

Robert regresó al cabo de unos minutos, y Hulda vio por su expresión que no traía buenas noticias.

Se sentó antes de decir nada.

—Lo siento, querida, lo siento.

—¿Ha... ha fallecido? —preguntó ella, aunque ya intuía la respuesta. Y quizá siempre lo había sabido. Lo había presentido. De eso al menos intentaba convencerse ahora.

Robert asintió con la cabeza.

—Sí, hace cinco años. Lo siento mucho.

Se sintió abrumada por la tristeza ante la muerte de un hombre que nunca había llegado a conocer. Ahora había quedado claro, negro sobre blanco, que nunca vería cara a cara a su padre.

Y se maldijo a sí misma en silencio por su propia cobardía, por no haberse lanzado mucho antes.

—Yo... —Robert vaciló—. Yo lo recuerdo muy

bien. Era un tipo muy agradable, un buen hombre, si es que supone algún alivio.

Hulda asintió tratando de ocultar cuánto le había afectado la noticia, pero sabía que no engañaba a nadie. Se esforzó cuanto pudo en contener las lágrimas; lo logró a duras penas. No era su estilo llorar, ya no. Había pasado por tantas cosas que no iba a ponerse a malgastar lágrimas con alguien a quien ni siquiera conocía.

—Gracias —se limitó a decir.

—Un tipo de una pieza, hasta donde puedo recordar. Como compañeros de armas, siempre supe que podía confiar en él, que me cubría la espalda. —Luego añadió, y Hulda tuvo la impresión de que lo decía solo para consolarla—: Sí que tiene usted un aire, hay un parecido, podría jurarlo. Si me deja su dirección, intentaré conseguir algunas fotografías de él.

—¿A qué...? ¿A qué se dedicó después del servicio militar?

—Se hizo profesor, y estuvo dando clases buena parte de su vida, creo. Pero, como he dicho, hacía bastante que nos perdimos la pista. Pero fue un buen hombre —repitió.

Estas afirmaciones no suponían especial consuelo para Hulda. ¿Qué otra cosa iba a decir sobre un muerto, y sobre todo en esas circunstancias?

En lo que a ella respectaba, seguía en el mismo sitio en cuanto a su padre, y quizá lo mejor era dejarlo tal cual. Sin embargo, deseaba saber algo más sobre él:

—¿Estaba casado?

—Sí, pero su mujer murió antes que él, eso sí lo sé. Falleció demasiado joven, una muerte muy prematura; de eso hace unos quince años. No sé si volvió a casarse.

—¿Tenía hijos?

—Sí, varios.

A Hulda se le pasó por la cabeza intentar buscarlos. A sus hermanastros... Pero no se sentía con ánimos, aún no. Puede que nunca. Mejor dejarlo estar. Además, no buscaba a unos hermanos, solo intentaba conocer a su padre.

Se puso en pie.

—Muchísimas gracias por dedicarme su tiempo y por ser tan amable —dijo tratando de sonreír—. Tienen ustedes un hogar muy bonito.

—Ha sido un placer conocerla, Hulda —contestó él, levantándose también—. Si hay algo más que pueda hacer para ayudarla, solo dígamelo.

Reflexionó y se sorprendió a sí misma al decir:

—¿No sabrá..., o no podrá averiguar... dónde está enterrado?

—Eso sería..., sí, eso sería factible. Deje que haga algunas llamadas, si no le importa esperar.

—Claro que no, muchas gracias —replicó Hulda, sintiéndose avergonzada por hacer que el anciano perdiese tanto tiempo por una completa desconocida.

—Será más entretenido que estar sentado en el porche resolviendo un crucigrama —dijo él como si le leyera la mente, antes de salir de nuevo de la habitación.

15
ALEXANDRA

—Dagur, calma —dijo Alexandra en tono tranquilizador.

La había mirado cuando le puso la mano con cuidado en el hombro, y vio por su cara que tenía miedo, un miedo de muerte. Esta situación tenía algo que le inquietaba sobremanera. Un minuto atrás, Klara parecía un zombi.

De golpe se vio asumiendo el papel de madre, como si estuviera consolando a dos niños pequeños. En sentido estricto, sus viejos amigos ya eran adultos, pero ahora se daba cuenta de que de alguna manera no habían madurado. Ella había tenido la suerte de mudarse lejos, de ir al este, de poner tierra de por medio y alejarse de aquel infierno por el que habían pasado. En cambio, Dagur y Klara por lo visto todavía no habían logrado superar el trauma, no de verdad. Algo que se hizo incómodamente obvio en ese momento. En realidad eran solo unos niños. Ni siquiera Dagur, ese muchacho de fiar y sereno, aguantaba la tensión.

Le entraron ganas de acogerlo contra su pecho, estrecharlo en un cariñoso abrazo, y supo que seguramente nunca había dejado de estar colgada por él, de estar un poquito enamorada... Y en este sentido, ella tampoco había madurado por completo. Una mujer adulta, con dos hijos y un marido, no debería pensar de esa manera. Sin embargo, no pudo evitar sentirse de nuevo como una chiquilla, una chiquilla enamorada de veinte años.

Dagur se dio la vuelta, le tomó las manos entre las suyas, con enorme tacto, y ella volvió a sentir esa cálida y grata corriente recorriendo su cuerpo.

—Lo siento, me he asustado.

Él la miró profundamente a los ojos y por primera vez a ella le pareció ver en los suyos una chispa genuina. ¿Era posible que él hubiese albergado sentimientos por ella durante todos estos años? ¿Y era ya demasiado tarde para hacer algo al respecto?

Claro que sí... Claro que era demasiado tarde.

Pero, por otro lado...

—No pasa nada.

Se quedó esperando, sin querer que él le soltase la mano, pero al final lo hizo, mientras se giraba hacia Klara.

—¿Lo dices en serio? —preguntó—. ¿Crees que la has visto? Habrá sido solo una pesadilla.

—Lo digo en serio —contestó ella en tono ponderado y cortante—. No me estoy imaginando cosas. ¡La he visto! ¡Ha estado aquí!

Dagur negó con la cabeza.

—¿Y qué quería? —indagó Alexandra, pensando que lo mejor era seguirle el juego.

—No lo sé... —dijo Klara antes de añadir—: Solo una especie de justicia... Como siempre.

—¿Justicia? —reaccionó Dagur.

Klara asintió.

—Quieres decir que..., o sea..., ella quiere decir... que alguien hizo aquello..., o eres tú quien lo dice, quiero decir...

Parecía que le costaba componer una frase coherente. En cierto modo, Alexandra lo compadecía por tener que acomodarse a esas circunstancias extrañísimas.

Klara no respondió.

—Habrá sido una pesadilla, nada más —insistió Dagur, recuperado en apariencia—. Será mejor que nos tranquilicemos y tomemos algo para calmar los nervios.

Sugirió que bajasen. Una vez en la planta baja, se sentaron a la mesa de la cocina, una mesa de madera vieja. Alexandra tomó asiento enfrente de Klara, pero procurando no mirarla directamente. Aún había algo vacío y raro en su mirada. En su lugar, clavó los ojos más allá de la ventana. El paisaje había adquirido una cualidad misteriosa en la blanca noche estival: los colores extrañamente intensos; el cielo, una clara bóveda azul sobre el azul más oscuro; el mar, salpicado de islas y la silueta de Heimaklettur en la distancia.

—Voy a hacer café, ¿queréis? —preguntó Dagur, para añadir acto seguido—: ¿Y dónde coño se ha metido Benni?

Alexandra hizo un gesto de aprobación.

—Sí, un café estaría bien. —De todos modos, no iba a pegar ojo tras todo eso—. ¿No lo has oído salir?

—No lo he oído irse. Estaba dormido arriba hace un rato. El mismo puto idiota de siempre. ¡Largándose en mitad de la noche! ¿Y adónde? Ahí fuera no hay nada.

Alexandra notó que echaba en falta dormir más, pero eso parecía haberse convertido en un sueño lejano. Estaba acostumbrada a levantarse temprano en el campo; los hijos eran como un potente despertador, y le había hecho ilusión poder dormir hasta tarde ese fin de semana. Pero difícilmente podía esfumarse ahora, dejando a Dagur a solas con Klara, y encima, con Benni desaparecido. Además, lo más probable era que no fuese capaz de volver a conciliar el sueño; no después de esos gritos y cuentos de fantasmas. Y la ausencia de Benni le preocupaba un poco. ¿Dónde se había metido ese tío?

Así que se quedó tranquila esperando el café,

que finalmente llegó, servido en una cafetera que parecía tener más años que Matusalén, pero que todavía prestaba sus buenos servicios: el café sabía riquísimo.

Klara pareció recuperarse bastante tras unos sorbitos.

—Perdonad, no sé qué me ha pasado —rompió al fin el silencio.

—No hay nada que perdonar —contestó Dagur cálidamente, como de costumbre. Siempre lo acompañaba una especie de aplomo, pensó Alexandra. Como si en todo momento tuviera una respuesta a mano, fuera cual fuese la pregunta—. Esto está muy bien, igual que en los viejos tiempos —agregó—. Nosotros sentados juntos en plena noche bebiendo, aunque esta vez solo sea café.

—Pues me temo que yo me vuelvo a la cama —dijo Klara—. Siento mucho haberos despertado.

—De todas formas, está a punto de amanecer. Estoy pensando en salir a buscar a Benni. Se prevé buen tiempo hoy. Creo que deberíamos divertirnos. Intentemos hacer una barbacoa a mediodía —propuso Dagur animoso, como para disipar los últimos residuos de ese ambiente terrorífico que se había cernido sobre ellos.

Klara ya estaba en pie.

—Buenas noches, chicos.

Desapareció escaleras arriba.

—Voy contigo —dijo Alexandra cuando Klara se hubo ido.

—¿Conmigo?

—A buscar a Benni, si te parece bien.

—Sí, claro. Hay que inspeccionar la isla. Vamos a aprovechar el tiempo que pasemos aquí.

16
DAGUR

Hacía un poco de frío fuera, pero el entorno tenía algo mágico. Empezó a andar sin saber exactamente hacia dónde dirigirse para buscar a Benni. Este le había contado que se tardaba entre tres y cuatro horas en explorar la isla como es debido.

Alexandra había querido acompañarlo durante el paseo, y de pronto le pareció haber retrocedido una década en el tiempo. En aquel entonces, ella iba siempre detrás de él, pero, pese a que era una chica de lo más guapa, cariñosa y maja, él nunca estuvo interesado. Y luego ella desapareció, se mudó al este y ahí acabó todo. Sin embargo, a veces se preguntaba si al final habrían conseguido conectar, de haber sido otras las circunstancias.

—¿Tienes alguna idea de adónde vamos? —preguntó ella en voz baja, casi susurrando.

—Bueno, solo sé llegar hasta los acantilados,

adonde nos llevó Benni ayer. Nos acercamos allí, ¿te parece?

Al igual que el día anterior, tuvieron que caminar con cuidado por la hierba alta, pero a esa hora de la mañana resultaba más difícil distinguir las cañadas. Bajo los rayos del sol, que se cernían justo en la línea del horizonte, la hierba proyectaba largas sombras azules sobre el suelo.

Mientras caminaban, los pensamientos de Dagur fueron hacia Klara. Había dicho que se iba a la cama, pero él dudaba mucho que fuera capaz de dormir. ¿Qué demonios había pasado? Esos gritos terroríficos lo habían despertado sobresaltado y durante un instante había tenido la sensación de que era un grito desde el más allá, de su hermana... Un grito de pánico en la hora de la muerte, quizá. Luego su raciocinio logró calmarlo.

Esperaba que el incidente con Klara solo fuera un episodio aislado, y que ella lo superase. Sabía que la gente podía reaccionar de diferente manera ante nuevas circunstancias.

Anduvieron en silencio la mayor parte del camino, sobrecogidos, tal vez, por la misteriosa belleza de su entorno, las siluetas azuladas de las islas que se alzaban sobre la extensión argéntea del mar. No corría un soplo de aire. Todo el lugar parecía hallarse bajo un hechizo de perfecta calma.

Pero, a pesar de la belleza, Dagur no podía negar que sentía algo semejante a la claustrofobia, a pesar de la contradicción que eso implicaba.

Iban a trancas y barrancas en dirección a los acantilados; Alexandra, unos pocos pasos delante de él.

—Allí —dijo ella de repente, frenando en seco para señalar algo que él no podía ver.

17

Hulda estaba de pie frente a la tumba. El cementerio, que resplandecía bajo el calor, con sus estatuas de ángeles, sus flores exóticas y sus grandes árboles cubiertos de musgo, no tenía nada que ver con los que solía visitar en casa. Acostumbrada a la apertura de su Islandia natal, encontró un tanto opresivo el pesado dosel de ramas.

Diez años ya desde que Dimma murió, y visitaba su sepultura a menudo. Ocho años desde que Jón falleció. Y ahora se encontraba al lado del sepulcro de su padre.

Ahí yacía Robert, el hombre que en cierto sentido llevaba buscando prácticamente toda su vida, aunque, cuando al fin había hecho algo por materializar la búsqueda, había fracasado. Lo había encontrado, sí, solo que demasiado tarde. Cinco años tarde.

O quizá era su madre quien había muerto cinco años tarde. Por supuesto, era injusto plantear el asunto en esos términos, pero de haber podido elegir, probablemente habría preferido tener un año, un mes, incluso un día con su padre, antes que esos cinco años con su madre. Y averiguar qué clase de hombre era, verlo sonreír, hablar, contar historias. Contarle a él historias. Hablarle sobre Dimma. Su padre había sido una especie de quimera durante todos aquellos años, aquellas décadas; el hombre por el que su madre se había dejado seducir y del que siempre había hablado con cariño. El hombre que, a su manera, había dejado huella en Hulda, con sus virtudes y defectos, sus habilidades y torpezas.

Y aquí descansaba. Había viajado hasta allí para visitarlo, y ahora no sabía qué decir.

—Hola, papá —dijo al fin en islandés, ya que no creía que las palabras fuesen a llegar a su destinatario, pero aun así se sentía obligada a decir algo.

Ellos dos, padre e hija; Robert y Hulda Hermannsdóttir. O Hulda Róbertsdóttir, a la islandesa. Eso habría sonado mejor. Su patronímico, Hermannsdóttir, era ambiguo en islandés: significaba tanto «hija de Hermann» como «hija del soldado»; en este caso, el soldado desconocido. Para ella toda la vida había sido un recordatorio constante de que no tenía padre. Le recordaba la añoranza. ¿Podía añorar a alguien a quien nunca llegó a conocer?

—Hola, papá —repitió—. Soy Hulda, tu hija. Nunca supiste de mi existencia, pero aquí me tienes. Unos cuantos años tarde. Lo siento. Lo siento muchísimo.

18
ALEXANDRA

Ahí estaba Benedikt, inmóvil, tendido en esa cavidad en la roca, e incómodamente cerca del borde del acantilado.

Alexandra vaciló, y Dagur también se quedó quieto. Ella lo miró y luego los dos echaron a andar con cuidado hacia Benedikt. El instinto les gritaba que no intentaran llamarlo, que no lo sobresaltaran.

Cuanto más se acercaban, más inquieta se sentía Alexandra, de nuevo invadida por el profundo presentimiento de que debería haberse quedado en casa, de que jamás tendría que haberse embarcado en ese viaje a lo desconocido. Desde luego había buenas razones para honrar la memoria de su amiga diez años después de su muerte, pero tal vez habría sido mejor hacerlo cada uno por su lado. Aquel trágico suceso quedaba aún demasiado cerca en el tiempo, todavía había muchas cosas por conciliar, por mucho que el caso, en teoría, ya estuviera cerrado. Y, de hecho, era sorprendente la fortaleza de la que Dagur había hecho gala, a pesar de todo. Si había alguien que debería haberse derrumbado bajo el peso de esos recuerdos, ese era él, pero por alguna razón conseguía mantenerse a flote. Aunque sí que había notado esa inseguridad antes, cuando Klara empezó a desbarrar sobre fantasmas. Ahora esa historia resultaba absurda, bajo la espléndida luz de la mañana, cuando los acontecimientos de la noche parecían tan lejanos.

—Benni —dijo Dagur en voz baja pero decidida.

Benedikt no reaccionó en absoluto.

—Benni, ¿qué haces aquí?

Ahora sí que dio un respingo, y por un segundo Alexandra temió que fuese a darse la vuelta y caer al vacío desde la cornisa.

—¿Estáis despiertos? —dijo sorprendido—. ¿Los dos?

Dagur repitió su pregunta:

—¿Qué haces aquí?

—No podía dormir y he venido. Es mi sitio favorito de toda la isla, y en los viejos tiempos a veces me echaba a dormir aquí. Y por lo visto me he dormido sin querer. La brisa del mar, supongo. Es una sensación increíble poder alejarse de todo, como si el tiempo se detuviera. —Sonrió.

—Benni, ha pasado algo extraño —empezó Dagur.

Alexandra no quiso meter baza en la conversación, todavía no. Benni y Dagur tenían un vínculo más fuerte entre sí que Benni y ella.

—Klara nos ha despertado —siguió Dagur—. Porque ha tenido una pesadilla y se ha puesto a gritar como una loca. Ella ha vuelto a la cama, pero Alexandra y yo estábamos demasiado despiertos como para pegar ojo.

Benni los miró, primero a Dagur y luego a Alexandra; a esta última la escrutó de arriba abajo y ella se convenció de que había leído correctamente entre líneas que, en su caso, no estaba para nada «demasiado despierta», sino que solo había querido aprovechar la ocasión para dar un romántico paseo con el chico por el que estuvo colada en su día. Y, además, a lo mejor tampoco tenía ganas de quedarse a solas con Klara después del incidente.

19

Hulda Hermannsdóttir estaba sentada en su despacho. Habían transcurrido casi dos meses desde su viaje a Estados Unidos y hacía tiempo que se había impuesto la rutina.

Se había despertado con dolor de cabeza. No era la primera vez y, seguramente, tampoco sería la última. Cuando sonó el despertador fue como si su cuerpo le dijera que se quedase tumbada un rato más y que siguiera durmiendo. Al levantarse sintió que se mareaba y, aunque el malestar había ido disminuyendo conforme avanzaba el día, no terminaba de desaparecer. Eran ya más de las cuatro de la tarde y no veía la hora de recoger y marcharse. Antes de morir Dimma, solía hacer jornadas largas, pero, a partir de aquello, prácticamente se zambulló en el trabajo. Ese año se cumplía el décimo aniversario desde que Dimma se quitó la vida, con solo trece añitos; y ocho desde que el corazón de Jón falló. Desde entonces Hulda había estado sola: se dedicaba a trabajar todo el santo día y a menudo hasta altas horas de la noche, y siempre que podía pasaba los ratos libres haciendo senderismo por las Tierras Altas del interior de Islandia, o subiendo alguna montaña. Intentando olvidar.

También era el décimo aniversario de su derrota ante Lýdur en el concurso por el ascenso profesional. Quizá nunca fue un auténtico concurso; ella jamás tuvo posibilidades de obtener la plaza, pese a ser mejor en su trabajo y tener más experiencia. En aquella época no era costumbre dentro de la policía que las mujeres ocuparan puestos de mando. A partir de aquel momento, él había ascendido en su profesión con andar firme y creciente; conseguía los honores que ansiaba. Hulda, en cambio, tenía que esforzarse mucho con cada paso. Lýdur ya había subido muy arriba en la cadena alimentaria, hasta convertirse en el sustituto del viejo Snorri, lo que implicaba que ella estaba ahora bajo su mando. Habían subido un escalafón en esos diez años y tenía dos policías a sus órdenes, pero presentía que no iba a llegar más lejos, y eso que aún no había cumplido siquiera los cincuenta.

Sin embargo, lo peor de todo era que Lýdur era un policía de lo más competente; sabía cómo lograr buenos resultados, y también sabía cómo echarse flores cuando tenía éxito. Pero había algo en su manera de trabajar que a Hulda no le gustaba. Se diría que era demasiado bueno. No se fiaba ni un pelo de él.

Con los años, la especialización dentro del cuerpo había crecido bastante y ahora Hulda se ocupaba casi exclusivamente de crímenes violentos, entre ellos, de casos de muertes en circunstancias sospechosas, las pocas veces que se producían. Y sabía de sobra que era buena en ese trabajo. A lo mejor porque podía dejar todo lo demás de lado y concentrarse en su tarea. En realidad, vivía solo para trabajar. El chalet de Álftanes, aquella bonita casa —sobre la que se cernía, no obstante, una sombra tan oscura—, había desaparecido con Jón, vendida para afrontar deudas, de modo que ahora Hulda vivía sola en un piso austero en un pequeño edificio apartado de la carretera, que daba a un patio a espaldas de otro bloque.

Una vez más se encontraba trabajando en el turno de fin de semana. Era sábado, y en circunstancias normales, habría aprovechado para salir de la ciudad de excursión a alguna montaña para mantenerse en forma. Muchas veces iba sola, pero de vez en cuando se unía a un grupo de excursionistas, aunque se esforzaba poco en cultivar esas amistades. Llevaba sola ocho años, desde que Jón falleció, y estaba incómodamente acostumbrada a ello. Era de hábitos fijos, y no preveía volver a intentar establecer alguna relación sentimental.

Había aceptado hacer una guardia extra todo

el fin de semana, de viernes a domingo, por un lado porque le venía bien el dinero, pero también porque había resultado difícil conseguir personal suficiente para ese fin de semana de verano. Sus compañeros, la mayoría hombres, estaban ocupados con sus familias en esa época del año, sobre todo si hacía buen tiempo. Y Lýdur había acudido a ella preguntando si no podía «salvarnos» durante el fin de semana, porque un compañero no había tenido más remedio que llevar a la mujer y los niños a una casa de campo, etcétera. Y ella siempre decía que sí; también en esa ocasión. En realidad, no lo lamentaba, a pesar del buen tiempo que hacía, y a pesar de tener mareos y dolor de cabeza, porque estando en su despacho, con la nariz metida en una pila de papeles, podía olvidarse de sí misma. Olvidarse de Dimma. Olvidarse de Jón.

Y parecía que iba a ser un fin de semana tranquilo. Eso tenía sus pros y sus contras: por un lado, significaba que no podría olvidarse de todo enterrándose bajo pilas de trabajo porque no habría mucho, pero, por el otro, quizá le vendría bien la calma, pues no estaba lo que se dice en su mejor forma.

Ese año tampoco había sido bueno en general. Obviamente, resultaba penoso darse cuenta de que habían pasado diez años desde el suicidio de Dimma. También su madre había fallecido a principios de año, lo cual afectó a Hulda más de lo que hubiera sospechado. Nunca había logrado una conexión lo bastante íntima con su madre, por las razones que fuera. Tal vez se podía echar la culpa a su estancia en la casa cuna durante los primeros años de su vida; una época de la que su madre nunca quiso hablar. Hulda se puso triste y apática cuando la avisaron del fallecimiento, incluso se tomó unos días libres en el trabajo, a lo mejor solo para llorar por el hecho de que se había quedado sola; totalmente sola en el mundo.

20
ALEXANDRA

Caía la noche y, en la cabeza de Alexandra, los sucesos de la pasada madrugada eran como un recuerdo lejano. Sin duda el vino tinto tenía algo que ver al respecto. Habían tomado tinto con la comida del mediodía, brindando por *ella*, una y otra vez, y después de eso fue como si se hubiera trazado una línea entre pasado y presente, al menos de forma temporal. Como si hubieran decidido, sin hablarlo, pasárselo bien hasta el domingo según sus propios términos, posponer toda discusión sobre otro tiempo y olvidar el extraño incidente con Klara. Sí, se había impuesto una especie de ánimo bienhumorado.

Alexandra estaba sentada frente a Klara en la cocina y acababa de rellenar las copas de las dos. Los chicos estaban fuera, asando carne en la parrilla. «Los chicos», por supuesto, ya no eran unos adolescentes, pero para ella siempre serían los chicos. Algunas cosas nunca cambian. Habían prometido sacarse de la manga un estupendo bistec para cada uno, pero se estaban tomando su tiempo. Seguramente tenían mucho de lo que hablar, como ellas.

—¿Sabes? Creo que este viaje ha sido una buena idea, después de todo —dijo Klara.

—Sí, es un gusto venir aquí y veros a todos —contestó Alexandra.

—No, no, no me refería a eso —continuó Klara, en un tono algo más grave que antes—. Quiero decir que a lo mejor ya es hora de afrontar las cosas.

—¿A qué te refieres? ¿Afrontar qué cosas?

—Queda tanto por decir, Alexandra, cosas que hemos callado todos estos años. Creo que...

Ahora Alexandra se dio perfecta cuenta de que el alcohol había tomado las riendas de Klara. Arrastraba las palabras y no parecía enfocar la mirada. Nunca había sabido manejar la bebida.

—Creo que ha llegado el momento de contar la verdad —concluyó su amiga.

21
BENEDIKT

—¿Qué tal va tu madre? —preguntó Benedikt mientras esperaba junto a la barbacoa a que el carbón prendiera bien.

Hacer la comida llevaba su tiempo, pero no tenían prisa, con toda una isla para ellos solos y sin poder ir a ninguna parte. El plan era dormir hasta tarde el domingo para luego contactar con el tío de Benni y organizar el regreso hasta Heimaey y, desde allí, al mediodía salir en el transbordador Herjólfur para llegar en tres horas al puerto de Thorlákshöfn, en la costa sur de Islandia.

Por supuesto, Benedikt conocía perfectamente la situación de la madre de Dagur, pese a que no solían comentar nada salvo en contadas ocasiones. Lo ocurrido diez años atrás la había afectado más que a nadie. Dagur quedó abatido, pero no roto. En cambio, su madre no pudo con el estrés, el trauma y toda la incertidumbre consecuente. Llevaba algunos años internada en una residencia de ancianos y, en una ocasión, Dagur le había confesado que su madre se rindió sin más. Los médicos no habían podido encontrar nada físico que la aquejase, ninguna enfermedad específica; solo sabían que se había despedido de su vida cotidiana para refugiarse dentro de aquel caparazón. Eso, claro, era injusto para con Dagur, quien a partir de entonces tuvo que arreglárselas solo demasiado joven.

—Mi madre... —Dagur reflexionó, sentado en el porche, apoyado en la pared de la casita vieja. Parecía tranquilo y ponderado, relajado en este día tan hermoso, pero Benedikt sabía por experiencia que, con su amigo, las apariencias engañaban. No acostumbraba a llevar sus emociones a flor de piel—. Está más o menos igual que siempre, en realidad. Está bien cuando está animada, pero, por lo demás..., está fuera de este mundo. Nunca he logrado entenderlo del todo, pero así son las cosas. Uno tiene que aceptarlo y punto. ¿Y tus padres?

—Uf, igual de pesados y pelmazos que siempre. Creí que les había hecho un favor al elegir acabar una ingeniería, en lugar de ponerme a estudiar arte..., pero ahora me están dando la paliza con que me meta a trabajar en un banco como tú y que deje ese rollo informático.

Se rio.

—Seguro que harías buena carrera en la banca,

Benni. Eres mucho más listo que yo. Y la verdad es que te envidio esa empresa que tienes; es el futuro, tío. Todo el mundo pronostica que eso se hará cada vez más grande... Te vas a hacer de oro.

Benedikt asintió. Seguramente Dagur tenía razón, pero nada de eso lo atraía, no de corazón. Estaba metido en un callejón sin salida. No había escapatoria, y no podía traicionar a sus socios. Si pudiese, se largaría mañana mismo y se pondría con los estudios artísticos, en su honor, en honor a *ella*. Pero sabía que nunca lo iba a hacer realidad.

—Sí, supongo que aquello está más o menos bien —contestó observando la carne en la barbacoa, evitando los ojos de Dagur.

Tras un breve silencio, este añadió casi para sí:

—Yo voy a mudarme. Pronto.

—¿Mudarte?

Benedikt se quedó de piedra. Nunca se había imaginado a Dagur en otro lugar que no fuera el viejo adosado de Kópavogur. Allí había crecido; era la casa de su familia, aunque, desde luego, quedaba poco de ella a esas alturas. Dagur se encontraba solo y sin apoyos. La casa tenía que resultar demasiado grande para él, y llena a reventar de recuerdos incómodos.

—Sí, creo que ya va siendo hora. ¿Qué te parece?

Benedikt no estaba acostumbrado a tanta sinceridad por parte de Dagur. Le entraron ganas de preguntarle cómo había reaccionado su madre, pero decidió no meterse por esos derroteros.

—Que es el momento —contestó—. Tienes que encontrar un piso más pequeño, más cerca del centro. Vivir la vida un poco. ¿Vas a vender la casa y a comprar otra? ¿O la pondrás en alquiler?

Dagur pareció pensárselo antes de responder.

—Al principio me planteé ponerla en alquiler y arrendar un apartamento en el centro. La casa ya no tiene hipoteca, así que alquilarla me bastaría para pagar la otra. —Se calló, alzando la vista hacia el cielo despejado de la isla—. Pero cambié de idea. Voy a venderla. Para quitarme esos viejos recuerdos de encima. Todo aquello..., es demasiado, ¿sabes?

Por un instante Benedikt creyó que su amigo iba a soltar una lágrima, con la voz a punto de quebrarse.

—Bien por ti —se apresuró a decir para tapar ese momento embarazoso—. A fin de cuentas es su casa, ya sabes, la de tus padres. Tienes que encontrar tu propio sitio, tu propio camino. ¿Has visto algo?

—Sí, pero solo un primer vistazo; algunos apartamentos en el Barrio Oeste de Reikiavik. Esa zona tiene su encanto, y el banco está en el centro, así que podría ir andando al trabajo.

—Ten cuidado de que no sea demasiado pequeño —dijo Benedikt con un guiño.

—¿Demasiado pequeño?

—Sí, para que quepa tu novia.

—No hay ninguna novia.

—Todavía no. Pero creo que ya no tardará en caer, una vez que te hayas largado de ese armatoste de doscientos metros cuadrados de Kópavogur. ¡Es un sitio absurdo para un tío de veintinueve años!

Dagur soltó una risa.

—Lástima que Alexandra ya no esté disponible... —agregó Benedikt, travieso.

—¿Qué quieres decir?

—Siempre estuvo enamorada de ti en los viejos tiempos. Tuviste que notarlo. ¿Tienes la bombilla apagada del todo, tío?

—¿Cómo?... Vale, puede. Pero ahora ya es tarde.

—Bueno, al menos os queda esta noche. Os dejaré en paz para que podáis salir por ahí sin llamar la atención.

Dagur se puso en pie de golpe.

—¡No me jodas!... No me voy a tirar a una mujer casada. —Le temblaba la voz, como si se hubiera alterado—. O es que tu plan es librarte de nosotros para que Klara y tú podáis..., ya sabes, retomar el hilo, ¿eh? Después de diez años.

Entonces salió disparado y entró en casa, y Benedikt se quedó junto a la barbacoa, con la cabeza llena de recuerdos incómodos.

22
ALEXANDRA

Eran ya más de las dos de la madrugada cuando acabó la juerga, por llamarla de algún modo. Habían estado sentados en el salón de la casa de cazadores, hablando del futuro, para variar. La oscuridad que antes había impregnado el ambiente iba cediendo poco a poco. La comunicación entre Benedikt y Dagur, sin embargo, seguía algo tirante a pesar de que se notaba que ambos intentaban disimular. Los cuatro se lo habían pasado todo lo bien que estaba en su mano, igualito que en los viejos tiempos, aunque era complicado ahora que faltaba una chica del grupo.

En cualquier caso, Alexandra se sentía como si todo hubiera estado bien durante un rato, durante una velada. Hasta ese momento había quedado claro cuántas cosas les faltaban por decir, cuántos asuntos por resolver, aunque resultaba difícil poner el dedo en cada uno de los pormenores.

Por supuesto, la bebida había ayudado lo suyo. Alexandra estaba achispada desde hacía un buen rato. Proporcionaba cierta sensación de bienestar encontrarse sentada allí con los amigos, tan increíblemente ajenos a la realidad, y beber sin preocupaciones.

—Me subo arriba —dijo Dagur, ya con cara de cansancio a pesar de estar sobrio—. Ha estado muy bien, chicos.

—Estoy de acuerdo —respondió Klara de modo algo atropellado; había seguido bebiendo bastante aunque ya habían terminado de cenar.

—¿Qué os parece la isla? —preguntó Benni, acomodándose en el sofá—. Es como estar en otro mundo, ¿verdad? Nadie ve nada, nadie sabe nada, todo puede ocurrir. Estamos solo nosotros y la naturaleza, solo nosotros y el océano. No podríamos ir a ninguna parte aunque quisiéramos; no de inmediato, siempre se tarda lo suyo en llamar para que vengan con la barca... Esta noche, esta madrugada, pertenecemos a la isla. —Hizo una breve pausa para luego añadir—: Y lo que aquí pasa, aquí se queda...

Miró un instante a Alexandra y ella entendió lo que insinuaba. Notó que se ponía colorada como un tomate e intentó evitar sus ojos. También tuvo mucho cuidado en no mirar a Dagur.

—Nadie sabe nada... —intervino Klara, pensativa—. Ese es justo el quid de la cuestión.

Dagur permanecía en la escalera. Daba la impresión de que quería esperar a ver lo que pasaba acto seguido, pero sobrevino un silencio completo. Alexandra sintió cómo la sombra volvía a cernirse sobre ellos.

Se puso de pie, con la esperanza de que el sonrojo hubiese más o menos desaparecido de su cara:

—Ha sido divertido, pero yo ya estoy cansada.

Era cierto. Se sentía fatigada y tenía ganas de relajarse en condiciones, de dormir hasta tarde. Ningún niño llorón, ningún peque dándole la lata por algo. Y ningún marido a quien tal vez ya no quería y a quien quizá nunca había querido... Lo que más deseaba era que Dagur pasase la noche con ella. No se atrevió a dar el primer paso, aunque decidió no dormirse de inmediato, sino quedarse tendida en la cama y esperar a ver.

—Yo no voy a poder dormir enseguida —aseguró Klara, más que nada para sí misma—. Hace una tarde tan bonita..., una noche tan bonita que no quiero perdérmela durmiendo. Además, todavía queda bebida.

—Yo me quedo contigo un rato —dijo Benedikt en tono cansado, y, de hecho, parecía que necesitaba un buen sueño reparador más que nadie—. Solo unos minutos... Luego podrás tener la isla totalmente para ti sola, Klarita.

Alexandra se despertó sobresaltada. Por un instante, creyó que la causa había sido un grito de terror de Klara, pero luego comprendió que esta vez se trataba de un sueño, nada más.

No tenía la menor idea de qué hora era, ni de cuánto había dormido.

Echó un vistazo a su reloj de pulsera; era ya por la mañana. Las ocho y media.

Se incorporó y se desperezó. Miró alrededor.

No había ni rastro de Klara. ¿Estaba sentada abajo? ¿Todavía bebiendo?

Alexandra se levantó. Sentía que ya no podía dormir más, a pesar de su buena intención de aprovechar la oportunidad para descansar hasta tarde. Tenía que bajar y tomarse un café.

Mientras descendía por la escalera oyó movimiento en la habitación del fondo, donde dormían los chicos. Dagur se asomó.

—¿Qué hora es?

—Las ocho y media.

—Ay, me hubiera gustado dormir un poco más —dijo él, y la fatiga en su voz fue patente.

—¿Sabes dónde está Klara? —preguntó Alexandra.

—¿Klara? ¿No está contigo?

En ese mismo instante se oyó la voz de Benni:

—Dejad de hacer ruido, estoy intentando dormir.

—No, Klara no está —contestó Alexandra, haciendo caso omiso a la queja de Benedikt. Luego miró abajo, al salón, y gritó—. ¿Klara?

No hubo respuesta.

—Creo que no está en la casa —añadió—. No habrá dormido al raso, ¿verdad?

Entonces apareció Benedikt.

—¡Joder! Ya me habéis despertado a mí también. ¿Qué es eso de que hemos perdido a Klara?

23

Hulda tenía la esperanza de que le tocase algún caso interesante ese domingo. No le gustaba tener poco que hacer u ocuparse solo de nimiedades día tras día. Se diría que la suerte estaba de su parte, pues la jornada de trabajo comenzó con una llamada desde la comisaría de las islas Vestman.

—Hola, buenos días... Puede que necesitemos la ayuda de alguien del Departamento de Investigaciones Criminales en relación con un fallecimiento.

—¿No disponen de agentes allí?

—El que hay no se encuentra disponible en este momento. Está en casa, enfermo. Me han indicado que intentase conseguir que viniera alguien de Reikiavik.

—¿Un fallecimiento? ¿Se trata de un crimen? —preguntó Hulda mientras su pensamiento volaba a las islas Vestman.

Hacía unos años había hecho una ruta de senderismo que consistía en escalar todos los picos de Heimaey, la isla principal, en un solo día. Se había quedado sin fuerzas en el último, completamente exhausta después de escalar a trancas y barrancas Heimaklettur, la escarpada roca que se alzaba casi trescientos metros sobre el nivel del mar. Sus recuerdos de Heimaey, sin embargo, eran positivos —y, desde luego, le hacían falta más de esos—: un día soleado, con temperatura agradable y viento en calma, y buena compañía: un grupito de senderistas de diferentes sitios de Islandia. Uno de los hombres del grupo, más o menos de su quinta, se había mostrado interesado en conocerla mejor, pero ella no estaba por la labor. Todavía no se sentía lista para nada por el estilo.

—Pues... ¿un crimen? No sabría decirle, pero me huele mal. Se trata de unos chicos que estuvieron de escapada el fin de semana, y seguramente hubo alcohol a raudales. ¿Hay alguien disponible que pudiera acercarse hasta aquí hoy?

Hulda se lo pensó. Por supuesto podía enviar a alguien del equipo; no hacía falta que fuera ella personalmente, ni mucho menos. Pero, por otro lado, no tenía nada mejor que hacer, y se sentía mejor que el día anterior. Tal vez fuese un viaje en balde, pero, al menos, resultaría más gratificante que aguantar la monotonía de la capital.

—Por supuesto —contestó ella—. Iré yo misma.

Hubo un breve silencio al teléfono. Luego el policía de las islas dijo, con todo respeto:

—¿Vendrá personalmente? Eso no es necesario..., no por el momento. Nos basta con que venga un agente raso para acompañarnos en la barca, a fin de inspeccionar el lugar de los hechos.

Hulda no pudo evitar sentirse halagada. Aunque tenía un par de oficiales a sus órdenes, su título de inspectora detective sonaba más rimbombante de lo que en realidad era. En Reikiavik nadie se habría dirigido a ella con tanta deferencia. Aquí aún no las tenía todas consigo.

—No importa, creo que esta vez iré yo. Así aprovecho para salir un poco de la oficina. —Luego se dio cuenta de que el otro había dicho «para acompañarnos en la barca» y preguntó—: ¿Adónde hay que ir en barca? ¿Basta con coger un vuelo a Heimaey?

—No, perdone..., o, mejor dicho, sí. Primero hasta aquí, pero luego tenemos que navegar hasta la isla de Ellidaey.

—¿Ellidaey?

Le vinieron a la mente imágenes borrosas de una isla verde con una única casa... Un recuerdo de algún periódico, un programa televisivo o un folleto turístico. Desde luego, ella nunca había visitado la isla de Ellidaey.

—Sí, es una de las islitas más grandes del archipiélago, al noreste de Heimaey. Es bastante conocida por la casa que hay allí.

—¿E iremos en barca? ¿Eso no es un lío? ¿No podemos ir en helicóptero?

—Ningún lío. Es cierto que no hay embarcadero, pero sí algunos sitios donde se puede acercar la barca hasta las mismas rocas. Llegar no es tan difícil, pero a lo mejor no es apto para todo el mundo... Al menos no para los que tienen miedo a las alturas.

En ese instante, a Hulda le dio en la nariz que su reacción anterior no había nacido por el respeto que le tenía como una jefa de Reikiavik, sino sencillamente porque le daba reparo llevar a una mujer consigo hasta la isla.

—No habrá problema.

Estaba acostumbrada a escalar toda clase de montañas. Había subido a Heimaklettur, así que una islita a duras penas iba a ser un obstáculo.

24

A Hulda le fastidiaba lo mucho que había durado la travesía a las islas Vestman. Si había pasado algo sospechoso en la isla, desde luego habían tenido tiempo suficiente para eliminar todas las evidencias.

Los visitantes rondaban los treinta años de edad, le habían dicho, y uno de ellos, Benedikt, tenía alguna relación con la isla.

Un tal Sigurdur llevó a la policía en barco hasta Ellidaey: Hulda, dos agentes de las islas Vestman y un compañero de la Científica. Era el mismo que había trasladado al grupo de amigos allí el viernes y se mostró bastante taciturno durante el trayecto, al parecer muy impresionado por la noticia. Lo único que Hulda lo oyó decir, y más para sus adentros que para oídos ajenos, fue un «Condenados niñatos, les dije que tuvieran cuidado. Hay que andar con cuidado por allí».

Había que admitir que el día había tomado un cariz inesperado y estaba más claro que el agua que Hulda no estaría de vuelta en casa al final de la jornada. En ocasiones así, su pensamiento a menudo saltaba al pasado, cuando le tocaba trabajar hasta tarde y llamaba a casa a Dimma o a Jón para decirles que no iba a ir a cenar o que pasaría fuera toda la noche. Incluso ahora, después de tantos años, seguía teniendo esa molesta sensación de que había alguien a quien debía llamar.

Ellidaey apareció frente a ellos, con el mismo aspecto que en las fotos que Hulda había visto; la única mancha blanca que brillaba en medio de los verdes pastos iba convirtiéndose poco a poco en una casa. Más allá, la ladera cubierta de hierba se alzaba como la cresta de una ola. Conforme se acercaban, los acantilados negros salpicados de excrementos blancos de pájaros no parecían ofrecer al visitante ningún camino para subir desde el mar.

No es para los que tienen miedo a las alturas, había dicho el policía al teléfono, y cuando Hulda iba por las rocas ascendiendo a la isla, se dio cuenta de que tenía toda la razón.

Curtida en mil batallas, se las arregló bien durante la escalada, pero la isla en sí la pilló desprevenida —los picos volcánicos de las demás islas sobresaliendo de la vasta y llana extensión del mar, el glaciar Eyjafjallajökull que flotaba blanco sobre una línea de oscuras laderas en tierra firme— pero no había tiempo para detenerse y disfrutarlo. La velocidad era clave. Iba detrás de sus compañeros atravesando la hierba, alta y desigual; el silencio resultaba abrumador y, sin embargo, irresistible. Y de repente apareció ante sus ojos la casa, o, de hecho, dos casas; una pequeña y la otra más grande. Se dirigieron a la última, que pese a tener sus años testimoniaba su buena hechura. Al acercarse, la embargó una especie de sensación de soledad. Entendía muy bien que podría resultar fascinante pasar un fin de semana en esa isla, pero también sabía que nunca sería capaz de someterse a semejante suplicio: la soledad le pasaría factura. Desde luego, era una enamorada de la vida al aire libre y se sentía bien en las montañas, pero ese lugar estaba demasiado aislado a pesar de que la próxima isla habitada, Heimaey, se hallaba prácticamente a un tiro de piedra.

Uno de los dos policías de las islas Vestman, el de mayor edad y grado, se dirigió a Hulda:

—Usted llevará la voz cantante, ¿verdad? Si tienen intención de ocultarnos algo, seguramente reaccionarán mejor ante una detective de la Criminal recién llegada de la capital...

Ella asintió con la cabeza, un tanto sorprendida por el ruego. Habría esperado que los agentes locales prefiriesen llevar las riendas de la investigación, al menos en un primer momento.

Una valla rodeaba la casa, y el policía explicó que era para mantener apartadas a las ovejas. Era una novedad para Hulda, que no había visto ninguna por la isla, pero él le aseguró que las había.

—Y tantas aves que es imposible imaginarse su número. La mayoría de los visitantes de la isla vienen aquí por los pájaros, creo. He oído que el otro día estuvieron aquí unos ornitólogos contando paíños boreales, que son unos pajaritos que se pasan casi toda la vida en alta mar, pero que vienen aquí, a este islote, cada año para anidar.

La inspectora no hizo ningún comentario al respecto, sino que se concedió un instante ante la puerta para disfrutar de la paz, de esa sensación única de aislamiento, antes de embarcarse en la sombría tarea de establecer qué había ocurrido.

Luego llamó y entró sin esperar respuesta.

Dentro esperaban dos hombres jóvenes, sentados a una vieja mesa de cocina, cada uno con su taza de café. Estaban cabizbajos y ninguno de los dos se levantó para saludar a la policía.

—Buenas tardes —dijo Hulda en voz baja.

Ese no era ni el lugar ni el momento para aspavientos ni dramatismos. En el fondo daba por sentado que se trataba de un accidente, o de un suicidio, tal vez. Se negaba a creer que se había cometido un asesinato, pese a que no se podía descartar nada. En circunstancias como esas, solía mostrar tacto ante las personas involucradas.

Tras un breve silencio, uno de los hombres se puso en pie. Era alto, muy delgado y atlético, con el pelo cortado tan al ras que era una exageración, pensó Hulda. A lo mejor era la moda entre los jóvenes, pero si era el caso, a ella no le gustaba. En su época, los hombres de su edad se dejaban melena e incluso barba, y así le gustaban. Incluso su marido Jón había llevado el cabello largo en su día.

Se aproximó al hombre y le tendió la mano.

—Hola. Me llamo Hulda. Soy del Departamento de Investigaciones Criminales. Tenemos entendido que se ha producido una muerte.

El otro asintió sin decir palabra; a lo mejor estaba reuniendo valor para hablar.

—Hola —dijo finalmente, estrechándole la mano, pero su voz se quebró y carraspeó antes de continuar—: Hola, me llamo Dagur. Dagur Veturlidason.

—Dagur, cuéntame qué ha pasado.

—Bueno..., el caso es... Sencillamente se precipitó al vacío, ahí, al otro lado de la isla... No sé qué pasó, si saltó o se cayó o...

—¿Cuándo?

—Esta noche pasada, creo. O sea, sí, seguramente esta noche. Ayer estaba viva, pero luego... se habrá caído al vacío. No hemos podido bajar hasta donde estaba ella, pero la hemos visto ahí... y ha sido terrible. Estaba allí tendida, sin moverse. No hay manera de sobrevivir a una caída así. —Dagur señaló a su compañero sentado a la mesa, con cara de estar en otro mundo—. Benni ha vuelto a la casa corriendo para llamar por radio a su tío, en Heimaey. Es la única manera de comunicarse con alguien, ¿entiende?

Hulda hizo un gesto de asentimiento. Dagur hablaba de modo precipitado y atropellado; claramente estaba muy afectado.

La inspectora dirigió su mirada al mencionado Benni.

—¿Eres Benedikt?

Este asintió, levantándose al fin.

—Sí...

Los dos jóvenes eran de estatura similar; ambos atractivos, pero este lucía mucho más pelo que el otro. Bajo su espesa cabellera, la mirada era dura.

—¿Puedes confirmar las palabras de tu amigo, Benedikt? —inquirió Hulda, en tono lento y ponderado.

Él asintió.

—Vamos a necesitar que nos acompañéis hasta allí —dijo la detective. Sus compañeros de las islas Vestman seguían manteniéndose en segundo plano—. Erais cuatro, ¿no?

—Sí —contestó Benedikt, al parecer más sereno que Dagur; se veía que le era más fácil que al amigo afrontar una situación como esa—. La otra chica está arriba, hay un altillo para dormir. Ella... ella no ha podido del todo con esto y se ha echado un rato. —Luego añadió a media voz—: Creo que ha tenido un ataque de ansiedad.

—Hablaremos con ella después; me temo que

es inevitable —dijo Hulda. No se sentía bien en ese lugar, lo cual quizá era señal de que algo no andaba bien, de que algo raro había pasado... Aunque tal vez solo le disgustaba ese lugar tan apartado—. ¿Y ella se llama...?

—Alexandra.

—Alexandra —repitió Hulda—. Y la fallecida se llamaba... Klara, ¿cierto?

Los segundos que transcurrieron hasta que hubo respuesta fueron penosos y agobiantes, como si la respuesta a esa pregunta implicase reconocer ante ellos mismos y los demás que su amiga había muerto.

—Sí —contestó Benedikt al fin en voz baja—. Se llama... se llamaba Klara. Klara Jónsdóttir.

—¿Me haces el favor de guiarme hasta el lugar donde la habéis encontrado?

25

—Este lugar se llama Cornisa Alta —dijo Benedikt, mientras le señalaba a Hulda la cavidad que la erosión había abierto en la cima del acantilado, por donde probablemente se había precipitado la muchacha.

A ella le entraron escalofríos y le temblaron las rodillas solo de pensarlo. Esa repisa en el acantilado era un lugar apto solo para las aves voladoras, la caída era tan escarpada que ni siquiera se podía ver el fondo. Se arrodilló sobre la roca áspera y erosionada, se inclinó hacia delante para mirar por encima del borde, conteniendo el aliento, y atisbó la pálida silueta del cadáver de la chica contra las rocas oscuras. Mientras, los policías locales hablaban entre sí sobre la mejor manera de alcanzarlo desde el mar. Iba a dejarles a ellos resolver ese problema. Con la cabeza dándole vueltas, se retiró a la seguridad del saliente y volvió a ponerse en pie.

—¿Qué motivos creéis que tenía Klara para venir hasta aquí? —preguntó.

—Yo... —Benedikt vaciló para luego continuar—. Yo les enseñé este lugar el primer día. Es mi sitio favorito de la isla.

—¿Los tres te acompañaron hasta aquí?

Benedikt asintió con la cabeza.

—Sí. Y luego volví a venir durante la noche, o sea, la madrugada del viernes al sábado; quería estar tranquilo, relajarme, y acabé quedándome dormido. Me encontraron Dagur y Alexandra por la mañana.

—¿De modo que todos sabíais llegar hasta aquí?

—Sí.

Hulda esperaba sinceramente que ninguno de los jóvenes tuviera nada que ver en lo sucedido. Por supuesto, no debía dejarse dominar por los sentimentalismos, pero esos dos chicos le habían caído bien, a primera vista. Dimma habría cumplido veintitrés ese año, y tendría solo algunos menos que ellos. De todas formas, cuando murió —cuando se quitó la vida—, Dimma no pertenecía a ninguna pandilla; hacía un tiempo que había ido apartándose paulatinamente de sus amigos y compañeros de estudios. Solo tenía trece años. ¿Por qué diablos no se había dado cuenta de lo que le pasaba a su hija? ¿Por qué no había visto cómo iban acumulándose las señales? ¿Por qué no había intervenido?

Santo cielo, ¿por qué todo tenía que recordarle a Dimma? Intentó apartar esos pensamientos, pero sabía que no se alejarían mucho. Que volverían con más fuerza en cuanto su cabeza tocara la almohada esa noche.

Al menos ese caso seguramente se resolvería rápido; todo indicaba que la pobre chica se había caído de la cornisa y que había muerto por accidente. Habrían bebido y el alcohol habría jugado su papel.

—¿Estuvisteis bebiendo? —preguntó Hulda, mientras le indicaba a Benedikt que la acompañase de vuelta a la casa.

Él titubeó, como si sospechase que la inspectora le estaba tendiendo una trampa.

—Sí, no lo puedo negar —contestó—, pero ninguno íbamos demasiado pedo. Sabemos pasárnoslo bien sin ponernos ciegos.

—Y Klara, ¿se emborrachó durante la noche?

—Sí, había bebido algo..., pero lo que no entiendo es cómo pudo pasar. No se hace de noche cerrada en esta época del año. No subió con nosotros a dormir, dijo que quería quedarse despierta un rato más. Luego... supongo que saldría a dar un paseo para disfrutar de la tranquilidad de la noche, ¿entiende? Es absolutamente increíble estar aquí en una noche blanca de verano. Solo se me ocurre que se acercase demasiado al borde, un poco más achispada de lo aconsejable, y que perdiera el equilibrio... Es la única explicación. —Luego repitió en un tono algo más bajo, como convenciéndose a sí mismo, o a Hulda—: La única explicación.

Al volver a entrar en la casita, la chica del altillo había hecho acto de presencia. Alexandra estaba de pie en un rincón, cabizbaja, y ni siquiera alzó los ojos cuando entraron, aunque Hulda pudo ver que era bajita y delgada, con el pelo negro como ala de cuervo; guapa sin pretensiones.

—Imagino que estaréis deseando salir de aquí cuanto antes —dijo Hulda—, y os aseguro que yo también. Ha ocurrido un suceso trágico y, como es costumbre en estos casos, necesitamos disponer de una perspectiva general, y para eso necesitamos vuestra colaboración. No he venido aquí solo para encontrar a un culpable... —aseveró, sin ceñirse a toda la verdad y nada más que la verdad—. Por supuesto, todo parece indicar que vuestra amiga Klara ha tropezado, precipitándose en una caída mortal. Un accidente terrible, pero en situaciones de muerte inesperada siempre se lleva a cabo cierta labor de investigación. Espero que lo entendáis.

Deslizó la mirada por encima del trío.

Benedikt había tomado asiento en el mismo lugar que antes, y Dagur no parecía haberse cambiado de sitio. Ambos sostuvieron su mirada, asintiendo con la cabeza sin decir palabra. Alexandra, en cambio, no mostró reacción alguna.

—¿Por qué decidisteis venir aquí? —preguntó Hulda.

Pasado un buen rato, fue Benedikt quien, al fin, contestó:

—Bueno..., mi tío pertenece a la asociación de cazadores de la isla. Él nos consiguió el permiso. Solo iba a ser una escapada de fin de semana. Todos nosotros éramos amigos en los viejos tiempos, cuando vivíamos en Kópavogur.

—Y lo seguís siendo, espero —replicó Hulda, observando con atención sus reacciones.

—¿Cómo? ¿Qué quiere decir? —Se quedó perplejo—. Sí, justo; sí, sí, por supuesto. Seguimos siendo amigos. Lo que pasa es que con el tiempo la gente va cada uno por su lado, ¿entiende? Llevábamos siglos sin vernos, todos juntos, quiero decir.

—¿Y por qué ahora? —inquirió la inspectora.

Otra vez cayó un silencio extraño. Benedikt miró primero a Dagur, al parecer esperando que fuese él quien contestara, y luego a Alexandra, que continuaba pétrea, como antes.

Dagur respondió:

—Bueno... ¿Por qué no?

A Hulda le entró la sospecha de que era por un motivo especial, pero a lo mejor estaba leyendo demasiado entre líneas. Esos jóvenes habían sufrido una terrible vivencia y no se podía esperar que todas las respuestas salieran enseguida y que fueran claras. Debía hablar con ellos uno por uno antes de que abandonaran la isla. No habría mejor oportunidad para hacerlos irse de la lengua, si es que tenían algo que ocultar.

26

Resultó engorroso lograr tomarles declaración a cada uno a solas; la casa era demasiado pequeña y no tenía exactamente una sala de interrogatorios. La mejor opción era salir fuera, así que Hulda invitó a Benedikt a dar un corto paseo, considerando que empezar con una entrevista con él ofrecería mayores posibilidades de resultados, ya que, en cierto modo, estaba en su elemento allí, en la isla, y era el que más equilibrado se mostraba.

—Cuéntame un poco de la velada de anoche, Benedikt —comenzó.

Estaban de pie al lado de la casita, que se encontraba a distancia suficiente de la otra para los propósitos de Hulda. En ese mismo instante un frailecillo pasó volando por encima de la cabeza de la inspectora, cosa a la que, desde luego, no estaba acostumbrada. Era un entorno tan diferente de las asépticas salas de interrogatorio de la comisaría como cabía imaginar. Allí, las paredes devolvían el eco del miedo y la tristeza, mientras que el escenario actual parecía una celebración de la vida, a pesar del trágico suceso que había llevado a Hulda hasta allí.

—En realidad, no hay mucho que contar. Fue una noche de lo más normalita... hasta... claro..., hasta esta mañana. Hicimos una barbacoa y nos sentamos a tomar cerveza y un poco de vino. Hacía tiempo que no pasábamos una noche así juntos.

—¿Klara dijo o hizo algo inusual? ¿Hubo alguna pelea? —preguntó Hulda, clavando los ojos en Benedikt antes de deslizar la mirada por encima de los panorámicos alrededores, las colinas y lomas cubiertas de hierba, y la franja de mar que quedaba a la vista.

Estaba segura de que estar allí, lejos de la civilización, tenía que resultar muy liberador, pero el miedo a quedarse atrapada, a verse aislada del mundo exterior, le hacía sentir claustrofobia.

—¿Pelea? Por supuesto que no —contestó Benedikt, al parecer sorprendido por la pregunta—. No solemos llegar a las manos cuando nos vemos.

—No me refería exactamente a una pelea física. ¿Alguna desavenencia?

—No, nos conocemos desde hace quince años, o más... y no tenemos ninguna desavenencia, somos amigos. Le puedo asegurar que no pasó nada entre nosotros anoche que pudiera explicar la muerte de Klara. Solo ha sido un terrible accidente... —dijo con aire abrumado—. Absolutamente terrible... Tiene que dejarnos volver a casa. ¿Cree que sería posible?

Hulda no respondió. Sabía de sobra que eso no era fácil, pero ¿qué podía decir que no sonase hueco y pretencioso? No podía arrancar a hablar de su propia experiencia ante una muerte inesperada.

—Oiga, ¿cree que esto resulta fácil? —repitió Benedikt enfadado, revelando una nueva faceta más dura de sí mismo. Corría el riesgo de cruzar la invisible línea roja de lo que podía considerarse un comportamiento aceptable para un ciudadano de a pie cuando hablaba con la policía.

—Nos iremos de aquí en cuanto podamos —dijo ella finalmente.

—Uno hace de tripas corazón, claro, y yo he pasado por muchas cosas, pero..., ya sabe... Me preocupa Dagur. Creo que no está tan entero como aparenta. Y Alexandra... Tenemos que conseguir que vuelva a casa cuanto antes. Me parece que ni siquiera comprende del todo lo que ha ocurrido.

—Me hago cargo por completo de la gravedad del caso, Benedikt —replicó Hulda en tono firme—. Y nunca me olvido de pensar en quienes se encuentran en situaciones de este tipo, pero también tengo mis obligaciones para con la fallecida. No olvidemos que una joven ha perdido la vida aquí, esta noche o esta mañana. Tenemos que averiguar qué ha ocurrido.

—¿Qué ha ocurrido? Es obvio que ha sido un accidente... —Ahora le temblaba la voz, y para Hulda estaba más claro que el agua que ocultaba algo, que tenía otra opinión que no revelaba.

—¿No hubo nada..., nada en absoluto, que pudiera explicar lo que ha sucedido?

Benedikt negó con la cabeza.

—De modo que crees que salió a andar sin más y sufrió un accidente mortal en mitad de la noche.

—Estaba algo bebida cuando la vi por última vez. El resto habíamos subido al altillo a dormir, pero ella dijo que iba a quedarse un rato abajo. Creo que no quería subir... —Se quedó callado a la mitad de la frase.

—¿Por qué no quería subir? —preguntó Hulda con cierta brusquedad—. ¿Trataba de evitaros a alguno de vosotros?

—¿Cómo? No. En absoluto. Nada por el estilo. Solo me refería a que... —Hizo una breve pausa—. Solo me refería a que no quiso irse a dormir enseguida; a lo mejor, solo iba a tomarse una última copa antes de acostarse. ¿Qué sé yo? No he mantenido mucho el contacto con ella los últimos años, solo sé que ha tenido bastantes problemas. Apuros económicos. ¿Entiende?

Hulda lo entendía perfectamente. La vida en el cuerpo de policía era una eterna lucha salarial y ella vivía en un piso con una hipoteca demasiado grande para una vivienda diminuta como la suya; los créditos no hacían más que subir y subir al ritmo de la inflación.

—¿Qué estás insinuando, Benedikt? ¿Crees que ella simplemente tiró la toalla? ¿Que se lanzó al vacío?

—¿Quién sabe? —contestó él con bastante firmeza—. A lo mejor eso es justo lo que ha pasado. Y se puede imaginar que no es una hipótesis que yo quiera proponer; la verdad es que soy incapaz de llevar esta idea a sus últimas consecuencias..., que una amiga mía, una amiga nuestra, estuviese tan desesperada como para arrojarse al mar en plena noche, de manera premeditada y con toda tranquilidad mientras los demás dormíamos a poca distancia... Es que no me cabe en la cabeza que alguien salte de esos acantilados adrede; la idea es terrible, completamente terrible.

Hulda no hallaba respuesta a eso, pero antes de que tuviera ocasión de seguir, Benedikt preguntó:

—¿Ya han informado a sus padres?

Hulda hizo un gesto afirmativo. No hubo necesidad de más palabras.

Saltaba a la vista que Dagur estaba muy alterado. A Hulda le dieron ganas de abrazarlo y decirle que no se preocupase, que todo iba a salir bien, pese a no saber si decía la verdad. Solo era un chico joven que se había visto envuelto en unas circunstancias muy inusuales.

A él también lo había acompañado a una distancia prudencial de la casa, aunque en esta ocasión había tomado una dirección distinta: más cerca del mar. El horizonte resultaba casi irreal, infinito, como en un sueño. Se quedó quieta un momento, escuchando el oleaje y el aleteo de las aves. Notaba cómo la isla la iba conquistando poco a poco. Allí se escondía algún ritmo vital diferente al que estaba acostumbrada.

Finalmente, rompió el silencio:

—¿Cuántos años tienes?

—¿Cómo? —La pregunta lo había sorprendido—. Veintinueve... Tengo veintinueve años.

—¿Todos tenéis la misma edad?

—Sí, más o menos —replicó y, como antes, se le notaba el temblor en la voz—. Ellos tienen un año más que yo, o tenían... Bueno, ya me entiende.

—¿Klara, Benedikt y Alexandra?

—Sí.

—¿Y habéis llegado aquí gracias a Benedikt?

—¿Gracias a él? ¿A qué se refiere?

—A que él tenía acceso a la isla, ¿no? Este no es un lugar que cualquiera pueda visitar, me imagino.

—Sí, ya entiendo, sí, eso es... —afirmó, y guardó un breve silencio—. Sí, fue gracias a que él lo organizó.

—¿Os reunisteis por Klara? —Era un tiro a

ciegas, pero Hulda no tenía nada que perder por el momento.

Dagur se quedó desconcertado.

—¿Por Klara? No, ¿a qué se refiere? En absoluto. Aunque ella ha tenido sus líos, o sea, que le ha costado mantener los trabajos que le han salido. Pero eso no era asunto nuestro. Esta excursión no tiene nada que ver con ella en particular, si es eso lo que pregunta. En absoluto.

Dagur sonaba convincente. Hulda le creía.

—¿Sabes qué ha pasado esta noche?

El otro negó con la cabeza.

—¿Te atreves con una hipótesis?

El joven titubeó.

—No, nos habíamos ido todos a dormir. Antes que Klara, quiero decir.

—¿Por qué ella no subió?

—Ni idea.

—¿Oíste algún movimiento durante la noche?

—No, he dormido como un tronco. No he oído nada —contestó en tono decidido.

—¿Todos dormíais arriba?

Hulda había subido al altillo de la casita. Allí había dos dormitorios, en conjunto un espacio muy amplio para cuatro personas, e incluso para más gente.

—Sí, los chicos en la habitación del fondo; y las chicas, en la de fuera, junto a la escalera.

—¿Y te habrías dado cuenta si alguien hubiese bajado?

—No. Yo... tengo un sueño muy profundo.

El silencio se impuso durante un rato, hasta que Hulda agregó:

—¿A qué te dedicas, Dagur?

—¿Yo? —De nuevo, la pregunta pareció cogerlo por sorpresa.

—Sí, ¿cómo te ganas la vida? ¿Trabajas o estudias?

—Sí, no. Trabajo en un banco. —Y añadió, como para enfatizar—: Un banco de inversiones.

—¿Un banco de inversiones? ¿Qué se hace allí?

—Varias cosas... Yo soy agente de bolsa; compro y vendo acciones y cosas por el estilo.

Hulda se asombró; no se habría imaginado a Dagur en ese papel. Probablemente, le parecía demasiado joven. Un crío. Comerciando con acciones, sin duda por grandes sumas de dinero. Y allí, en esa islita prácticamente abandonada, parecía desvalido y confuso. No encajaba en absoluto con el estereotipo del corredor de bolsa que la inspectora tenía en mente: hombres jóvenes trajeados, solo que no tan jóvenes como ese, y extremadamente seguros de sí mismos.

Sin poder evitarlo, pensó en su difunto marido, Jón. Él se había dedicado a las inversiones, aunque Hulda nunca quiso enterarse demasiado. En aquellos años no existían los bancos de inversiones, solo los antiguos bancos estatales y entes de crédito. Seguramente, Jón se habría hecho corredor de bolsa si hubiera sido de la generación de

Dagur. Desde luego no le había faltado seguridad en sí mismo.

—Y tu amigo, Benedikt, ¿también está en el sector bancario?

—No, ni por asomo. Él nunca se metería en algo así. Él..., esto..., él tiene una empresa de informática.

—¿Empresa de informática? Yo todavía no soy un vejestorio, pero admito que nunca he entendido cómo funcionan esas empresas de informática.

Dagur sonrió.

—Son de lo más solicitado en el banco. Últimamente todo el mundo quiere adquirir participaciones en esas sociedades.

—Yo no —dijo Hulda, más para sus adentros que a Dagur. De todos modos, no tenía muchos ahorros, pero nunca se le habría pasado por la cabeza jugar con ellos en bolsa. Luego agregó—: ¿Y Alexandra?

—Es granjera.

A Hulda casi se le escapa que ese era un empleo inusual para una joven, pero se dio cuenta de que en ese caso sería igual de ruin que aquellos hombres, de toda condición social, que habían dicho lo mismo de ella cuando inició su carrera en la policía.

—¿Dónde?

—En algún lugar del este —contestó Dagur—. Tiene marido y dos hijos. No mantenemos ningún contacto, en realidad.

—Y, sin embargo... —replicó Hulda, tras lo cual se calló un momento, escrutando la reacción de Dagur—. Y sin embargo, aquí estabais, prácticamente en los confines del mundo, dispuestos a pasar un fin de semana juntos. Solo vosotros cuatro.

No hubo respuesta. Dagur se limitó a asentir con la cabeza, apurado, con la vista fija en el mar.

—Eso me parece de lo más peculiar, Dagur —agregó ella en un tono convenientemente firme, intentando no olvidar que él había pasado por una experiencia vital terrible, la de perder a una amiga de forma trágica.

—Bueno... Sí, entiendo a qué se refiere.

—¿Y no se trataba de ninguna ocasión especial? ¿Una celebración de algún tipo?

—No, nada de eso —se apresuró a decir.

—¿Os conocéis mejor de lo que aseguráis?

—¿Cómo? No, nos conocemos bien, ya se lo he dicho.

—Pero no os veis nunca.

—No, ya no. Quizá sea más apropiado decir que nos *conocíamos* bien. Pero una antigua amistad como la nuestra perdura.

—Cierto —asintió Hulda, a pesar de no saber gran cosa sobre el tema.

Había hecho algunas amigas en primaria, pero nunca estableció fuertes lazos con ellas. Estaba segura, visto desde la distancia, de que le supuso una traba en el colegio provenir de un hogar pobre. Vivía con su madre y sus abuelos; los cuatro en un piso más bien pequeño, y siempre habían tenido lo justo. La ropa fina y los juguetes bonitos eran cosas que solo poseían otros niños. No fue consciente de ello hasta más tarde, pero había sido víctima de los prejuicios de los profesores por la situación familiar y, sin duda, en cierto modo, también por parte de los chicos. Para más inri, su madre trabajaba de sol a sol en un intento de llegar a fin de mes, de manera que su relación nunca resultó cercana. Conocía mucho mejor a su abuelo que a su madre. Una vez en secundaria, Hulda prácticamente se convenció a sí misma de que nunca sería popular, por lo que buscaba poco la compañía de otros alumnos; siempre alerta y manteniéndose en segundo plano, trabando relaciones de conocidos, pero ninguna de amistad. Lo mismo pasó cuando cursó bachillerato. Como no había muchas chicas allí en aquellos días, tendían a hacer piña, y ella siempre era la marginada. Se reunían con regularidad, y de vez en cuando avisaban a Hulda para tomar un café o para comer, pero esos encuentros fueron disminuyendo cuando conoció a Jón. Él tenía en poca estima a esas compañeras de estudios suyas, además de ser bastante antisocial, así que poco a poco dejaron de recibir visitas, quedándose solos los tres todas las noches y todos los fines de semana: Hulda, Jón y Dimma. Al principio, le pareció agradable; tardó en caer en la cuenta de que nada iba como debía...

—¿Cuándo podemos volver a casa? —preguntó Dagur, arrastrando a Hulda de vuelta a la realidad.

—Pronto —contestó ella.

—¿A casa casa o...?

—Hoy ya hemos perdido la conexión del transbordador, así que os conseguiremos alojamiento en Heimaey. Puede que tengamos que seguir hablando con vosotros.

—¿Por qué? ¿No ha quedado ya todo claro?

—Esperemos que sí —concluyó Hulda, y lo decía sinceramente.

27

Alexandra no parecía en absoluto en condiciones para una conversación formal con la policía, y Hulda se compadecía de ella de corazón, pero sabía que debía tomarle declaración. Era importante descifrar sus primeras reacciones e intentar discernir si existían motivos para ulteriores investigaciones.

Estaban sentadas juntas dentro de la casa. Hulda había enviado a Benedikt y Dagur abajo, donde la barca, escoltados por los dos policías de las islas Vestman.

—Es que no me lo puedo creer... —repitió la joven por tercera vez en un breve lapso de tiempo—, que esté muerta.

—¿Tienes alguna idea de cómo ha podido suceder? —preguntó Hulda.

—No... —contestó Alexandra, pero sin sonar convincente—. Por favor, necesito hacer una llamada, tengo que llamar a casa.

—No hay teléfonos aquí.

—¿Y el radiotransmisor? ¿Puedo probarlo?

—Vamos a bajar a la barca enseguida. En cuanto hayamos salido de aquí y estemos de vuelta en Heimaey, podrás llamar a casa.

—¿No podemos irnos ya? —Respiraba agitadamente—. ¿Ahora?

—¿Viste alguna cosa anoche?

Alexandra negó con la cabeza.

—¿Oíste algo?

Negó de nuevo.

—¿Qué crees que ha pasado?

—¡No lo sé! —alzó la voz y repitió—: ¡No lo sé! ¡Tengo que hacer una llamada!

—Podrás hacerla dentro de poco —dijo Hulda, en un tono quedo y equilibrado, mientras se preguntaba si no era aconsejable dar por finalizada la conversación y retomar el hilo más adelante si fuese preciso.

Que Alexandra y los chicos se marchasen cuanto antes a casa para recuperarse del golpe. Aunque tenía la sensación de que no le estaban contando toda la verdad, seguía creyendo que no había sucedido nada criminal esa noche en la isla, y se inclinaba a concederles el beneficio de la duda. Quizá habían discutido con Klara y se sentían mal por ello. Pero ¿culpables de homicidio o asesinato? No, no lo creía.

—La noticia de la muerte no ha trascendido todavía —afirmó, aunque no podía estar completamente segura—, y es mejor mantenerlo así. Es mejor que llames a casa cuando estemos en Heimaey.

—Tengo que hablar con mis niños; asegurarme de que todo va bien y de que no están preocupados.

Una de dos: o los sucesos de la noche habían tenido un impacto muy fuerte en Alexandra, o intentaba con subterfugios evitar contestar a las preguntas. Y casi dio resultado: Hulda estaba a punto de desistir.

Decidió recurrir a otra técnica, un último intento:

—¿Qué diablos estabais haciendo aquí? —Esta vez la voz era cortante y resuelta.

Alexandra dio un respingo.

—¿Cómo? Pues..., nosotros... —Vaciló—. Nada. Nada en especial.

—¿Sucedió algo aquí la pasada noche? —En cuanto las palabras salieron de sus labios, Hulda advirtió lo desafortunado de su pregunta.

Alexandra hizo un gesto negativo repetidamente.

—¿Sabes qué le ha sucedido a tu amiga? —preguntó la inspectora subiendo el tono considerablemente; confiaba en que los otros hubieran bajado hasta la barca. Ahora estaban ellas dos solas en la casa, y también prácticamente solas en la isla.

Alexandra no contestó.

—¿Sabes qué ha sucedido, Alexandra? —insistió Hulda con los ojos clavados en la joven, y entonces ocurrió lo que la detective había temido: la chica rompió a llorar.

Con el pecho agitado, suplicó entre sollozos incontrolables:

—¿Puedo irme? ¡Por favor!

Hulda se levantó, resignada. Esa conversación había terminado, por ahora.

28

Hulda llevaba un largo rato tendida en la cama del hostal de Heimaey, aguardando la llegada del sueño, pero ese viejo adversario, tan ansiado como temido, se hacía esperar. Necesitaba con todas sus fuerzas caer en los brazos de Morfeo, exhausta como estaba tras los desplazamientos de la jornada, pero muchas veces el sueño solo traía más estrés, pesadillas y recuerdos de acontecimientos pasados que prefería olvidar. ¿Por qué nunca tenía la suerte de soñar una noche entera con la belleza natural de Álftanes, el canto de los pájaros y el mar?

Sí, había sido un día largo, mucho más largo de lo que se había imaginado. Había tenido la intención de pasar la tarde-noche del domingo al aire libre, quizá dando un paseo hasta el centro de la ciudad, disfrutando del sol de medianoche y el buen tiempo. Pero no se quejaba, el trabajo era prioritario. Era lo único que la mantenía a flote.

Debía afrontar el hecho de que ese año cumpliría los cincuenta. Era un número al que le costaba acostumbrarse. Intentaba no pensar en el futuro, y prefería sumergirse en los problemas de otros encargándose de demasiadas investigaciones, trabajando hasta altas horas de la noche o los fines de semana. Tenía pocas aficiones; en realidad, solo una: las actividades al aire libre. Todavía no estaba preparada para mantener una cita romántica; ni siquiera estaba segura de saber hacerlo a esas alturas, además de que no había ninguna garantía de que fuera a encontrar un príncipe azul. Viajar a países exóticos solo era un sueño lejano; su economía no le permitía nada por el estilo.

Obviamente, faltaba mucho para su jubilación, pero, de todos modos, no podía evitar pensar en ello, con el hito del medio siglo de vida acechando a la vuelta de la esquina. No tenía la más remota idea de cómo iba a pasar esos años y, de hecho, estaba bastante preocupada por su situación económica, por quedarse cargada de deudas a causa del pisito, cobrando las escuetas pagas fijas de la jubilación. Ahora, al menos, de vez en cuando podía mejorar el sueldo un poco con las horas extraordinarias.

El sueño le daba la espalda. Hulda se reconoció vencida, se levantó y se acercó a la ventana a contemplar la blanca noche estival. Sus pensamientos volaron hasta los tres jóvenes..., o cuatro, mejor dicho. Hasta Klara, la chica muerta, y sus amigos. Estaba convencida de que no contaban toda la verdad, aunque eso no significaba que pesara sobre su conciencia un homicidio. Hulda sabía por experiencia que a menudo la gente opta por no contárselo todo a la policía por diversas razones; en absoluto se da por supuesto que uno vaya a compartirlo todo con un desconocido que aparece en circunstancias difíciles. Hulda lo entendía muy bien. Obviamente, había que finalizar la investigación, pero lo que hubiera preferido era traspasar el caso a algún otro, por ejemplo al detective de las islas Vestman, una vez se hubiese recuperado de su enfermedad. Ese caso no tenía pinta de albergar nada jugoso, pensó, arrepintiéndose en el acto de haberse permitido —aunque solo mentalmente— la palabra «jugoso» respecto al fallecimiento de una joven.

Antes de que Jón y Dimma murieran, Hulda era capaz de relajarse leyendo por las noches, dándose permiso para quedarse dormida con un buen libro. ¡Cuánto lo echaba de menos! Ahora no encontraba la serenidad necesaria para leer nada de nada solo por diversión. La verdad es que nunca lograba relajarse, salvo en medio de la naturaleza. En esas ocasiones se le vaciaba la mente. Si no, tenía el pensamiento puesto día y noche en Dimma y en Jón. Se culpaba a sí misma de todo lo que había pasado. Los meses previos a la muerte de su hija asaltaban su mente. ¿Cómo era posible que no lo supiera?

Se forzó a dejar de pensar en el pasado e intentó centrarse en el caso que tenía entre manos. Sí, esos pobres muchachos. Había notado que todos creían tener cierta responsabilidad en la muerte. A lo mejor no habían estado junto a Klara cuando más los necesitaba, quizá se habían portado mal con ella. Y tal vez no sabían qué era eso que deberían haber hecho de otra manera; solo sabían que había algo. Alguna decisión en el pasado que les hubiera podido traer otro resultado, decisión que no habría conducido a la terrible muerte de Klara. Igual que con Dimma: la certeza de que su terrible destino podría haberse evitado.

Pero ¿tenían algo que ver con ella estas cavilaciones sobre el sentimiento de culpa de unos jóvenes? No a menos que uno de ellos hubiera, literalmente, empujado a la chica al borde del precipicio.

Hulda volvió a la cama y cerró los ojos. Necesitaba dormir. Debía dejar que las pesadillas llegasen.

29

Hulda se detuvo en su piso tras un frustrante y lento viaje de vuelta a casa desde las islas Vestman, primero en ferri hasta el puerto de Thorlákshöfn en la costa sur y, después, en coche hasta Reikiavik. No tenía nada más que hacer en Ellidaey o Heimaey. Si al final resultaba que la muerte no había sido accidental, el caso acabaría en el Departamento de Investigaciones Criminales de todos modos; o lo que es lo mismo: de vuelta en su escritorio. Estaba muerta de cansancio, por decirlo suavemente.

Había dormido mal en el hostal, y casi lamentaba haber emprendido ese viaje. En circunstancias normales habría aprovechado la noche del domingo para recargar las pilas para la siguiente semana de trabajo, pero el lunes ya se le había echado encima, sorprendiéndola por la espalda. Por supuesto, tendría que haberse quedado durmiendo; en realidad, nadie se daría cuenta si acudía al trabajo una hora más tarde de lo habitual, pero escaquearse no era propio de ella. Así que se dio una ducha, se vistió y se metió en su Škoda verde rumbo al trabajo.

Se puso manos a la obra para redactar un informe sobre el incidente en Ellidaey: lo malo, cuanto antes acabado, mejor. Había informado a su superior del viaje antes de salir, y había obtenido autorización para los gastos del desplazamiento. La había apoyado, como de costumbre —al menos en apariencia—, dándole ánimos. «Sí, por supuesto, echaremos una mano a los compañeros de las islas Vestman. Y no pueden tener a nadie mejor que tú.» Hulda sabía que las alabanzas eran solo palabras huecas.

Había coincidido con los tres jóvenes en el transbordador en la travesía de vuelta, pero la comunicación con ellos había sido más bien escasa. Se mantenían juntos y se diría que no querían saber nada de la policía. Y ella daba por sentado que el caso estaba cerrado y no había hecho ningún intento de acercarse a ellos. Les había formulado las preguntas más pertinentes ante los hechos y ya tenía suficiente material para un informe decente. Tal vez no habían declarado con exactitud todos los detalles, pero lo más verosímil era que allí había ocurrido un accidente del que nadie era responsable.

Ahora que su pequeña aventura en Ellidaey

había llegado a su fin, tocaba regresar a la rutina. Sus días se asemejaban unos a otros y así había sido durante los diez últimos años, después de que diera carpetazo de forma tajante a su antigua vida vendiendo el chalet cerca del mar de Álftanes —o, mejor dicho, entregándolo para saldar deudas—, para después comprarse un piso nuevo. Al principio se había instalado en casa de su madre y luego en un piso de alquiler. Tuvo que esforzarse a fondo para reunir el dinero para la entrada de la hipoteca; era muy poco lo que Jón le había dejado. La convivencia con su madre resultó peculiar, por así decirlo. Había quedado claro hacía tiempo que no congeniaban, aunque Hulda vio aquello como una oportunidad para llegar a conocerla mejor.

Su madre se empleó a fondo, intentando rodear a su hija de amor y atenciones después de las muertes de Dimma y de Jón. Y Hulda a veces tuvo la sensación de ser una mala persona por no poder corresponderla en la misma medida, por no poder recibir esos mimos y devolverlos. Continuó trabajando largas horas, y los ratos que compartían madre e hija eran las noches y los fines de semana, cuando lo que más le apetecía a Hulda era justamente estar sola o incluso salir de senderismo por la montaña. Su madre había confiado en que las dos podrían superar el trauma hablando, pero Hulda sabía que eso no era posible. Estaba condenada a vivir con ello.

Al final se mudó. Aquello no fue acompañado

de ningún dramatismo especial. Simplemente le hizo saber a su madre que había encontrado un piso y le dio las gracias. La reacción de su madre fue educada y amable, nada más. Nunca discutían, pero su relación no era para echar cohetes. Hulda se instaló en un pisito de alquiler, pero al menos, a partir de entonces, disponía de tiempo para estar sola.

Ahora ya tenía un piso en propiedad, al menos en teoría, por el que pagaba una hipoteca en lugar de un alquiler.

En el trabajo le confiaban casos importantes, que solía resolver por caminos no siempre trillados, pero, por lo general, eficaces. Tampoco recibía siempre los elogios de los que se creía merecedora, a pesar de que sus compañeros sabían que era dura de pelar y que podía despachar casos difíciles con buenos resultados.

Más por una especie de celo profesional que por curiosidad, decidió consultar en los archivos policiales los nombres de los protagonistas de los eventos en la isla. Klara, la muerta, no estaba fichada, y lo mismo valía en el caso de su amiga Alexandra. Ambas parecían tener el historial limpio. Benedikt, el joven de la empresa informática —esa era la palabra que había usado, ¿no?—, en cambio, se había visto involucrado en peleas en su juventud, con quince años, en Kópavogur. El informe no era ni largo ni pormenorizado y estaba claro que todo aquel asunto se había quedado allí.

El nombre de Dagur también figuraba en los archivos.

«Año 1987. Actitud agresiva ante un policía, amenazas y desórdenes, diecinueve años de edad», pero sin más concreciones. El caso se archivó. Eso en sí era bastante inusual: por norma, uno no se iba de rositas tras amenazar a un agente de la ley. No obstante, ese episodio podía tener varias explicaciones. Hulda conocía de oídas al policía en cuestión; un tipo bastante más joven que ella. No preveía indagar más sobre ese incidente, pues había ocurrido hacía mucho tiempo y difícilmente podía tener alguna importancia ahora. Tal vez hablaría con el detective de las islas Vestman si algo inesperado surgía durante la investigación de la muerte en Ellidaey. Pero, por el momento, aquello no le incumbía realmente. Mejor dejarlo estar.

30

Hulda se despertó con los timbrazos del teléfono. Se había echado una cabezadita en el salón, pero el maldito aparato estaba en el pasillo, de modo que tuvo que levantarse de un tirón del viejo sillón acogedor que había heredado de su madre.

Medio deseó que dejara de sonar. Tenía que ser algún vendedor; por la noche no solía llamarla nadie. Eran casi las nueve y Hulda se había quedado dormida viendo un documental británico que emitían después del telediario. No podía permitirse el lujo de abonarse al Canal 2, así que se conformaba con la programación de la televisión pública.

Le costó levantarse del sillón, exhausta tras la jornada, sumada a todo el fin de semana. Salió a trompicones al pasillo, y notó que no estaba igual de ágil que antaño; tardaba más en recuperarse después de algún esfuerzo, una caminata o unos ejercicios.

—Hulda —contestó en tono resuelto, intentando disimular el cansancio.

—¿Hulda? Hola, buenas noches. ¿Te he despertado?

—¿Eh? No, claro que no. ¿Quién es?

—Soy Sæmundur.

—Ah, sí, Sæmundur, hola.

Sæmundur tenía más o menos la misma edad que Hulda, probablemente algo menos, y trabajaba en el laboratorio de patología forense de la Universidad de Islandia. Trabajaba a cualquier hora del día o de la noche, y la detective tenía que haberse imaginado que era él quien llamaba. Lo visualizó: un hombre algo rechoncho, amigable y calvo desde que se conocían, hacía al menos una década.

—Perdona que llame, bueno..., tan tarde.

—No pasa nada. —A veces le daba la sensación de que Sæmundur albergaba sentimientos por ella, aunque nunca había dado ningún paso en ese sentido. Era un soltero empedernido, simpático y majo, pero no exactamente su tipo—. ¿Llamas por lo de la chica de Ellidaey?

Algunos de los compañeros de Hulda habrían dicho «el cadáver» de Ellidaey. Ella, en cambio, se esmeraba en personalizar a los fallecidos para no perder la conexión, no olvidar que se había perdido una vida humana.

—Sí, eso es.

—¿Tenemos ya los resultados de la autopsia?

—No, nada de eso, pero todo este caso llama mucho la atención, ¿entiendes?, a un hombre como yo. Me di cuenta enseguida y quería ponerte al corriente. No sé cómo va la investigación, pero supongo que cualquier cosa puede ser de utilidad.

Como tantas otras veces, se iba por la tangente.

—Desde luego —contestó ella con calidez—. ¿Y qué es lo que has visto?

—Sí, exacto. Perdona. Son las huellas en el cuello.

Hulda notó cómo se le aceleraba el corazón súbitamente.

—¿Las huellas en el cuello?

—Sí, ¿sabes? Alguien oprimió la vía respiratoria de la fallecida, me refiero a antes de que muriera. Para mí está más claro que el agua.

—¿Quieres decir que...? —Hulda no llegó a acabar la pregunta.

—Sí, todo indica que en este caso ha habido violencia, Hulda. ¿Concuerda con tus conclusiones?

La inspectora contestó tras cierto silencio:

—Sí, sí, más o menos, sí. Más o menos. —Una mentirijilla piadosa no hacía daño—. ¿Fue esa la causa de la muerte?

—Lo dudo. Dada la gravedad de las lesiones craneales, fue una caída terrible. Por supuesto, no soy un detective del Departamento de Investigaciones Criminales, Hulda, pero mi teoría, así a primera vista, es que se produjo una pelea y que el atacante la agarró por el cuello, oprimiéndolo, y que luego ella sufrió una caída mortal. Obviamente, no sé cómo sucedió, ¿entiendes?, pero se podría llegar a la conclusión..., pues..., de que...

—¿... de que fue asesinada? —completó Hulda.

—Exacto.

31

Hulda pensó en la joven y se maldijo por no haber mostrado más desconfianza en aquella isla. Su instinto le había fallado a la hora de la verdad y, de hecho, ella misma le había fallado a la pobre chica... A lo mejor tenía que haber organizado la investigación de otro modo; no dejar que los tres muchachos se fuesen a casa enseguida. Y ahora, las nueve de la noche pasadas, se había quedado sin saber qué hacer exactamente. Pese a estar bastante cansada, ya se encontraba al volante del Škoda, sin tener del todo claro adónde dirigirse. Tal vez no había nada que no pudiese esperar hasta mañana, pero después de las novedades de Sæmundur, sentía la imperiosa necesidad de hacer algo, lo que fuera.

Había anotado los datos de esos jóvenes: sus números de teléfono y direcciones. Esa lista seguía en su despacho. Antes de darse cuenta ya había metido la marcha atrás y sacado el coche de la estrecha plaza de aparcamiento para poner rumbo a las oficinas del Departamento de Investigaciones Criminales. El cielo estaba despejado y claro; el sol, aún bastante alto en la bóveda celeste. Uno jamás habría imaginado que era tan tarde.

Ya en su despacho, Hulda se sentó a su escritorio y aguardó un momento mirando el papel que contenía las señas de Alexandra, Benedikt y Dagur. Intentó visualizar lo acontecido: ¿de veras alguno de ellos había matado a Klara, agarrándola del cuello con fuerza y arrojándola por el acantilado? Tenía que admitir que ninguno de ellos encajaba en el papel de asesino. Todo eso iba a ser noticia. Sin duda, debía llamar a su superior e informarlo de la situación, pero eso podía esperar hasta mañana. En cambio, la pregunta que permanecía en el aire era si debía aprovechar el tiempo y probar a comunicarse con esas personas de nuevo. Hacerles una visita sorpresa.

En realidad, Hulda no tuvo que pensárselo dos veces: la respuesta saltaba a la vista. Alexandra vivía en el este, pero, según dijo, iba a pasar la noche en casa de unos familiares en Kópavogur. La inspectora se había fijado en que ella era la que más se había alterado y, por lo tanto, el eslabón más débil. Había estado al borde de un ataque de nervios en la isla. En cierto modo, era injusto aprovecharse de esa circunstancia, pero ahora el caso se había revelado mucho más grave que antes. Ya no valían las medias tintas.

Los parientes de Alexandra en Kópavogur no dejaron a Hulda ninguna duda de que les había arruinado la velada: se armó un revuelo general cuando se presentó preguntando por la chica.

—Está durmiendo. Todo esto ha sido un golpe terrible. No entiendo por qué tiene que venir a molestarla ahora, a estas horas —dijo una mujer de mediana edad que acudió a abrir, con actitud resuelta. A su espalda asomaba un hombre corpulento, de mirada huidiza y pinta de ser el marido. Asentía repetidamente con la cabeza mientras su esposa hablaba—. Tendrá que volver por la mañana.

Hulda no acostumbraba a amilanarse ante semejantes reticencias.

—No me llevará mucho tiempo. Necesito sentarme con ella y repasar un poco mejor los acontecimientos del fin de semana.

—¿Por qué? ¿Por qué con ella? —preguntó la señora, que permanecía inmóvil en el umbral de la puerta. Su marido seguía asintiendo con la cabeza.

—Como ya saben, una joven ha perdido la vida, y necesito hablar con Alexandra y con los dos hombres que estuvieron con ella en Ellidaey. En una investigación como esta, debemos priorizar los intereses del fallecido (la fallecida, en este caso), aunque suponga molestar a gente inocente. —Subrayó la palabra «inocente»—. ¿Me dejan pasar, por favor?

Tras esa perorata, la mujer se apartó y el esposo hizo lo mismo. La condujeron al salón, aunque Hulda expresó su deseo de disponer de otro sitio más privado donde poder hablar con Alexandra a solas. El gesto de desilusión de los esposos fue evidente, pero, al final, accedieron y la llevaron a una habitación pequeña, a medio camino entre un despacho y un cuarto de costura. Allí esperó un buen rato.

Al final apareció Alexandra. No habían exagerado nada en cuanto a que estaba durmiendo; eso saltaba a la vista. Además, Hulda adivinó que había llorado bastante esa noche. La chica, desde luego, no parecía haberse recuperado.

La inspectora se aseguró de que la puerta estuviera bien cerrada y, en cuanto la joven se sentó, fue directa al grano.

—Siento mucho decírtelo, Alexandra, pero todo indica que tu amiga ha sido asesinada.

Su reacción no se hizo esperar. La noticia pareció sorprenderla; quedó muy impresionada. Era como si de repente estuviera abrumada por el dolor, como si acabase de enterarse de la muerte de Klara. Por supuesto, eso se podía fingir, y la inspectora necesitaba conocerla mejor para esclarecer si era capaz de semejante cosa.

Hulda esperó y esperó.

Al final, Alexandra rompió el silencio:

—Eso... No, eso no puede ser verdad. ¿Por qué? ¿Por qué piensa eso? ¿Por qué iba alguien a... a hacer algo así? —Negó con la cabeza y alzó la voz—. ¡No, no, no!

—Me temo que las evidencias apuntan en esa dirección.

—¿Asesinada? ¿En serio? ¿Qué..., qué evidencias?

—Necesito que me cuentes lo que pasó aquella noche, Alexandra. Tenemos que llegar al fondo del asunto, las dos juntas.

—No..., no..., no pasó nada. —Rompió a llorar—. Nada.

—Ya no tiene sentido ocultarlo, Alexandra. Si fue asesinada... —dijo Hulda, dejando luego que el silencio se prolongase antes de repetir—: Si fue asesinada...

Alexandra hizo un gesto de asentimiento.

—... entonces solo hay tres posibles sospechosos: Benedikt, Dagur y tú.

La muchacha apartó los ojos, secándose las lágrimas con el dorso de la mano.

—Sé que no has sido tú —mintió Hulda—. Cuál de los dos es más probable, por lo que los conoces, que pudiese haber hecho algo así: ¿Benedikt o Dagur?

No contestó.

—¿Tienes idea de cuál podría haber sido el motivo? ¿Viejas rencillas?

—No, usted no lo entiende... —replicó Alexandra—. No puede ser... Ninguno de nosotros... Dagur y Benni nunca..., nunca matarían a nadie. No los conoce. Yo, simplemente..., simplemente, ¡me niego a creerlo!

—Estrictamente hablando, no puedo descartarte, Alexandra. ¿Lo entiendes?

—¿A qué se refiere? Acaba de decir que... yo..., que usted sabía...

—No tiene nada que ver lo que yo piense o deje de pensar. Por supuesto, no creo que hayas asesinado a tu amiga, pero no puedo descartarlo. Tienes que colaborar conmigo.

—Pero... sí, sí... Pero no puedo... No quiero...

—¿Qué es lo que no quieres? ¿Quieres estar bajo sospecha en una investigación de asesinato?

—No, no, claro que no.

Y otra vez rompió a llorar.

—Tienes que poner tu granito de arena, Alexandra.

—Sí... Lo sé, lo sé... —gritó a través de los sollozos.

En ese instante llamaron a la puerta, que se abrió acto seguido para dejar entrar a la mujer que antes había recibido a Hulda. Estaba hecha una furia.

—¡Basta ya! Oigo a la pobre llorar y llorar. Esto es inaceptable. Vaya conducta la de usted. Acaba de perder a su amiga.

Hulda alzó la voz.

—Necesito un minuto para finalizar esta toma de declaración.

—No, esto termina aquí y ahora o llamaré a mi cuñado, que es abogado. Esto no puede seguir así. —Miró a Alexandra—. Ven aquí, cariño. Esta mujer ya se va.

Alexandra echó un vistazo a Hulda. Luego se levantó, obedeciendo a su tía.

Por la cara que puso, Hulda vio que la chica ocultaba algo. No cabía duda.

32

Pues sí: esa era la dirección correcta. El nombre de Dagur figuraba en uno de los telefonillos. A Hulda le sorprendió que un joven viviera solo en un adosado tan grande. Llamó al timbre y esperó un rato. A continuación, golpeó la puerta con los nudillos, primero ligeramente y luego con más fuerza, pero sin obtener respuesta. Parecía que Dagur no estaba en casa. Hizo un último intento; volvió a llamar al timbre y esperó. Tampoco esta vez hubo contestación. Tendría que volver a pasar por esa casa más adelante, esa misma noche o a primera hora de la mañana.

Benedikt residía en un sitio algo más típico para un soltero menor de treinta años: en un pequeño sótano en el centro de la capital.

Era una casa antigua de madera, pintada de

azul y blanco, con acceso por la puerta trasera, a través de un jardín de aspecto abandonado. Hulda golpeó varias veces la puerta con los nudillos; no había timbre a la vista.

Oyó pasos dentro; la puerta se abrió, y Benedikt apareció en el vano, visiblemente sobresaltado.

—Hola, buenas noches, Benedikt.

—¿Eh? Sí, buenas noches... Espere, ¿se supone que íbamos a volver a reunirnos?

—¿Puedo pasar?

Vaciló un momento.

—Es que no estoy solo en casa, pero... bueno...

—Gracias. —Se metió dentro sin pedir más permiso—. Tenemos que hablar.

En ese mismo instante se dio cuenta de que Dagur estaba de pie en mitad del salón, y tuvo la impresión de haber interrumpido una especie de conflicto o pelea. La tensión en el ambiente se podía cortar con un cuchillo.

—Hola —dijo Dagur en voz baja, para luego dirigir la mirada al parquet.

El salón apenas estaba amueblado: un sofá raído, un televisor y unas estanterías llenas de cintas de vídeo. Ningún libro, ningún cuadro en las paredes y una bombilla desnuda colgando del techo. Hulda reparó en que no se veía por ningún lado nada para picar o beber, un detalle que quizá tuvo su parte en despertar la sospecha de que Dagur no estaba allí en una visita de cortesía.

—Hola, Dagur. Justo te estaba buscando, vengo de Kópavogur.

El chico volvió a alzar los ojos con gesto de sorpresa:

—¿Me buscaba a mí?

—Sí, necesito hablar con los dos. —Se hizo un breve silencio. Luego añadió—: La verdad es que no contaba con encontrarte aquí.

—¿Cómo? No, no; yo..., pues... —Se le puso cara de apuro, una cara poco natural, pensó Hulda. En sí no debería ser difícil explicar la visita a un amigo, pero, por alguna razón, a Dagur se le trabó la lengua. Sí, no cabía duda de que había algo raro tras esa visita a su amigo Benedikt...

Hubiera preferido hablar con los dos jóvenes por separado, pero las circunstancias no ofrecían esa posibilidad.

—Sentaos. Seré rápida —dijo en tono firme, y se sentaron uno al lado del otro en el sofá.

Hulda fue a buscar una banqueta a la cocina, que se hallaba detrás del salón, y se sentó enfrente de ellos. Se quedó un ratito observándolos, permitiendo que la tensión aumentase, dejándolos sudar un poco. Ambos se sentían mal; eso saltaba a la vista.

—Por lo visto, vuestra amiga Klara no se cayó del acantilado por accidente.

—¿A qué se refiere? —preguntó Benedikt, incisivo.

—Alguien la atacó —contestó Hulda.

—¿Alguien la atacó? —Dagur parecía sorprendido.

—¿Qué insinúa? —quiso saber Benedikt—. ¿Sostiene usted que alguien la mató?

Hulda asintió con la cabeza.

—Desde luego, eso parece —agregó—, y esa es la hipótesis en la que estamos trabajando ahora. —Daba así a entender que no era solo ella la que había llegado a esta conclusión, sino que tenía detrás a todo un cuerpo policial.

—¿Parten de la hipótesis de que ha sido asesinada? —Benedikt sonaba impactado y enfadado a un tiempo—. Por Dios santo. ¿Está usted insinuando que uno de nosotros dos..., o Alexandra..., la ha matado?

—¿Había alguien más en la isla? —preguntó Hulda en tono neutro.

—No..., no, nadie más —contestó Dagur.

—Entonces, no hay más candidatos, ¿verdad?

Benedikt negó con la cabeza.

—¿Es posible que hubiera alguien más en la isla sin que lo supierais vosotros?

—Difícilmente. Pero supongo que tampoco imposible.

—¿Habríais podido oír el ruido del motor de una barca, por ejemplo?

—Pues no... Probablemente, no.

—Entonces, por el momento no nos queda otra alternativa que centrarnos en vosotros tres

—dijo Hulda—. A menos que se demuestre lo contrario.

—¿Qué gilipollez es esa? —soltó Dagur—. No creerá que..., que nosotros hemos matado a nuestra amiga, ¿verdad?

—Tiene que ser una broma —intervino Benedikt.

—Ojalá lo fuera —respondió la inspectora con gesto serio—. Pero tenéis que contarme la verdad. ¿Qué pasó aquella noche?

Dagur miró a Benedikt antes de contestar:

—Por el amor de Dios, ¿qué más quiere que le digamos? No sabemos qué pasó. Klara no se acostó a la misma hora que nosotros —añadió tras un breve silencio—. De todos modos, ¿por qué cree que alguien la ha..., que la ha matado?

—No estoy en disposición de revelar este dato; no en este momento.

Benedikt se levantó.

—No puede venir exigiendo que contestemos a preguntas sobre algo que no está... respaldado por ninguna puta evidencia. Solo intenta tendernos una trampa con la idea de culparnos de asesinato, cuando lo único que pasó es que nuestra amiga... se resbaló y cayó, o se lanzó al vacío.

—Tenemos derecho a la presencia de un abogado —espetó Dagur sin previo aviso.

Hulda sonrió.

—Eso depende totalmente de vosotros. Vamos a calmarnos. Nadie ha sido detenido y nadie está bajo sospecha..., por así decirlo. Aquí solo estamos conversando, pero vosotros diréis. Mañana por la mañana veremos si necesitamos que os presentéis de una manera más formal en comisaría. Vosotros dos y Alexandra, individualmente. En ese caso, podéis llevar a un abogado si os parece bien.

Benedikt permanecía inmóvil de pie, vacilante. Dagur se mantenía pegado a su asiento.

—Ya que estamos, ¿qué te ha traído hasta aquí, Dagur? —preguntó la inspectora clavando los ojos en el joven sentado en el sofá.

—¿Cómo? —La pregunta pareció pillarlo por sorpresa.

—Y no intentes contarme la trola de que ha sido una visita de cortesía —añadió ásperamente.

Dagur seguía sentado, sin decir esta boca es mía.

—¿Estabais asegurándoos de que vuestras versiones cuadraban? —Hulda miró a Benedikt, que negó con la cabeza con vehemencia.

Ahora, por fin, parecía empezar a preocuparse de verdad por la evolución de los acontecimientos en lugar de estar solo irritado y enfadado por esa visita inesperada y por las acusaciones de Hulda.

—Por supuesto que no... —contestó—. Por supuesto que no.

—¿Dagur?

—¿Eh? No, no... para nada... No es así; no tramamos nada. Para nada.

Los creía, casi casi. Sí, a lo mejor estaban contando la verdad. Solo que no podía fiarse de ellos.

Hulda se puso en pie.

—Entonces, ¿por qué? ¿Por qué has venido, Dagur?

Él se lo pensó un rato, un rato inusualmente largo:

—Nuestra amiga acaba de morir, prácticamente delante de nuestras narices. Yo..., yo, sencillamente, no podía estar solo, y no sabía con quién hablar, aparte de Benni. Alexandra y yo no somos tan íntimos, pero Benni y yo siempre hemos sido buenos amigos. Nunca nos hemos ocultado nada...

Y Hulda tuvo la sensación, por el tono de voz de Dagur, de que esa última frase tenía un peso especial, de que implicaba algún sentido más profundo que ella tenía la intención de averiguar.

33

Hulda había pedido a los tres jóvenes que no abandonaran la ciudad hasta nueva orden. Benedikt y Dagur no pusieron reparos, pero Alexandra sí protestó, asegurando que tenía que llegar al este con su familia. Al final, aceptó aplazar el viaje una o dos noches.

El próximo paso de Hulda, a la mañana siguiente, fue reunirse con Thorvardur, el policía que había tomado declaración a Dagur por el incidente de hacía una década. El agente rondaba los treinta y cinco años y era un hombre honesto, con los pies en el suelo y de trato agradable.

Hulda había solicitado una reunión con él y ahora estaba sentada en su despacho.

—Hola, ¿qué puedo hacer por ti? —preguntó desplegando una sonrisa sincera.

—Seguro que vengo en balde —dijo la inspectora—, pero he encontrado un antiguo informe, de 1987, sobre cierto incidente menor que lleva tu firma.

—¿Ah, sí? ¿De 1987?... Yo estaba recién licenciado de la Academia por aquel entonces. Me uní al cuerpo en 1986.

Le entregó una copia del informe sobre Dagur.

—Ya imagino que es imposible que te acuerdes de aquello...

—Veamos. —Thorvardur deslizó los ojos por encima del informe—. Bueno... Ah, sí, 1987. Umm, no estoy seguro. —Volvió a escudriñar el informe—. Vamos a ver: ¿cuántos años tenía el chico? Solo diecinueve. ¿Acaso es reincidente?

Hulda negó con la cabeza.

—No, es un chico normal, me parece. Esta es la única anotación sobre él; la única infracción que ha cometido.

—Dagur... ¿Dagur Veturlidason? —De improviso, el semblante del joven policía se iluminó—. ¡Sí, sí, claro! Dagur Veturlidason, claro. Perdona, me ha costado un poco atar cabos. Deberías haberme dado contexto, Hulda. —Sonrió.

—¿Qué contexto?

—Sí, esto está relacionado con su padre, ¿verdad? ¿Por qué estás mirando ese caso?

—¿Su padre? ¿Qué es lo que hizo?

—Veturlidi Dagsson. ¿No te acuerdas de él?

Hulda tuvo que admitir que el nombre le resultaba familiar, aunque no lograba ubicarlo con exactitud.

—Mató a su hija, ¿te acuerdas?

Desde luego que se acordaba. No tuvo nada que ver con la investigación, pero el caso despertó tanta atención que no era fácil ignorarlo. Una cosa de lo más horrenda: un auditor intachable de Kópavogur fue acusado de haber matado a su hija en una casa de campo en un remoto valle de los Fiordos del Oeste. Hulda no recordaba los detalles; dado que no había trabajado en el caso, lo había seguido más que nada a través de los medios de comunicación y por las conversaciones de pasillo en la comisaría. El hombre se quitó la vida antes de que se anunciara el veredicto, mientras estaba en prisión preventiva. Lo que sí recordaba muy bien era que ese caso había catapultado a Lýdur a lo alto del escalafón. Había también indicios de una historia subyacente de abusos, y eso a Hulda le resultaba demasiado cercano, aunque en aquel entonces no reparase en ello.

Y sí, aquel tipo había vivido en Kópavogur, así que el adosado que a Dagur le quedaba varias tallas demasiado grande era, sin duda, su antigua casa familiar. Pero aparentemente vivía allí solo. ¿Qué había sido de su madre?

—Uf —soltó Hulda, más para sus adentros que para Thorvardur—. ¿Me estás diciendo que Dagur es su hijo?

—¿No lo sabías?

—No, no había..., no había caído —contestó ella.

—Entonces ¿por qué estás mirando eso? Es un caso del año de la pera: el tema es que el chaval armó un buen follón en su día.

—¿Lo recuerdas?

—Sí, lo sentí mucho por él. No paraba de presentarse en comisaría, hecho una furia porque habíamos detenido a su padre. Se negaba en redondo a creer que él podía ser el culpable. La mayor parte de las veces solo exigía ver a Lýdur, a menudo a voces, y nosotros..., bueno, nos compadecíamos de él, ¿entiendes? Pero no hicimos nada al respecto. En una ocasión se pasó de la raya y empezó a amenazarnos, así que no nos quedó otra que detenerlo, hablar con él, calmarlo. No hubo consecuencias. El chico estaba fuera de sí, como es natural.

—Ya veo —replicó Hulda, quien apenas podía creérselo: ese era el hijo del hombre que había asesinado a su propia hija. ¡Joder! Esa información ponía el caso en una perspectiva nueva, a pesar de que seguramente no había ninguna relación entre los dos. ¿O sí?

—Y bien, ¿qué diablos pasa con ese chaval ahora?

—Es sospechoso en un caso de asesinato: la muchacha que encontraron muerta en Ellidaey este fin de semana.

—No fastidies. ¡Joder! —Thorvardur dio un puñetazo en la mesa—. ¿Lo dices en serio?

Hulda hizo un gesto afirmativo.

—Y... ¿crees que podría ser culpable?

—La verdad es que no sé qué pensar.

—Bueno, podría llevarlo en los genes, ¿no?

Hulda negó con la cabeza.

—¡Qué tontería!

—Sí, de verdad, inclinaciones de este tipo. Si yo fuera tú, no lo descartaría.

—Difícilmente puedo detenerlo por los pecados del padre; ¿es eso lo que estás sugiriendo?

—De tal palo, tal astilla, Hulda.

34

Los medios de comunicación habían empezado a mostrar interés por el caso y a Hulda la esperaban ya algunos mensajes: consultas en relación con la muerte en la isla. Concluyó que lo más sensato era ignorarlas por el momento e intentar aprovechar el día para otras cosas. Por suerte, aún no se había filtrado a ningún medio que se estaba tratando la muerte de Klara como un posible crimen.

A la luz de los últimos datos, necesitaba sin falta hablar con Dagur, e incluso con los tres jóvenes, pero la primera tarea sería desempolvar más detalles del caso de Veturlidi y encajarlo en el cuadro general. La forma más rápida de hacerlo era hablar con Lýdur, y no le hacía ni pizca de gracia. El hombre no le caía bien, y a buen seguro el sentimiento era mutuo. Había dirigido la investigación en su día y el crimen había sido su «gran caso», por así decirlo; el que lo había lanzado como un cohete por el camino del éxito. Llegó incluso a ganar bastante renombre más allá del cuerpo de policía, y con frecuencia aparecía en los medios para discutir los temas más diversos; siempre ceñudo y serio, con una actitud que llevaba al público a confiar en él. Sabía manejar esas situaciones, eso había que reconocérselo, pero Hulda no se fiaba. Por alguna razón, siempre le había parecido que no merecía todo ese prestigio.

Ahora era ella la que tenía su gran caso entre manos, de eso no cabía duda, y debía sacarle partido si quería tener la más remota posibilidad de abrirse camino hacia más ascensos y mejores condiciones profesionales. Seguramente no sería mala idea convocar una rueda de prensa, aun cuando por lo general se sentía mal siendo el centro de atención. Sin embargo, debía dar la talla y su éxito no podía caer en saco roto.

Después de hacer acopio de fuerzas para ir a hablar con él, fue una decepción enterarse de que Lýdur había salido de la ciudad. Se había ido a su casa de campo en Borgarfjördur al acabar la jornada el día anterior, y allí no había teléfono. Al igual que Hulda, Lýdur no había sucumbido a la mala costumbre de llevar móvil encima. Sin duda era cuestión de tiempo que la obligasen a hacerlo, pero hasta que llegara ese momento, disfrutaba de la libertad de no estar continuamente disponible para su superior.

Bien mirado, le pareció una buena oportunidad para dar una vuelta en su coche con el buen tiempo que hacía. El Škoda acababa de pasar por una costosísima reparación, de modo que iba a ser coser y cantar hacer una visita rápida a la región de Borgarfjördur, situada a una hora y media al norte de Reikiavik. Lo malo, obviamente, era que tendría que pasar parte del día con Lýdur...

Hulda no se cansaba de recorrer la carretera que remontaba la costa desde Reikiavik, con las incomparables vistas de algunas de sus montañas preferidas: el Akrafjall, con forma de plato, solitario en su península; la gran mole de cima plana del Esja, los picos casi alpinos del Skardsheidi. Ni siquiera le molestaba lo mucho que se tardaba en rodear el Hvalfjördur, consciente de que muy pronto sería cosa del pasado. El año próximo se iba a inaugurar un túnel que cruzaba la desembocadura del fiordo y reduciría la duración del trayecto de una hora a siete minutos. Pero echaría en falta el paisaje de las montañas y el mar, las granjas ordenadas y los campos salpicados de balas de heno redondas y blancas, los puntos de referencia familiares de la vieja estación ballenera y los cobertizos Nissen que quedaron de la guerra...

Al doblar el codo de Hafnarfjall, obtuvo las primeras vistas de Borgarfjördur, rodeado al norte y al este por un terreno más llano y abierto, con el lejano telón de fondo de las montañas. La pequeña ciudad de Borgarnes dominaba el fiordo con su bonita iglesia blanca, pero ese no era su destino hoy. La casa de veraneo de Lýdur se encontraba en medio de una urbanización de casas de campo que parecía diseñada con la única idea de liar a los visitantes. La inspectora tenía buen sentido de la orientación, pero esta vez se sorprendió a sí misma dando vueltas con el coche hasta que, al final, logró dar con el callejón sin salida correcto, en el que se hallaba la casa, semicamuflada entre arbustos y árboles.

Aparcó el Škoda detrás del todoterreno de Lýdur mientras se le pasaba por la cabeza que debía de estar varios niveles por encima de ella en cuanto a salario, incluso más de lo que sería normal, de acuerdo con estatus, edad y experiencia.

No hubo respuesta cuando llamó a la puerta principal, así que decidió dar la vuelta a la casa para ver si Lýdur estaba en el jardín trasero. Y, en efecto, así era; ahí estaba, junto a una barbacoa de gas, desnudo de cintura para arriba y con gafas de sol. Saltó a la vista que se había apurado bastante al ver a Hulda.

—¡Caramba, Hulda! ¿Qué diantres haces tú por aquí? —preguntó en plan chistoso, aunque en un tono carente de toda jovialidad.

—Hola, lamento molestar —contestó ella sin lamentarlo en absoluto.

Seguramente era propietario de esa casa de

campo, además del todoterreno, mientras que ella conducía un coche con diez años de antigüedad y vivía en un piso pequeño en un viejo edificio trasero, asfixiada por los plazos de la hipoteca, y cada muchos años disfrutaba de una semana de estancia en alguna de las casas de campo del sindicato de la policía... Era rematadamente injusto.

—Me he quedado de piedra. Mi mujer se ha echado la siesta; tengo que presentártela luego. ¿Has coincidido con ella?

—Sí, muchas veces.

—Ah, bien. Asumo que si has venido hasta aquí debe de tratarse de un asunto urgente. Solo espero que no hayas venido a llevarme a rastras de vuelta a la comisaría —añadió con una risa.

—No, tranquilo. ¿Tienes un par de minutos?

—Sí. ¿Te apetece una hamburguesa? Tengo de sobra.

Iba a declinar la invitación, pero estaba demasiado hambrienta para no aceptar.

—Emm, sí, estaría bien, gracias.

—Una hamburguesa y una Coca-Cola, marchando —dijo él, y soltó esa risa falsa que tantas veces había oído. Todo era falso en ese hombre y, sin embargo, había llegado muy lejos. ¿A lo mejor tenía envidia de él?

Entró en la casa y volvió al instante con una hamburguesa gruesa que echó en la barbacoa.

—Bueno, dispara. ¿Qué diablos estás haciendo aquí, Hulda? —Esa vez su voz sonaba con cierta firmeza.

—Yo... quería preguntarte por un viejo caso. ¿Te acuerdas de Veturlidi Dagsson?

Reparó en que daba un respingo cuando mencionó el nombre, aunque intentó disimular. No contestó enseguida, y había algo raro en ese largo silencio.

—Sí, Veturlidi, claro que lo recuerdo. Un caso horroroso, completamente horroroso —dijo sin mirar hacia atrás—. ¿Por qué te interesa ahora?

—Me encontré con su hijo este fin de semana. Se llama Dagur. ¿Lo viste en su día?

—Pues... sí —contestó Lýdur, vacilante—. No me acordaba del nombre, pero nos vimos al menos una vez, puede que más. Se puso como loco cuando nos llevamos a su padre. Llegamos muy temprano por la mañana; el chico se despertó y comenzó a gritar y a montar un número. Ya estaba crecidito; seguramente tendría unos dieciocho o diecinueve años.

—Diecinueve —confirmó Hulda.

—Exacto. Creo que nunca ha querido... afrontar la verdad. —Por fin, Lýdur se giró y miró a Hulda a los ojos—. Y es comprensible, claro está, fue una época espantosa, una situación espantosa. —Se volvió de nuevo hacia la barbacoa y preguntó indiferente—. ¿Dónde te lo cruzaste?

—Tiene que ver con un caso con el que estoy ahora.

Era improbable que Lýdur estuviese al tanto de que la investigación del suceso en Ellidaey se había convertido en un caso de asesinato; todavía no, tan incomunicado como estaba en la casa de campo.

—¿Ah, sí? ¿Qué caso? ¿Esa muerte en los Fiordos del Oeste? —preguntó tras cierto silencio.

—Sí. Todo indica que la chica fue asesinada.

—¿Asesinada? ¡Demonios! Entonces será mejor que vuelva enseguida a Reikiavik.

—Lo tengo controlado, por ahora solo es una suposición.

—¡Joder! —dijo como si no la hubiese oído—. Hablaré con mi mujer y luego me acercaré a la capital. Pero ¿qué era lo que querías saber, Hulda?

—Solo quería saber —respondió ella, intentando dejar a un lado su momentáneo arrebato de ira—, si alguna vez llegó a ser un posible candidato.

—¿Posible candidato? ¿A qué te refieres?

—Si estuvo bajo sospecha.

—¿Cómo? —Lýdur volvió la vista atrás—. ¿De haber matado a su hermana? No, desde luego que no. Nunca. Aquel caso estuvo claro desde el principio, como quizá recuerdes. Fue Veturlidi quien lo hizo, de eso no cabe duda. —Lýdur se mostraba firme, convincente. Convencido.

—¿Puedes contarme un poco sobre ese caso? ¿Dirigiste tú la investigación? —preguntó ella, aun sabiendo la respuesta.

—Dame un segundo.

Lýdur sacó las hamburguesas de la barbacoa a la vez que invitaba a Hulda a tomar asiento en el porche. A continuación, se sentó enfrente de ella, y durante un instante ella se sintió bien: aroma de hamburguesas recién hechas, verano en el aire, tiempo en total calma. Eso era vida, y así había sido en su propio caso, antaño.

Él volvió a levantarse casi al instante.

—Deja que te traiga esa Coca-Cola.

Entró y regresó enseguida con el refresco. Una vez acomodado en su asiento, contestó a su pregunta:

—Sí, estuve al mando de la investigación de principio a fin. Y fue como un reloj, debo añadir. Fue un caso de lo más brutal: matar a su propia hija. ¿Qué clase de padre es capaz de hacer daño a su hija?

La pregunta le arrancó a Hulda un escalofrío.

—¿Dónde fue hallada muerta?

—En los Fiordos del Oeste —replicó Lýdur, antes de dar un buen mordisco a su hamburguesa—. Un panorama sangriento, en la casa de campo de la familia. Por lo visto estaba allí sola, pero el jersey delató a Veturlidi. Lo tenía agarrado con todas sus fuerzas. Él no pudo rebatir que fuese suyo, pero, por supuesto, negó haber estado allí. Aun así, nadie logró explicar por qué la chica había ido a la casa, aunque padre e hija solían ir juntos. Solo podemos intentar rellenar los huecos, ¿entiendes?

Dio otro bocado a la hamburguesa; ya se había zampado la mitad mientras hablaba. Ahora, sin embargo, hizo una pausa. Hulda esperó sin presionarlo y probó la comida. Había que admitirlo: Lýdur sabía hacer carne a la parrilla.

—Lo que quiero decir es que iban allí a menudo y no es difícil imaginar lo que ocurría en esos viajes, lo que él le hacía. Pero cuando se produjo esa última escapada, ella ya era adulta y quizá se resistió. Así fue al menos como lo vi yo. Él la habría empujado y, al caer, ella se golpeó en la cabeza con el pico de una mesa y murió desangrada. Es difícil precisar cómo de violento fue el enfrentamiento, pero a lo mejor se podría haber salvado si él no la hubiera abandonado allí, en un charco de su propia sangre. Como es lógico, el caso levantó mucho espanto. Es terrible tener que arrestar a un padre por un crimen así, ¿entiendes?

Miró a Hulda, pero no fue capaz de detectar ninguna compasión en su rostro.

—Sí, lo entiendo.

—Además, era alcohólico, solía irse de juerga y desaparecía con frecuencia. Había estado yendo a rehabilitación y, al menos una vez, dejó de beber, pero saltaba a la vista que había vuelto a las andadas. Luego resultó que usaba la casa de campo para sus juergas secretas: fines de semana bañados en alcohol. Estoy seguro de que estaba borracho cuando la mató; no pudimos probarlo, pero sin duda aquello le dio munición a la fiscalía.

—¿No hubo ningún motivo para una duda razonable?

—Cero —contestó Lýdur en tono firme—. Veturlidi era completamente culpable y la forma en que terminó todo borró cualquier duda al respecto.

—¿Te refieres a...?

—Cuando se ahorcó. No hace falta ser un genio para sumar dos y dos cuando sucede algo así. Lo habían inculpado, la partida había finalizado, y él acabó todo aquello en sus propios términos. Nada que objetar. Hubiera preferido verlo condenado, pero, por lo visto, no pudo vivir con ello. Y eso puedo entenderlo.

—Y volviendo a su hijo. ¿Cabe la posibilidad de que también estuviera allí? En la casa de campo, quiero decir.

—¿Su hijo? ¿El adolescente? No, por supuesto que no. No hubo nada que apuntase en esa dirección.

—¿Se investigó?

—En realidad no, era solo un crío. Aquello estaba claro. Veturlidi estaba solo aquel fin de semana, bebiendo a escondidas. Sostuvo que se había quedado en Kópavogur, pero no pudo aportar ninguna coartada. La mujer se había ido de viaje con sus amigas y el hijo tampoco estaba en casa. Nos rogó que le creyéramos... Pero la verdad era que padre e hija estaban en la casa de campo; ella difícilmente habría ido allí por sus propios medios.

—¿Cómo se llamaba la hija?

—Katla. Tenía unos veinte años por aquel entonces. Hablaban bien de ella; una chica de carácter alegre, jovial, bromista.

—¿Cuándo fue aquello?, si me refrescas la memoria.

Lýdur reflexionó:

—Umm... finales de los ochenta. Sí, 1987, eso es. Hace diez años.

—¿Y Katla tenía novio?

—No que yo recuerde.

—¿Se recogió en los informes?

—No creo. Solo hice unas averiguaciones informales.

Lýdur suspiró.

—Dagur no ha dicho una palabra al respecto cuando he hablado con él. Que esté vinculado con dos casos de asesinato... es una cosa que por fuerza tiene que suscitar preguntas.

—Venga, Hulda. Decir que está relacionado con dos casos de asesinato es pasarse un poco. ¡Mataron a su hermana! En aquel caso él solo fue una víctima inocente.

Ahora Lýdur se había levantado.

El mensaje era claro y Hulda siguió su ejemplo.

—Gracias por tu ayuda, Lýdur —dijo antes de añadir—: ¿Confesó Veturlidi alguna vez el crimen?

—No, no de manera formal. Pero blanco y en botella. Créeme, Hulda. Los tiros no van por ahí. No existe ninguna relación entre estos dos casos. Es imposible, absolutamente imposible.

35

Katla.

Tenía veinte años cuando la hallaron muerta en la casa de campo.

Hulda pasó lo que quedaba de ese día de buen tiempo encerrada en su despacho leyendo informes antiguos. La convicción de Lýdur de que la muerte de Katla y el incidente en Ellidaey no tenían conexión alguna provocó el efecto contrario en Hulda. Tenía que averiguar más sobre el asesinato de Katla, y la forma más obvia de hacerlo sería volver a hablar con Dagur.

El resumen de Lýdur mientras comían las hamburguesas había sido bastante acertado. Los sucesos habían tenido lugar hacía diez años. Habían encontrado a Katla muerta el otoño de 1987, en un valle de Heydalur, frente a Mjóifjördur, un remoto fiordo de la bahía de Ísafjardardjúp. Un policía de Ísafjördur llamado Andrés había descubierto el cadáver. A lo mejor valía la pena ponerse en contacto con él.

La escena no había resultado muy agradable a juzgar por las fotografías: mucha sangre derramada. Katla había recibido un impacto en la cabeza. Se había caído para atrás y se había golpeado contra el pico de una mesa. Tardaron varios días en localizar el cadáver, y Hulda podía imaginarse cómo había sido ser el primero en llegar ahí.

Lýdur había dicho que el jersey había delatado a Veturlidi; que Katla lo tenía agarrado con fuerza. Eso no se apreciaba en las fotos, pero Andrés había prestado declaración confirmando ese extremo, así como que posiblemente habría cambiado el jersey de sitio al acudir al lugar, cuando tuvo que asegurarse de que la chica estaba muerta...

De ser así, su comportamiento habría sido muy irregular: no se mueven pruebas en el escenario de un crimen. Desde luego, Hulda tenía que hablar con Andrés.

En la última hoja de la gruesa pila de papeles figuraba escrito que el detenido se había quitado la vida.

—Lamento profundamente molestarlos —dijo Hulda con su tono de voz más amable. Los padres de Klara vivían en una vieja casa unifamiliar de

Kópavogur, a buen seguro construida a principios de los años setenta, relativamente cerca del domicilio de Dagur—. ¿Podría hablar con ustedes? Será solo un momento.

Poco después del hallazgo del cadáver, representantes de la policía, en compañía de un reverendo pastor luterano, les habían comunicado la muerte a los padres de Klara. Saltaba a la vista por sus rostros que seguían traumatizados.

—Pues... Sí, pase, por favor. —La mujer, que con toda probabilidad era la madre de Klara, aparentaba más de cincuenta años; de cara pálida, pelo corto y con gafas pasadas de moda—. Me llamo Agnes. Él es mi marido, Vilhjálmur.

—¿Es que no pueden dejarnos en paz? —soltó él tras un breve silencio. El tono era decidido, pero a la vez de disculpa—. ¿Está investigando su muerte?

—Sí, yo llevo el caso —contestó Hulda en voz queda.

Siguió a los dueños de la casa al salón. Reinaba un silencio incómodo; todas las luces estaban apagadas, las ventanas, con las cortinas corridas. Hulda se sentía mal ahí dentro.

—¿Y han... podido averiguar algo más sobre cómo se..., se cayó? —preguntó Vilhjálmur.

Hulda escogió las palabras con cuidado:

—Estamos investigándolo desde varios ángulos. Es posible..., es posible que se produjera alguna pelea.

El hombre jadeó.

—¿Cómo...? ¿Qué quiere decir? ¿Una pelea?

—Puede que alguien la empujara.

—No, no puede ser —dijo Agnes—. En absoluto, no me lo creo.

—¿Hasta qué punto conocía a las personas con las que se fue a la isla el fin de semana?

—Eran amigos desde hacía muchos años. Cuando Klara todavía iba al instituto, eran inseparables.

—¿Quiénes pertenecían a esa pandilla?

Ahora el padre de Klara se adelantó:

—Bueno, esos chavales... Dagur y Benni, y luego Alexandra. Y también Katla, claro. —La voz perdió fuerza al pronunciar ese último nombre.

—Sí, exacto —replicó Hulda—. Katla, la chica que murió en los Fiordos del Oeste.

—La que fue asesinada, mejor dicho... —agregó Agnes—. Un asunto terrible, absolutamente terrible.

—¿Pueden contarme qué sucedió?

El silencio fue agobiante.

La madre negó con la cabeza.

—Preferiría no hacerlo.

Hulda no estaba segura de hasta dónde debía llegar.

—No es una historia que debamos contar nosotros —añadió al fin Vilhjálmur—. Debería usted hablar con... la familia de Katla.

—¿Eran buenas amigas, Katla y Klara?

—Las mejores —contestó la madre de Klara después de un rato.

Hulda se quedó callada, con la sensación de que faltaba algo por decir.

—Todo cambió tras la muerte de Katla —agregó Agnes al final, a media voz.

—¿A qué se refiere?

El padre de Klara se levantó, poniéndole la mano cariñosamente en el hombro a su mujer:

—No es el momento —dijo—. Necesitamos tranquilidad.

Hulda no pudo replicar gran cosa al respecto. Había esperado algo más sustancioso, pero lo que menos quería era alterar más a los padres de la chica.

—Les pido disculpas por las molestias —concluyó levantándose—. Mi más sincero pésame. Procuraré tenerlos informados sobre la evolución del caso.

«Todo cambió tras la muerte de Katla», había dicho la madre de Klara. Todo llevaba a la misma conclusión: aquellos sucesos del pasado tenían su importancia y posiblemente podían marcar la diferencia en la investigación en curso.

Dos chicas, Katla y Klara, de la misma pandilla de amigos, ambas asesinadas en un intervalo de diez años. Y esta última vez, los amigos de la primera víctima habían sido los únicos presentes en el lugar. Sí, maldita sea, esos dos casos debían tener algo que ver el uno con el otro. Y Hulda tenía que afrontar el hecho de que una de las posibilidades era que un mismo asesino fuese el autor de ambas muertes.

¿Era eso posible? ¿Había matado alguno de ellos a las dos chicas?

¿Benedikt? Hulda no se aclaraba del todo con él; solo sabía que no decía toda la verdad.

¿Alexandra? Retraída e insegura por fuera, pero ¿ocultaba algo bajo esa apariencia?

¿Y Dagur? El hermano de Katla. Ese joven agradable y ponderado que había tenido que presenciar la detención de su padre, y que protestó una y otra vez hasta el punto de amenazar a los agentes de la policía. ¿Había sido él quien en realidad había asesinado a su hermana y su padre había cargado con la culpa? ¿Y su madre? Sí, Hulda tenía que encontrarla.

No lograba sacudirse de encima la idea de que Dagur podría haber sido culpable del asesinato de Katla, y Veturlidi, por tanto, sería inocente. A pesar de lo terrible que resultaba esta hipótesis, era la más lógica. Ninguno de los demás amigos había establecido lazos tan fuertes con Katla como su propio hermano. Y él, seguramente, también había tenido acceso a la casa de campo, como los otros miembros de la familia. Además, era la hipótesis que mayor peso tenía; si, en efecto, Veturlidi era inocente, ¿puede que con su suicidio tratase de proteger a su hijo? Pero ¿por qué demonios iba a querer Dagur asesinar a Klara?

Había llegado la hora de pasar a la acción y convocar a Dagur a un interrogatorio formal; iba a dejarlo sudar una noche en una celda. Tal vez así algunos viejos secretos saldrían a la superficie.

36

A Hulda la aguardaba una noticia inesperada y poco agradable al regresar a comisaría. Lýdur había vuelto de la casa de veraneo y quería verla cuanto antes. Se acercó a su despacho con el corazón en un puño y la mente en vilo mientras se preguntaba qué querría de ella, temerosa sobre todo de que intentase arrebatarle el caso. Pero el hecho era que el superior de Lýdur le había confiado a ella la investigación, y resultaba muy poco frecuente cambiar de caballo en mitad del río, salvo que se cometiera un craso error en la investigación.

—Hola —dijo secamente al entrar donde Lýdur, quien se encontraba de pie, con la cara roja como un tomate después de la excesiva exposición al sol.

—Hola, Hulda. Por supuesto, seguirás dirigiendo la investigación, aunque yo me haya vuelto a incorporar —dijo como si le hubiese leído la mente, y ella sintió un enorme alivio—, pero intentaré trabajar contigo. De hecho, estoy familiarizado con los protagonistas desde hace diez años. ¿Qué te parece?

—Bien..., emm, bien —contestó ella, intentando sonar convincente.

—Estupendo. Siempre he querido trabajar contigo, aprender de la experta. —Sonrió—. ¿Cuál es el próximo paso?

—Querría... Voy a convocar a Dagur a un interrogatorio.

—Sí, buena idea. Dímelo cuando llegue y me uno a vosotros. Hablaremos con él aquí, ¿verdad?

Hulda asintió con la cabeza, no le hacía ninguna gracia el curso que habían tomado las cosas.

Quedaba claro que Lýdur iba a hacerse esperar.

Dagur estaba sentado enfrente de Hulda en la sala de interrogatorios. Tenía la cara pálida y no había dicho ni una palabra por voluntad propia. Había acudido puntual sin poner la menor pega.

—Perdona, Dagur —dijo Hulda—. Tenemos que esperar un rato más a mi compañero.

Dagur hizo un gesto de asentimiento.

Siguieron sentados en silencio un largo rato.

El joven se iba mostrando cada vez más nervioso a medida que pasaba el tiempo; a lo mejor era una táctica consciente por parte de Lýdur.

Al final llamaron suavemente a la puerta y el hombre apareció.

—Perdonad la tardanza. Hola, Dagur —dijo con voz de autoridad mientras le tendía la mano.

Dagur lo miró y dio un respingo.

—¿Qué hace él aquí?

—¿Os conocéis? —preguntó Hulda, a pesar de saber la respuesta.

—Nos conocimos hace mucho, hace diez años —dijo Lýdur, retirando la mano.

Dagur no parecía tener intención de saludarlo.

Hulda echó un ojo a Dagur.

Este asintió con la cabeza y dijo:

—Lo recuerdo, lo recuerdo perfectamente. Fue usted quien detuvo a mi padre.

—Sí —respondió Lýdur—. Fue difícil para ambos.

—Usted sabe que era inocente —contestó Dagur, con insospechada energía en la voz.

—Lýdur estará presente en el interrogatorio, Dagur —explicó Hulda, con determinación—. Entre otras cosas, tenemos que hablar de aquellos sucesos del pasado.

Dagur asintió, como si de pronto le hubiesen abandonado las fuerzas para protestar.

Hulda le explicó que lo iban a interrogar en calidad de posible acusado y que tenía derecho a la presencia de un abogado. Él negó con la cabeza.

—No he hecho nada ilegal. —Luego añadió a media voz—: Y mi padre tampoco.

—No me contasteis la verdad en la isla —dijo Hulda, decidida a no darle oportunidad a Lýdur de tomar la iniciativa durante el interrogatorio.

—¿Que no le contamos la verdad?

—No mencionasteis que habíais estado... involucrados en otro asesinato hace diez años.

—Usted no preguntó sobre aquello.

—¿Teníais algo que ocultar?

—No, en absoluto. Sencillamente, decidimos reunirnos. Es cierto que este año se cumplen diez años de la muerte de Katla, pero este viaje no tenía nada que ver con ella. —Y añadió, pero sin fuerza de convicción—: Y ninguno de nosotros tuvo nada que ver con aquel asunto.

Hulda se quedó callada, esperando.

—Katla era mi hermana y también amiga de Alexandra, Klara y Benni, pero eso es todo. ¿Por qué tenemos que rememorar aquello? No sirve de nada.

—Me hubiese parecido lógico que me informaseis cuando hablamos —dijo Hulda, que no podía evitar sentir cierta simpatía por Dagur.

—Nosotros..., yo no he hecho nada ilegal —repitió él, secándose el sudor de la frente.

—¿Por qué dices que tu padre era inocente?

—Porque lo era —contestó en tono exaltado—. ¿Sabe lo que se daba a entender? ¿Lo sabe? ¡Que hacía años que abusaba sexualmente de mi hermana y que se la llevó al campo para matarla! Yo conocía bien a mi padre. Era un buen hombre. —Su voz casi se le quebró—. Un buen hombre. Sí que bebía, y lo dejaba y lo retomaba. Nunca nos enteramos, pero tampoco lo sufrimos. Y no se convirtió en ningún puto monstruo. Solo fue un cabeza de turco, porque la policía no investigó el caso a fondo. No encontraron a nadie más a quien colgarle la culpa.

Miró a Lýdur con ojos de profundo odio.

—¿Qué ha pasado este fin de semana, Dagur? —preguntó Hulda, con voz afable, como si estuviera hablando con un amigo.

—N-no ha pasado nada. Klara murió, sencillamente. Lo he repetido mil veces: tuvo que ser un accidente.

—¿No te parece raro que dos amigas fueran asesinadas, aunque sea con diez años de diferencia? —inquirió Hulda.

—No creo... —Luego alzó la voz—. Es que no creo que fuera asesinada. ¿Usted sí? Estábamos solo nosotros cuatro allí en la isla. Conozco a esas personas, conozco a mis amigos. ¡No son unos asesinos!

Había que admitir que sonaba sincero.

Hulda dejó que el silencio se impusiera antes de decir:

—¿Y tú estás convencido del todo, Dagur, de que tu padre no asesinó a tu hermana Katla?

—Al cien por cien.

—Entonces, ¿quién lo hizo?

—¿Y yo cómo voy a saberlo? —le temblaba la voz.

—¿Pudo ser alguno de vosotros, Dagur?

Negó con la cabeza con ímpetu:

—Por supuesto que no.

—¿Alexandra o Benedikt, por ejemplo?

—No... —Esta vez no sonaba tan seguro como antes.

—¿O quizá tú, Dagur?

Esta embestida no debería haberlo sorprendido, pero se sobresaltó e intentó protestar.

—Yo no tuve...

Hulda lo interrumpió:

—Supongamos, Dagur, que tu padre no mató a Katla, sino que nos enfrentamos a alguien que la asesinó y se salió con la suya, alguien que ha vuelto a asesinar este fin de semana. Alguien muy cercano a Katla que también estaba en la isla... He de admitir que eres el primero de la lista.

Se puso en pie:

—¡Tiene que estar de broma!

—Nada de eso. ¿Qué dices tú, Lýdur? —Hulda miró a su superior.

Él devolvió la mirada, y no pareció que tuviera intención de contestar.

—¿Qué otros sospechosos hubo en su día, aparte de Veturlidi? —lo instó Hulda.

—Veturlidi era culpable —dijo Lýdur—. No nos vamos a plantear otra cosa. No hay sombra de duda al respecto.

Hulda dirigió sus palabras a Dagur:

—Siéntate. Tenemos que discutir esto un poco más.

—No hay..., no hay nada que discutir —contestó él, tomando asiento de nuevo.

—Tengo que admitir, Dagur, que me da mala espina que todos vosotros os callarais lo de aquel viejo caso de asesinato. Todos conocíais a Katla, todos estabais relacionados con ella de un modo u otro, ¿verdad?

Él asintió a regañadientes.

—Se te podía haber pasado por la cabeza que era un dato relevante para la policía.

—Me cuesta hablar de aquello, como comprenderá. Y..., y creí, sinceramente, que ustedes estaban al tanto, o que lo averiguarían. Pero no hay ninguna relación entre las dos cosas, imposible.

—Pareces muy seguro de que tu padre era inocente —dijo Hulda, clavando los ojos en Dagur—. ¿Lo has reivindicado de alguna forma desde que murió? ¿Has intentado que se reabriera el caso o...?

—¿O qué? ¿Investigarlo yo mismo? Yo no soy policía, y, además, solo era un crío cuando sucedió. No tenía fuerzas para nada salvo apoyar a mi padre, creer en él. Y me siento orgulloso de ello. Por supuesto..., por supuesto, quiero saber quién... —Hizo una pausa, y Hulda vio que las lágrimas no estaban lejos. Carraspeó—. Por supuesto, quiero saber quién asesinó a mi hermana. Pero seguramente no lo sabré nunca. Todo..., todo se fue al traste cuando Katla murió. Detuvieron a mi padre, y mi madre...

Hulda esperó, pero Dagur no continuó.

—¿Qué hay de tu madre? ¿Sigue viva?

—Sí.

—¿Y vive contigo?

—No. Está en una residencia. Digamos que más o menos se rindió tras la muerte de Katla y mi padre. Se perdió dentro de sí misma. Dejó de salir, dejó de hablar con la gente. Perdió las ganas de vivir. Los médicos no encuentran ninguna explicación fisiológica para ello, pero así es. Es difícil de explicar...

Hulda asintió.

—Entiendo.

Ella misma se había visto al borde del abismo, mirando las turbulentas aguas tras la muerte de Dimma, pero, después de grandes luchas internas, decidió intentar resistir; lograr venganza, en algún sentido, y hacer lo que estuviera en su mano para vivir la vida. Sin embargo, a veces los días resultaban huecos, el rumor del ajetreo, vacío y agobiante. Y aun así seguía al pie del cañón. Sin querer rendirse; eso no servía de nada a nadie.

—¿Tienes alguna idea de por qué tu madre reaccionó de esa manera? —inquirió Hulda.

—¿Cómo? No, o sea... Me he preguntado muchas veces si es por la medicación.

—¿La medicación?

—Sí, la medicaron tras la muerte de Katla, y después de que mi padre muriera... Se hundió todo lo que puedan imaginarse. Y todo recayó en mí: las finanzas, la casa, todo. Simplemente se quedó postrada, hundida en su depresión, y a partir de entonces los médicos empezaron a meterle medicinas a punta pala, con la idea de animarla. A menudo me he preguntado si toda esa medicación no le sentaría mal. Pero, bueno, a lo mejor es que solo sigue perdida en el trauma.

—¿Cabe dentro de lo posible...? —Hulda intentó escoger las palabras con esmero—. ¿Cabe dentro de lo posible que haya desaparecido dentro de otro mundo, por decirlo así, porque no fue capaz de afrontar los hechos: que tu padre asesinara a tu hermana?

—¡No! —contestó Dagur con firmeza—. Porque él no lo hizo.

—No estoy diciendo que fuera culpable, sino que tu madre quizá lo creyera. ¿Es eso posible?

—No —repitió Dagur, pero no con tanta intensidad como antes—. Ella... Ella creía en papá. Igual que yo.

—¿Alguna vez lo habéis hablado, si era culpable o no?

Dagur negó con la cabeza.

—No, estábamos convencidos de su inocencia. —Se quedó callado un momento antes de añadir—: Supongo que tampoco es imposible que ella..., que ella tuviera algunas dudas, ¿entiende? ¡Por su culpa! —Señaló con el dedo a Lýdur—. Él..., ellos hicieron cuanto pudieron para poner a mi padre en mal lugar. Decidieron que era el culpable y punto. Y mi madre se derrumbó. Empezó a tener sus dudas, me di cuenta. Ya no sabía qué creer.

A Dagur le corrían lágrimas por las mejillas. Las secó, avergonzado.

—¿Y tus amigos? —intervino Hulda tras un breve silencio—. ¿Cómo les afectó a ellos la muerte de Katla? ¿A Alexandra, Benedikt y Klara?

Lýdur intervino antes de que Dagur pudiera contestar.

—Creo que ya basta, Hulda. —Su voz sonó decidida—. ¿Podemos hablar fuera un segundo?

Se levantó y Hulda fue tras él, no tenía otra alternativa. Dagur se quedó solo en la sala de interrogatorios.

—Hulda, esto no puede seguir así —dijo Lýdur con firmeza, aunque amigablemente.

—¿A qué te refieres?

—Estamos investigando la muerte de la muchacha en la isla; no un caso de asesinato de hace diez años que ya se resolvió. No puedo consentir que cuestiones mis conclusiones al respecto. Y me parece que eso es justo lo que estás haciendo con tus preguntas.

A Hulda le entraron ganas de protestar, pero sabía que no valía la pena. Algo de razón llevaba. Además, no tenía sentido enemistarse con Lýdur, y había quedado claro que se tomaba sus preguntas de manera personal.

—Vale —replicó ella tras un instante—. Lo

dejamos así por ahora. —Luego añadió, en realidad, sin pensárselo demasiado, quizá solo por el deseo de tener la última palabra—: De todos modos, no lo vamos a soltar todavía.

Lýdur no contestó.

—Lo podemos retener durante veinticuatro horas, aprovechémoslo.

—¿Te parece justificable? —preguntó él, aunque sin alzar la voz.

—Me gustaría hablar con sus amigos sin que él pueda ponerse en contacto con ellos antes. Y sí, también, por si acaso, para meterle algo de presión. El nexo entre estos dos casos pasa más que nada por él. Debemos averiguar qué sabe. Me da que no nos está contando toda la verdad.

Lýdur se encogió de hombros.

—Bueno, hazlo a tu manera, Hulda.

Se largó sin una palabra más.

La inspectora regresó a la sala de interrogatorios y notó enseguida la cara de preocupación de Dagur.

—Gracias por esperar —dijo ella con afabilidad.

Lo compadecía, pero estaba decidida a cumplir con lo que le había dicho a Lýdur. A lo mejor no hacía falta aprovechar las veinticuatro horas en su totalidad, unas cuantas podrían bastar, salvo que algo nuevo saliera a la luz durante los interrogatorios a Alexandra y Benedikt, algo que justificase la petición de detención preventiva para Dagur.

Informó a Dagur, con tanta delicadeza como pudo dadas las circunstancias, de que se hallaba detenido bajo la sospecha de participar en la muerte de Klara, y le recomendó encarecidamente que solicitara los servicios de un abogado.

—¡Pero si no he hecho nada! —gritó.

—Espero que logremos aclarar esto cuanto antes, de modo que tu estancia aquí no se prolongue demasiado —dijo Hulda.

Incluso mientras hablaba, no podía evitar la desagradable sensación de que habían detenido a un inocente. ¿Había ocurrido lo mismo en el caso de la detención de su padre?

37

Alexandra acudió a la comisaría a petición de Hulda a pesar de que ya era casi de noche. En esta ocasión, Hulda estaba sentada sola delante de ella en la sala de interrogatorios. Lýdur se había ido a casa, no sin antes amenazar con volver a presentarse. La inspectora lo dudaba.

—Muchísimas gracias por acudir —dijo Hulda con amabilidad.

Alexandra asintió con un movimiento de cabeza, removiéndose en la silla. Saltaba a la vista que no le hacía gracia estar allí.

—Tenemos que hablar un poco más en detalle de los sucesos del fin de semana pasado.

De nuevo la chica hizo un gesto de aprobación con la cabeza.

—¿Por qué fuisteis a la isla? —El tono de voz de la inspectora se había vuelto más incisivo que antes.

—Solo..., solo era una..., una reunión, ¿entiende?... Una reunión... —Casi tartamudeaba.

—¿Tenía algo que ver con vuestra amiga Katla?

—¿Cómo?... Sí, o sea... Hace diez años que murió.

—¿Era esa la finalidad del viaje?

—Sí... Por así decir —contestó, titubeante.

—¿Por así decir?

—Nos dio un motivo para reunirnos... Es que llevábamos la tira de tiempo sin vernos... Era una buena idea, incluso..., incluso al margen de lo de Katla.

—¿Por qué no me mencionaste a Katla antes?

Silencio.

—¿Por qué, Alexandra?

—Por nada...

Hulda esperó, paciente.

—Me pareció que los chicos no querían hablar de ella.

—¿Ah, sí?

—Tuve..., tuve esa sensación en la isla. Ninguno de los dos mencionó a Katla. —Luego añadió, aparentemente nerviosa—: Es comprensible, de todas formas. Era la hermana de Dagur; una cosa tremendamente difícil para él... Y su padre... Ya sabe, su padre...

—Lo sé —dijo Hulda—. ¿Habéis discutido alguna vez entre vosotros si su padre era inocente?

—No, en realidad, no. Lo hablamos poco; es muy difícil hablar de esas cosas. Pero sé que Dagur nunca creyó que fuese culpable, y lo entiendo, claro. Es que era su padre. Y además un hombre tan increíblemente amable como era Veturlidi. Me acuerdo muy bien de los dos, eran muy buenas personas. Veturlidi y Vera, un matrimonio absolutamente fantástico. Luego se supo que Veturlidi era..., en fin, que bebía..., pero nunca jamás en la vida habría imaginado que era un asesino.

—¿Los padres de Dagur tenían una buena relación? ¿Entre ellos y con sus hijos?

—Sí, fantástica... Era el tipo de familia que todo el mundo querría, siempre parecían muy felices... Todo aquello fue incomprensible.

—Y ahora se ha cometido otro asesinato —dijo Hulda, y esperó.

Alexandra miró huidiza a diestra y siniestra, evitando la mirada de la policía.

—Otro asesinato, mismo grupo de amigos... ¿No pensaste que era lo bastante importante como para mencionarlo?

—Claro, claro que lo pensé... Espero que no crea que intentaba ocultar algo... —Le temblaba la voz—. No me lo puedo creer, simplemente no puedo creer que a Klara la hayan..., que la hayan empujado.

—Me temo que debemos prepararnos para asumir que sea verdad, Alexandra. La cuestión es quién lo hizo.

38

Hulda no le había apretado las clavijas a Alexandra todo lo que estaba en su mano. En cierto modo, se sentía un poco mal por ella. Pensó que tenía sentido ir con cuidado con la chica por ahora. Esperar a ver qué pasaba, y aumentar la presión más adelante si hacía falta.

Ya que Lýdur se había largado, decidió pasar por el apartamento de Benedikt camino a casa, en lugar de convocarlo en comisaría. De todas maneras, no esperaba que tuviese nada nuevo que aportar, pero no estaría mal tenerlo en ascuas. Aparecer de visita sin previo aviso.

Sin embargo, la estrategia no dio sus frutos. Por lo visto no estaba en casa. Hulda llamó al timbre y golpeó la puerta, pero en vano. Eran ya más de las nueve, así que decidió dejarlo estar por ahora y hacerle una visita a primera hora de la mañana. Por supuesto, existía cierto peligro de que, hasta entonces, Alexandra hablase con él del interrogatorio, aunque Hulda lo creyó poco probable. Tenía la sensación de que los lazos entre ellos dos no eran muy sólidos.

Al llegar a casa se sintió abatida, a lo que no ayudó el hecho de que se había olvidado de cenar y apenas había nada en la nevera. Se le pasó por la cabeza llamar y pedir una pizza a domicilio, cosa que, por otro lado, nunca había hecho, pero no tenía ganas de liarse con semejante embrollo a esas horas. Se contentó con un yogur caducado hacía dos días.

Tras una cena tan frugal, y solo por atar un cabo suelto, cogió el teléfono y llamó a información telefónica para pedir el número de Andrés Andrésson, el inspector de policía de Ísafjördur que había encontrado el cadáver de Katla hacía una década. No tenía ni la más remota idea de si estaba vivo o muerto; nunca había tenido ningún trato con aquel hombre, pero su intervención en el caso de Veturlidi despertaba su curiosidad. Debía aprovechar el tiempo, batir el hierro mientras estuviera caliente, e intentar comprender si estas dos muertes, la de Klara y la de Katla, estaban relacionadas. Quizá Andrés pudiera arrojar algo de luz al respecto.

El teléfono sonó bastante rato antes de que contestaran, por fin.

—Sí... —En el otro extremo, un hombre carraspeó y dijo de nuevo—: Sí, dígame. —La voz era ronca, profunda.

—¿Andrés Andrésson?

—El mismo —contestó, más bien bronco.

—Me llamo Hulda Hermannsdóttir; llamo de Investigaciones Criminales —dijo Hulda, decidiendo en el acto no disculparse a pesar de la hora.

—¿Cómo? ¿De Investigaciones Criminales? ¿Ah, sí? ¿Ha pasado algo?

—No, no, nada de eso. Solo quería hablar con usted de un antiguo caso. ¿Verdad que hablo con el hombre correcto, policía de Ísafjördur?

—¿Eh? Sí, sí, expolicía. Estoy jubilado ya.

—Sin duda se acordará de un caso de hace diez años; una joven que fue hallada muerta en una casa de campo en su jurisdicción.

Hubo silencio en la línea y, por un instante, Hulda creyó que el hombre había colgado.

—¿Sigue ahí?

—Sí.

—¿Se acuerda de ese caso?

—Lo recuerdo —contestó en tono pausado y grave.

—Querría preguntarle un poco más acerca de...

Él la interrumpió:

—¿Por qué? —Luego agregó, brusco—: ¿Por qué está desempolvando aquello?

—Tiene que ver con un incidente fatal que tuvo lugar el pasado fin de semana.

—¿Ah, sí? ¿Qué incidente?

—Una joven sufrió una caída mortal en la isla de Ellidaey.

—¿Y... qué tiene que ver?

—La muerta era amiga de Katla, la chica que...

—Sí, maldita sea, no he olvidado cómo se llamaba.

—Muy bien —contestó Hulda educadamente—. Eran amigas. La muerta era una de las cuatro personas que se encontraban allí en la isla, y todas guardaban relación con Katla.

—¿Lo dice en serio?

A Hulda le dio la impresión de que Andrés estaba muy agitado.

—Sí, y ayer detuvimos a uno de ellos, de nombre Dagur Veturlidason.

—¿Veturlidason? El hijo...

—Sí, el hijo de Veturlidi.

—Pero ¿cuál es la relación? ¿Cree que...? —No acabó la frase.

—Por supuesto, está descartado que el autor sea la misma persona.

Andrés no reaccionó a eso.

—Estoy segura de que ya sabe que Veturlidi se suicidó no mucho después de haber matado a su propia hija.

—Todo eso lo sé de sobra, coño. Y... no quiero hablar de aquel caso. Puede usted leer todo sobre él en los archivos policiales.

Y dicho esto, colgó.

Esta reacción dejó a Hulda de piedra.

Se le pasó por la cabeza volver a llamar, pero no lo consideró oportuno. Todavía no. A lo mejor haría otro intento más adelante.

Y a lo mejor se trataba solo de que había cometido el error de llamar demasiado tarde por la noche.

Fuera como fuese, pensó en Dagur, se preguntó cómo estaría, y volvió a tener la fuerte sensación de que tenía a un inocente recluido en una celda... Y que había metido la pata, instigándose a sí misma a detenerlo y meterlo entre rejas solo para lucirse ante Lýdur... ¡Demonios!

Por supuesto, podía ordenar que lo soltasen, pero sería una señal de debilidad. No... La cosa tenía que seguir así. Además, aún no había conseguido hablar con Benedikt.

Antes de acostarse, Hulda buscó el sobre que Robert le había enviado. Lo guardaba en una cómoda en el salón. Habían pasado dos meses desde su viaje a Estados Unidos. Tras revelarse que su padre había fallecido, había pedido un pequeño favor a su tocayo. Le preguntó si podía conseguir una fotografía de su padre, antigua o nueva, ya que se conocían. Robert contestó que, por desgracia, no tenía ninguna foto de él, que supiera, pero recibió de buen grado la petición, y prometió hacer todo lo que estuviese en su mano para cumplirla. Un mes y pico más tarde llegó un sobre de América. No era gran cosa, pero el contenido resultó muy valioso para Hulda. No era una foto original, sino una copia bastante aceptable de una vieja fotografía de un hombre uniformado. Ahí estaba su padre, de algún modo vivo y coleando. Un joven de apenas treinta años, y muy guapo. El pelo oscuro, espeso y rizado. Sonreía más con los ojos que con la boca, mirando de soslayo hacia abajo, pero no directamente a los ojos de su hija. Desde que llegó, Hulda había mirado esa foto cada noche, mientras soltaba alguna que otra lagrimita y se preguntaba cómo habría sido todo si hubiera conocido a su padre desde niña. ¿Se habría mudado a América, no habría conocido a Jón, no habría dado a luz a Dimma, no habría experimentado el dolor que ahora definía su vida?

La despertó el estridente sonido del teléfono.

Reaccionó rápido —tenía el sueño ligero—, y se acercó a toda prisa al aparato.

—Hulda, tienes que venir ya.

Era Lýdur.

Se sobresaltó bastante. Por alguna razón, la primera pregunta que se le vino a la cabeza fue: «¿Le ha pasado algo a Dagur?».

En cambio, solo preguntó:

—¿Qué pasa?

—Es Dagur. Ha perdido la cabeza. Hemos tenido que llamar a un médico para examinarlo. El encierro lo está volviendo loco. Hemos conseguido tranquilizarlo un poco y ahora quiere hablar contigo. Solo contigo. No conmigo. Sigue cabreado por el hecho de que yo detuviera a su padre en su día.

—Vale, voy para allá —contestó ella antes de colgar y vestirse a toda prisa.

39

—Solo hablaré con usted. No voy a hablar con él aquí.

La voz denotaba agitación.

Hulda no tenía intención de dejar que el detenido llevase de este modo las riendas durante el interrogatorio.

—Lýdur se queda, Dagur. No es negociable. Querías hablar conmigo. ¿Qué tienes que decir?

Dagur se quedó callado un rato para luego contestar, casi a voz en grito:

—No puedo más... ¡No soporto estar aquí encerrado! Yo, es que... No dejo de pensar en mi padre, en cuando fue detenido delante de mis ojos... Él pasó por esto y no lo aguantó. De alguna manera consiguió un maldito cinturón y se colgó. Me asfixio aquí dentro... Me siento como si estuviera muriéndome...

—Te entiendo perfectamente, Dagur, sé que

no es fácil, pero había entendido que tenías algo nuevo que decirnos...

Otra vez silencio.

—Sí —contestó el joven.

Hulda esperó.

—No lo iba a mencionar..., pero necesito salir de esta celda, no aguanto más. —Sonaba al borde de la histeria.

La inspectora seguía callada.

—Es sobre Benni, verá... Por supuesto, nunca querría meterlo en líos, en principio, no. Somos..., éramos amigos, pero... —Hizo una pausa—. No sé si se lo ha mencionado, pero estuvo con Klara la noche que murió. Ella no quiso irse a dormir, así que él se ofreció a hacerle compañía un rato. No sé lo que hicieron, ni cuánto tiempo estuvo con ella.

—Interesante —dijo Hulda—. Es la primera vez que alguien lo menciona.

—Por supuesto, con esto no quiero decir que él haya... pues, o sea...

—Por supuesto que no —asintió Hulda.

—Pero hay otra cosa. Algo más importante que quería contarle. Cuando fue usted por sorpresa a casa de Benni y me encontró allí, se metió prácticamente de bruces en medio de una pelea, de una bronca. Estábamos discutiendo sobre...

—¿Sobre qué? —preguntó Lýdur, bruscamente.

—Estoy hablando con ella, no con usted —respondió Dagur, dirigiendo sus palabras a Hulda—.

Cuando estuvimos en la isla, Benni empezó a hablar de mi hermana, nos contó una vieja historia que a Katla le gustaba contar, sobre no sé qué antepasado nuestro que al parecer fue quemado en la hoguera. Katla decía que su fantasma andaba suelto y aseguraba que había sentido su presencia... Yo ya había oído esa historia, incluso más de una vez, pero no recuerdo que se lo contase nunca a Benni. Es que, de hecho, solo la contaba en los Fiordos del Oeste, en nuestra casa de veraneo. Mi hermana era muy teatrera. Todo aquello era pura invención, claro, o tuvo que serlo: el hombre fue quemado en la hoguera, eso es cierto, pero la casa no estaba encantada. Lo que pasaba era que a Katla le gustaba contarlo, y exagerar un poco. Y, de repente, ahí estaba Benni diciendo que mi hermana le había ido con el cuento. Pero, hasta donde yo sé, Benni jamás estuvo en los Fiordos del Oeste. Así que lo presioné, ¿sabe?, preguntándole cuándo coño se lo había contado, pero él se salió por la tangente, el muy cabrón. Y entonces supe... —Continuó tras una breve pausa—: Entonces supe que él estaba allí con ella cuando murió. Lo acusé de ello en su casa, de eso iba la discusión. No lo negó exactamente, pero tampoco lo admitió. No quiso mentirme a la cara. Y *usted*... —Miró a Lýdur—. Usted arrestó al hombre equivocado, como sabíamos todo el tiempo. Porque, si Benni estuvo allí con Katla, entonces mi padre, con toda seguridad, no estuvo. Y eso significa que existe la posibilidad... —Vaciló—. Odio admitirlo, pero existe la posibilidad de que Benni matase a mi hermana.

Dagur ocultó el rostro entre las manos, respirando agitadamente. Luego alzó los ojos y esta vez no pudo contener las lágrimas.

40

Enviaron a agentes del Departamento de Investigaciones Criminales al domicilio de Benedikt para traerlo a interrogatorio. Al acabar, Hulda decidiría si Dagur podía salir libre esa noche. Mientras tanto, se hallaba bajo vigilancia fuera de los calabozos, por razones humanitarias. Ahora estaba sentado en una sala de reuniones de la comisaría, custodiado por un agente raso.

Lýdur, que parecía tener más aguante que anteriormente ese mismo día, no daba señales de querer largarse. Hulda y él estaban sentados delante de Benedikt, en la misma sala en la que se había desarrollado el interrogatorio a Dagur. Similares circunstancias, diferente persona. Quizá ahora sí habían dado con el hombre correcto; incluso con el culpable de más de un asesinato.

—¿Qué quieren de mí? —preguntó por tercera vez.

Hulda todavía no había contestado, esperando el momento justo para empezar la conversación. Finalmente, levantó la mirada del montón de papeles, le explicó a Benedikt su situación y le leyó sus derechos. Como Dagur, este declinó la presencia de un abogado, afirmando que era inocente, que esto era «algún puto malentendido».

—¿Dónde has estado esta noche? He pasado por tu casa, pero no estabas.

—He salido a tomarme una birra. ¿De repente la cerveza vuelve a ser ilegal en Islandia, como hasta hace ocho años?

—Benedikt, tengo entendido que te quedaste con Klara la madrugada del domingo, cuando los otros dos se fueron a dormir —dijo Hulda, observando su reacción.

La pregunta no pareció impactarle.

—Sí, durante un rato muy breve. Lo que duró una copa. No quise dejarla beber sola.

—No nos informaste de eso.

—No me pareció que tuviera importancia.

—Así que fuiste el último que la vio con vida.

—Venga ya, ¿en serio creen que yo la maté? ¿Eh? ¡Yo no la maté! —Ahora había levantado la voz.

—¿De qué estuvisteis hablando?

—No me acuerdo, la verdad; ya sabe, la típica cháchara de borrachera. Los dos habíamos bebido bastante. Yo me subí en cuanto me acabé la copa. En quince, treinta minutos, más o menos. Tampoco me quise dar prisa para concederles a Dagur y Alexandra una oportunidad para... Bueno, para tener un poco de intimidad.

—¿Había algo entre ellos? —se sorprendió Hulda.

—No, pero es algo que flotaba en el aire desde hace años. Ella desde siempre ha estado coladísima por él. Enamorada, incluso. Pero creo que no pasó nada. A fin de cuentas, ella ahora está casada; no se habría atrevido a darse el gusto. Y Dagur es siempre muy correcto.

—¿Y ya estaban dormidos cuando subiste al altillo?

—Sí. Cada uno por su lado. Todo en paz.

—¿Y Klara? ¿La dejaste abajo?

—Sí. Iba a dar un paseo, para despejar la cabeza y disfrutar del entorno. No se lo podía prohibir.

—¿Y luego qué? —preguntó Hulda.

—¿Luego qué? Me dormí, estaba muerto de cansancio. No sé qué pasó, se lo he dicho mil veces.

—Vale, muy bien.

Hulda tomó un sorbo de agua mientras hojeaba los documentos, sin buscar nada concreto. Se iba a conceder su tiempo antes de llevar esa charla por otros derroteros.

—Me gustaría hablar contigo sobre Katla.

Esta vez saltó a la vista que la pregunta lo había golpeado de lleno.

—¿De Katla? —Tras un instante, repitió—: ¿De Katla?

—Sí, te acordarás de ella, supongo.

—¡Claro que me acuerdo de ella! Solo que no entiendo por qué la menciona. Ya hace diez años desde..., desde que... murió. —El tema parecía resultarle difícil.

—Lo que más me sorprende, lógicamente, es que ninguno de vosotros la mencionase. Habría facilitado las cosas tener información sobre vuestra conexión con aquel viejo caso de asesinato —dijo Hulda, ponderada, aunque firme.

—No tenemos ninguna conexión con ese caso, en absoluto... ¿Por qué cree eso?

—Erais amigos, ¿no? Tú, Dagur, Klara, Katla y Alexandra.

—Sí, pero ¿eso qué tiene que ver?

—Y Katla y tú, ¿estabais...?

Benedikt apartó los ojos de golpe; luego volvió a mirar a Hulda, y a ella le pareció evidente, a juzgar por su expresión, que había dado en el clavo. O Dagur, mejor dicho.

Él no contestó.

—¿Katla y tú estabais saliendo?

—No —dijo él, pero sonó poco convincente—. No sé por qué me pregunta eso, o por qué..., por qué tengo que contestar. Es una pregunta personal.

—¿Estabais juntos en la casa de campo cuando murió?

Él bajó la mirada hacia la mesa, ocultó el rostro entre las manos y se quedó así, sin decir nada, mientras el silencio se imponía durante un rato. Hulda no tenía ninguna prisa.

Finalmente, Benedikt alzó los ojos y asintió muy despacio.

41

Hulda había sentido una especie de compasión o empatía hacia Dagur durante su interrogatorio, al verlo a punto de sucumbir a la presión. Ahora Benedikt se encontraba en una situación similar. La inspectora observaba cómo sufría ahí en la silla, pero, en esta ocasión, aquel sentimiento brillaba por su ausencia. Quizá se debiera a que Dagur resultaba más simpático que Benedikt, más afable, o quizá simplemente lo compadecía por todo lo que había ocurrido anteriormente. Había perdido a su hermana de una manera espantosa, luego a su padre, también en circunstancias horribles, y ahora, además, a su madre, en cierta forma. Se había quedado solo, igualito que la propia Hulda.

—Creo que..., creo que... voy a querer a ese abogado que han mencionado antes —dijo Benedikt.

Hulda se levantó.

—Desde luego.

—Pero no me malinterpreten: yo no la maté.

Hulda miró a Lýdur, que no mostró reacción alguna.

—¿Quieres que vaya a buscar a un abogado o te gustaría seguir hablando con nosotros? —preguntó ella.

—No, ya hablaré luego con el abogado, no quiero que ustedes crean... que yo la maté.

—¿A quién?

—A Katla, a quién si no.

—¿Y Klara?

—¿Klara? ¡No, por supuesto que no la maté! ¡Juro que no he matado a nadie! —gritó.

—Pero ¿estuviste en la casa de campo con Katla? —lanzó Hulda con aspereza, sin dejarle pensar.

—Sí, sí... —contestó mientras se cubría los ojos con las manos. Cuando las apartó de la cara, las lágrimas corrían por encima de los pómulos.

—¿Por qué coño no lo has contado antes? —soltó Lýdur, dando un puñetazo en la mesa—. ¿Nos estás mintiendo, chico?

—¿Mintiendo? No, yo... Mire, Katla y yo estábamos enamorados. Era nuestro primer viaje juntos. Acabábamos de empezar nuestra relación y nadie lo sabía. Aquello era..., aquello era nuestro secreto. Y luego... —Se tomó una pausa antes de proseguir—. Salí por la mañana al día siguiente de nuestra llegada. Fui caminando valle adentro, tan lejos como pude, tomándome mi tiempo. Katla iba a dormir hasta tarde y quise dejarla descansar. No sé cuánto estuve fuera, creo que unas tres horas. El caso es que hice un alto en el jacuzzi y me entretuve allí bastante rato. O sea, no es un jacuzzi, en realidad... Es una poza de agua geotérmica natural...

Hulda asintió con la cabeza, animándolo a continuar.

—Y... —Suspiró mientras las lágrimas fluían a borbotones—. Dios, es un alivio poder hablarlo por fin tras todos estos años. Dagur lo dedujo el fin de semana pasado: sumó dos y dos... Pero el caso es que cuando volví a la casa de campo, ella estaba allí tirada en el suelo, muerta... —Un breve silencio; luego repitió—. Muerta...

—¿Discutisteis? ¿Tuvisteis una pelea?

La pregunta de Hulda sorprendió a Benedikt.

—¿Una pelea? No, no. No, yo no le hice nada. Nunca jamás le habría puesto la mano encima. ¡Jamás! Lo tienen que entender. Tienen que creerme.

—No diste el paso al frente hace diez años —dijo Lýdur, ceñudo—. No hay manera de averiguar si dices la verdad ahora.

—Por supuesto que sí. ¿Por qué iba a inventármelo?

Hulda intervino antes de que Lýdur pudiera contestar:

—¿Notaste la presencia de alguien más allí?

—No. Estábamos solos. Pero está claro que alguien llegó. Era otoño, había oscuridad, y la casa estaba medio escondida. No se veía necesariamente si un coche se acercaba. Y yo no habría podido ver nada desde más adentro del valle, estaba demasiado lejos. Alguien llegó, alguien llegó y mató a Katla. He pensado en eso cada..., cada maldito día desde entonces. Y, a pesar de todo, llegué a creerme que había sido Veturlidi quien lo había hecho, porque la policía estaba muy convencida de ello. No tuve más remedio que creerlo, ¿lo entienden? No tuve más remedio... —Rompió a llorar para luego continuar entre sollozos—: Porque si Veturlidi no lo hizo, entonces quizá se suicidó por mi culpa..., por culpa de lo que no conté, por culpa de no haberme atrevido a ir a la policía, porque temía que pensaran que lo hice yo. Creí que a Veturlidi lo soltarían, porque sabía que no había estado allí con Katla, salvo que se hubiese presentado sin avisar... También sabía que la hipótesis de la policía no se sostenía, pero, a medida que pasaban los días y las semanas, me resultaba más difícil dar un paso al frente. Sencillamente no tenía..., no tuve valor. Y todavía me parece que soy responsable de la muerte de Veturlidi, lo veo por las noches, en mis pesadillas, y veo a Dagur..., pobre Dagur... Y vi la furia en sus ojos ayer. Él sabía que yo había estado mintiendo... Así que sabía que yo tuve cierta responsabilidad en el suicidio de su padre. Y la muerte de su padre condujo a que su madre perdiera las ganas de vivir... Él perdió a sus padres por mi culpa.

Y ya no dijo nada más.

Hulda intentó que continuara hablando, pero sin resultado. Le comunicó que iban a trasladarlo a una celda y que se le asignaría un abogado defensor. No había modo de dejarlo libre tras estas declaraciones. Y, a pesar de todo, Lýdur tenía su parte de razón: el chico había mentido una vez, así que ¿por qué no iba a mentir ahora?

A lo mejor, por fin habían capturado al asesino de Klara.

Y no solo al de Klara, sino también al de Katla. Si era así, el mayor triunfo de Lýdur dentro de la policía se convertiría en una tremenda derrota en un santiamén.

42

No había más remedio que dejar a Dagur en libertad. A estas alturas, todos los indicios apuntaban a Benedikt y, seguramente, solicitarían prisión preventiva para él. Había que averiguar hasta qué punto sus declaraciones eran veraces. Y Hulda, con toda probabilidad, tenía ya dos casos de asesinato entre manos.

La idea de que pudiesen haber acusado en falso a Veturlidi, y que esto lo hubiera llevado directamente al suicidio, resultaba de lo más inquietante. Sería un eufemismo decir que Lýdur estaba estresado tras la declaración de Benedikt. Desde el interrogatorio se había mostrado extremadamente nervioso, y no dejaba trabajar a Hulda.

Se había decidido a llamar a Alexandra para tomarle declaración a primera hora de la mañana. Como no valía la pena volver a casa a dormir, Hulda se tumbó en el sofá de su despacho, y no por primera vez. La experiencia siempre resultaba igual de incómoda; el sofá no estaba diseñado para echarse en brazos de Morfeo.

Aun así, logró dormir un par de horas. Una llamada la despertó a la mañana siguiente: era un empleado de la centralita de la policía.

—Hulda, tengo al teléfono a un tipo que quiere hablar contigo. Preguntó por ti por tu nombre. Se llama Andrés Andrésson. ¿Te lo paso?

—Andrés. Ah, sí, por favor —contestó, frotándose las legañas—. Sí, dígame. Soy Hulda Hermannsdóttir.

—Sí, buenos días, Hulda. Perdone la molestia. Y..., y perdone lo cortante que estuve ayer cuando hablamos. Sus preguntas me pillaron por sorpresa, tengo que admitirlo. Hacía tiempo que no hablaba de ese viejo caso con nadie.

—Nada que perdonar —contestó ella, esperando más explicaciones.

—Me pregunto si podríamos vernos.

—¿Vernos? ¿Por qué?

—Hay algunos hechos que quisiera aclararle cara a cara, si es posible.

Hulda notó por el tono de voz que estaba muy turbado.

—¿Viene a la capital?

—No exactamente. Se me ha ocurrido que a lo mejor puede acercarse usted. Me he..., me he quedado despierto toda la noche, y siento que debo aliviar mi conciencia. Ya es hora. ¿Sería posible que subiera a un avión y viniese a verme?

—Igual es complicado —replicó ella, aunque, antes de colgar, prometió que se lo pensaría.

No tenía la menor gana de viajar a los Fiordos del Oeste, pero algo le decía que Andrés podía disponer de información relevante: las palabras que había elegido, el tono de voz y el hecho de que le pidiera que fuese a verlo, en lugar de hablar por teléfono...

«Maldita sea», pensó mientras buscaba su número y lo marcaba.

—Hola, soy Hulda de nuevo. Es posible que pueda ir. ¿Cuándo es el próximo vuelo?

—Hay un vuelo ahora por la mañana, creo que le daría tiempo.

La inspectora suspiró.

—Vale, sí; lo intentaré.

Hulda no estaba acostumbrada a tomar vuelos nacionales. En el caso de sus excursiones de senderismo, solía ir en su viejo Škoda, o en autocar. Hacía siglos desde la última vez que volaba a Ísafjördur. Fue en unas condiciones meteorológicas difíciles, en invierno y con una fuerte tormenta de nieve. En esta ocasión, en cambio, el tiempo resultó estupendo; y también el vuelo. Tenían una fantástica vista de los Fiordos del Oeste, de inmensas montañas con cimas planas que se precipitaban en profundos fiordos y, al norte, la deshabitada península de Hornstrandir, aún blanca por la nieve. A sus pies, el suelo rocoso caía como tallado a cuchillo, y al final de un valle verde divisó el fiordo azul con la vieja ciudad de Ísafjördur aferrada a su estrecha lengua, el asentamiento más reciente, un patrón geométrico de calles y casas en la cabecera del fiordo. En ese instante el avión empezó el descenso en un ángulo que parecía imposible.

Hulda contuvo el aliento y se agarró a los reposabrazos mientras el avión parecía enfilar la ladera de la montaña. Solo podía ver una pared surcada de barrancos y bordeada de rocas y lenguas verdes. Con el corazón en un puño, apretó los pies contra el suelo en un gesto instintivo hasta que, en lo que parecía el último segundo, el avión giró de nuevo y allí estaba la carretera que atravesaba como una cinta el fiordo y la pista de aterrizaje delante, en la estrecha franja de tierra baja entre la montaña y el mar. Parecía alarmantemente corta. Cerró los ojos con todos los músculos en tensión, pero aterrizaron sin inmutarse apenas y se dirigieron a la pequeña terminal, empequeñecida por el imponente paisaje.

Andrés resultó ser un hombre bajito, corpulento y con gafas. Era casi calvo por completo, salvo por una franja de pelo blanco. En lugar de a la ciudad, se ofreció a llevarla en coche al lugar de los hechos, y ella aceptó, aunque hasta estar metida en carretera no se dio cuenta de lo lejos que quedaba. Había intentado sonsacarle cuál era el motivo de la llamada telefónica, pero él no dio su brazo a torcer, e insistió en que lo acompañase a la casa de campo.

A medida que pasaba el tiempo, el sol se ocultaba y las nubes se cernían bajas y grises sobre el paisaje, haciéndolo cada vez más amenazador. Tras conducir durante una hora, le preguntó si quedaba mucho y Andrés contestó que todavía faltaba otra media hasta el valle que iban a visitar. Por lo demás, no quiso hablar apenas durante el trayecto, centrado en escuchar, en su lugar, una grabación operística de casete.

—*Turandot* —contestó cuando Hulda preguntó—. De Puccini.

Lýdur se había sorprendido sobremanera cuando Hulda le dijo que iba a hacer un viaje relámpago a los Fiordos del Oeste para hablar con Andrés. La presionó para saber más sobre las intenciones de este, pero ella contestó, y era cierto, que no sabía exactamente de qué quería hablar. Entonces Lýdur intentó disuadirla de ir, le dijo que era una pérdida de tiempo viajar allí, y que debería concentrarse en la investigación de la muerte de Klara. No era la primera vez que Hulda se enfrentaba a Lýdur: le contestó que ya había sacado el billete de avión y que tenía que cumplir su palabra con Andrés. Lýdur acabó rindiéndose y dijo que iba a «ocuparse de su trabajo mientras tanto», que él hablaría con Alexandra y tal vez interrogase a Benedikt más exhaustivamente. Ahora solo podía pensar en qué estaría tramando él mientras a ella la llevaban a mitad de la nada. No lograba decidir qué sería peor: que él se cargara su investigación o que resolviera el caso en su ausencia.

Cuando por fin se adentraron en el valle hasta llegar a la casa de verano, Hulda comprendió enseguida que la descripción que Benedikt había hecho del lugar era bastante precisa: la cabaña quedaba oculta a la vista desde el aparcamiento, así que presumiblemente sería imposible ver a nadie que se acercara desde la carretera.

—Es un sitio bonito —dijo ella, una vez se habían apeado del coche.

—Sí, lo era —contestó Andrés en tono grave—. Yo en cambio, cuando vengo hasta aquí, solo veo a la chica muerta. Recuerdo aquel día como si fuese ayer.

—¿Alguien usa ahora la casa de verano?

—Creo que no. Todavía pertenece a la familia, hasta donde yo sé, pero no tengo noticias de que nadie se haya alojado aquí desde que pasó aquello. Aunque bien puede ser que alguien la use; eso no tendría por qué saberse.

—Uno de los amigos de Katla me mencionó que aquí cerca hay una poza natural geotérmica. ¿Eso es cierto?

—Sí, aunque está un poco lejos. Desde aquí no podemos verla.

—¿Y desde allí verías si alguien se acercaba en coche a la casa?

Andrés negó con la cabeza.

—No, queda fuera de la vista. ¿Por qué pregunta?

—Solo estoy intentando aclararme con la orografía.

Caminaron hasta la cabaña con tejado a dos aguas, que parecía destartalada por el abandono, y se detuvieron frente a ella. Andrés no parecía dispuesto a acercarse más.

—Puede... Puede echar un vistazo por la ventana si quiere. Yo paso.

Hulda frotó el cristal sucio de la ventana que había junto a la puerta y miró hacia dentro, sin ver los fantasmas que parecían acosar a Andrés, pero intentó visualizar el escenario según las fotografías tomadas en su día. Impresionaba bastante ver el lugar de los hechos con sus propios ojos.

Una brisa fría se coló a través de su ropa de verano ligera. Sobre el valle se cernía una nube de lluvia. El contraste con la ola de calor que había dejado atrás en Reikiavik no podía ser mayor, un recordatorio de que aquí, en el lejano noroeste, el hielo marino del Ártico se aproximaba con frecuencia a la costa, y exhalaba su frío aliento sobre la tierra. Un escalofrío la recorrió de pies a cabeza.

—Hay algo que debo contarle —dijo Andrés finalmente, hablando por lo bajo—. Me parece lo correcto hacerlo aquí, por respeto a los fallecidos.

—¿Los fallecidos?

—Por Katla y su padre. Me siento parcialmente responsable de la muerte de ese hombre.

—¿A qué se refiere? —se sorprendió Hulda.

—Es una larga historia —contestó él—. O no, quizá no sea tan larga. Pero creí que nunca la contaría. Jamás tuve intención de hacerlo, pero al llamar usted y decir que estaba investigando un caso relacionado con la muerte de Katla, vi que no había vuelta atrás. Tenía que hacer lo correcto. Y, ¿sabe?, a pesar de todo, creo que voy a dormir mejor esta noche de lo que he dormido en casi diez años.

—Cuénteme qué pasó, Andrés...

Estaban de pie el uno frente al otro en la helada brisa estival, bajo las oscuras nubes cargadas de lluvia.

—Toda la culpa fue de Lýdur. Imagino que lo conoce, ¿no?

—Sí.

—Me pidió que mintiera.

—¿Le pidió que mintiera? —soltó Hulda, sin apenas creer lo que oía. Siempre había sabido que Lýdur era tremendamente ambicioso, pero si lo que Andrés decía era cierto, había cruzado una línea que un policía jamás debería cruzar.

—Sí. Al principio de una manera educada, pero luego se pasó de la raya. Yo no iba a ceder, sabía que no debía. Quiso que testificara ante el tribunal que, cuando encontré su cadáver, la muchacha, Katla, tenía agarrado el jersey de su padre. Aquel jersey estaba ahí en el suelo, pero estoy bastante seguro de que no lo tenía agarrado. Era un joven ambicioso, ese Lýdur, y creo que quería conseguir una condena a toda costa. Estaba completamente convencido de la culpabilidad de Veturlidi. Y yo confié en él; creí que así era. Me convencí de que el suicidio confirmaba su culpa, de que mis acciones no habían cambiado nada. Pero, por supuesto, cambiaron algo; tal vez, todo. Redacté un informe falso. Tenía intención de corregirlo en su día y me puse en contacto con Lýdur, con la idea de acercarme a la capital y contar toda la verdad, pero, antes de que eso sucediera, el pobre hombre se había quitado la vida. Así que me callé. Y luego llama usted, después de tanto tiempo, y vuelve a removerlo todo..., y sencillamente no me sentía capaz de callarme más.

—Por amor de Dios, ¿y por qué mintió en un principio? Yo..., la verdad es que me cuesta creerlo, Andrés. ¿Por qué iba a ceder ante Lýdur?

—Fue por razones muy egoístas. No pretendo que me entienda, pero a lo mejor puede intentarlo... —Hizo una pausa—. Por aquel entonces yo estaba endeudado hasta las cejas, debía dinero a uno de esos llamados prestamistas usureros. ¿Se acuerda de ellos? Te mantenían en una especie de situación de secuestro. Luego a ese tipo lo detuvieron y comenzó a cantar, dijo que entre sus prestatarios figuraba yo, un poli de Ísafjördur. De algún modo aquello llegó a los oídos de Lýdur, quien me amenazó con que mi nombre saldría a la palestra en aquel caso. Eso no lo podía tolerar... Pensé en el buen nombre de la familia; en mi mujer, mis hijos... Debe entenderme.

Cerró los ojos un momento; luego los abrió y contempló el cielo en lugar de cruzar la mirada con la de Hulda.

—Le fallé, a la chica. También a su padre, Veturlidi. Les fallé a todos, al fin y al cabo.

—Hasta cierto punto, puedo comprender por qué actuó usted como lo hizo —respondió Hulda—. Yo también tuve una familia y puedo ponerme en su lugar.

—Pero Lýdur no se detuvo allí. Dio a entender que se ocuparía de que mi nombre desapareciera por completo de aquel caso, y la deuda también. No sé cómo lo hizo, pero a raíz de aquello nunca más tuve noticias de aquel maldito usurero. Por supuesto, sé que lo que hice es imperdonable.

—¿Puede darme una declaración firmada sobre aquello, Andrés? Hay más gente, además de usted, que tiene que asumir responsabilidad si los hechos en efecto son como los describe.

—Sí, lo estoy deseando. Puedo llevarla en mi coche a Reikiavik directamente, si usted quiere. Tardaremos unas horas, pero, de todos modos, es más rápido para usted que volver a Ísafjördur y esperar allí al próximo vuelo. Tengo ganas de acompañarla y prestar declaración. Ya es hora...

—Pero ¿qué pasa con...? —Hulda vaciló antes de acabar la pregunta, que, sin embargo, le pareció urgente formular—, ¿qué pasa con su familia ahora? ¿Cómo se lo van a tomar?

Andrés volvió a mirarla a los ojos.

—Mi mujer me dejó hace ya algunos años. Creo que al final no era fácil convivir conmigo. Aquel suceso..., aquel caso lo cambió todo, ya le digo.

—¿Y sus hijos?

—Mis hijos... Bueno, ahora son diez años más mayores. Son adultos ya. Confío en que puedan comprenderme. Será peor para mis nietos, claro. Pero tengo que hacer esto, tengo que poder vivir en paz conmigo mismo.

A Hulda le pareció que de repente Andrés había envejecido muchos años. Se encontraba ya delante de un anciano y, durante un instante, su pensamiento voló al futuro, dando un salto adelante en el tiempo, de veinte, veinticinco años. Para entonces, ¿seguiría sola? ¿Atormentada por el remordimiento y la nostalgia? ¿Estaría como este pobre hombre? ¿Alguna vez ella misma confesaría sus pecados a alguien?

43

Hulda y Andrés llegaron a Reikiavik por la tarde. Después de su confesión en la casa de campo, Andrés se había sumido de nuevo en un sombrío silencio, lo que había convertido el lento viaje hacia el sur en una prueba aún mayor. Ella tuvo el cuidado de no llevarlo al centro operativo del Departamento de Investigaciones Criminales para evitar que se topara con Lýdur. A continuación llamó al superior más inmediato de Lýdur, quien estuvo presente durante la toma de declaración, en la que Andrés repitió su relato sin omitir nada relevante.

Hulda prometió no discutir el tema con Lýdur, ya que debía tratarse por las «vías formales». Sin embargo, no tenía intención de cumplir esa promesa.

Tan pronto como estuvo de vuelta en su lugar de trabajo, llamó a su puerta, consciente de que debía andar con pies de plomo, no contar demasiado, pero quería ver la cara de Lýdur al enterarse del asunto. La acusación era tan seria que sin duda se enfrentaría a una suspensión o despido inmediatos, y puede que también a cargos penales, lo que abría bastantes posibilidades a Hulda: el puesto que soñaba podía quedar vacante. Sintió un remordimiento de conciencia por su propia crueldad, pero solo fue un instante.

Y, si lograba encontrar al asesino de Klara, su situación se volvería todavía más fuerte.

—¿Tienes un minuto, Lýdur? Solo unas palabras.

Tenía cara de mal humor.

—Sí, pero date prisa. Llevo de cabeza todo el día por ese viaje tuyo. He hablado con Alexandra y no ha salido nada útil de ello. Creo que tenemos al hombre correcto detenido, a decir verdad. Benedikt fue el último que vio a Klara con vida, que sepamos. Mintió en relación con el caso antiguo y...

—Lýdur —interrumpió Hulda, sentándose enfrente de él. Había cerrado la puerta a su espalda—. Esta conversación debe quedar entre tú y yo. Solo quería advertirte... —Intentó refrenar la fría sonrisa que asomaba bajo la superficie.

—¿Advertirme? ¿De qué coño hablas?

—Tiene que ver con Andrés. Te imputa graves delitos.

Lýdur se puso pálido.

—¿Graves... g-graves delitos? —tartamudeó. Se levantó del escritorio y comenzó a pasear de un lado a otro por el despacho—. ¿Qué quieres decir?

Hulda se permitió disfrutar el momento, prolongándolo un poco. Su instinto había acertado de lleno con ese hombre desde el principio: su historial era demasiado bueno para ser cierto. Pensó en todos los años en que lo había visto ganar sin esfuerzo los puestos que deberían haber sido para ella. No habría sido humana si no hubiera sentido cierta satisfacción al verlo retorcerse.

—Es sobre la investigación de la muerte de Katla.

—¿Ah, sí? La investigación, la investigación, sí... —Fue como si se sintiera aliviado, aunque a duras penas podía ser verdad. Tal vez era solo la reacción de un hombre nervioso.

—Él sostiene que lo presionaste para que prestara falso testimonio.

Lýdur no dijo esta boca es mía.

—Para incrementar las probabilidades de condena. ¿Es eso cierto, Lýdur?

—Por supuesto que no —contestó, pero la negación no sonaba convincente. Agregó, airado—: No se puede tomar en serio nada de lo que diga ese vejestorio. Por entonces andaba metido en un lío de mil demonios, entre las garras de un prestamista usurero. ¿Eso es todo?

—¿Todo?

—¿Es todo lo que ha dicho?

«¿No te parece suficiente?», pensó Hulda.

—Sí, eso es todo.

Y dicho esto, salió del despacho de Lýdur sin decir palabra.

44

Por la tarde-noche, Lýdur ya había sido suspendido temporalmente. Se anunció el inicio de una investigación a partir de las acusaciones de Andrés y a Hulda le fue asignado más personal para trabajar en el caso de Klara, además de que solicitaron que tuviese a su disposición todo aquello que pudiera guardar relación con la muerte de Katla diez años antes.

La carga de trabajo era enorme y Hulda notaba que el cansancio comenzaba a hacer mella. Antaño, en situaciones como esta, se habría refugiado en casa, junto a Jón y Dimma, ausentándose un momento para recuperar fuerzas y ver a la familia. Ahora no había ningún consuelo en la casa desierta. En lugar de eso, intentaba superar la fatiga esforzándose todavía más.

Benedikt seguiría bajo arresto por ahora. Había admitido que estuvo en la casa de verano con

Katla. Estuvo en la isla y se lo había visto en compañía de Klara. ¿Habría averiguado la verdad? ¿Y él se habría visto obligado a silenciarla? Desde luego, era la explicación menos mala en este momento. Y eso significaría que, en su día, habían arrestado a un inocente, que Veturlidi se habría suicidado a causa de un error policial, o de una negligencia, mejor dicho.

Hulda buscó la guía telefónica: iba a llamar a los padres de Klara e informarlos de la evolución del caso; de que Benedikt había sido arrestado. Sin embargo, desistió en el último segundo, y en su lugar decidió pasar por su casa. La última visita había tenido un final bastante abrupto; quizá esta vez podría sacarles algo más.

Agnes, la madre de Klara, abrió la puerta y la invitó a sentarse en el salón. Al marido no se lo veía por ningún lado, y fue un alivio para Hulda: tal vez resultaría más fácil tratarla a solas. La vez anterior, con los dos juntos, apenas habían soltado prenda.

—Siento molestarlos de nuevo —dijo Hulda, una vez sentada—. Solo quería tenerlos informados acerca de la investigación.

—No tiene por qué disculparse. Por supuesto, haremos todo lo necesario para colaborar. Por desgracia, mi marido no está en casa ahora mismo; ha tenido que salir. Espero que eso no le suponga ningún inconveniente, pero, si prefiere reunirse con los dos, puedo avisarla a usted cuando vuelva...

—No, así está bien.

—Voy a hacer café. Fue muy maleducado por nuestra parte no ofrecerle nada en su última visita —dijo en tono de disculpa, y ya había salido del salón antes de que Hulda tuviera tiempo de rehusar la oferta.

Cuando la bebida llegó, resultó bastante aguada e insípida, pero la inspectora tragó.

—No la entretendré más de lo necesario.

La madre de Klara se mostraba más relajada que en la anterior ocasión.

—Tengo tiempo. Quiero ayudar, como he dicho. ¿Qué puedo hacer por usted?

Quedaba claro por su actitud que seguía bastante desequilibrada, aunque lograba salvar las apariencias mejor que antes. Estaba pulcramente vestida y bien arreglada; quizá preparada para las visitas y pésames de amigos y allegados.

—Estamos intentando aclarar qué pasó —continuó Hulda—. Hemos tenido una larga conversación con su amigo Dagur...

—Sí, el hermano de Katla.

Hulda asintió con la cabeza.

—Siempre ha sido un muchacho muy bueno. No lo creo capaz de nada malo —dijo la madre de Klara tras un breve silencio—. ¿No creerá que él...?

—No, lo hemos soltado tras..., bueno..., tras interrogarlo. Ahora tenemos a Benedikt detenido.

—¿Benedikt? ¿De verdad? Él es imprevisible. Sí, no me caía demasiado bien en su día.

—¿Ah, no?

—No, nunca me aclaraba con él cuando salía con Klara.

—¿Con Klara? ¿Qué quiere decir? ¿Eran pareja?

—¿No lo sabía?

Nadie le había mencionado este detalle. Continuamente parecía que se añadían más y más piezas al puzle, aunque le quedaba todavía por dilucidar cómo encajaban todas.

—¿Cuándo fue eso?

—Hace mucho. Diez años.

—¿Diez años? ¿Exactamente diez años?

La mujer reflexionó.

—Fue poco antes de morir su amiga: Katla, la que he mencionado antes. La que murió a manos de su padre en los Fiordos del Oeste.

—¿Poco antes de morir su amiga, dice? Precisamente he estado revisando ese caso en relación con el fallecimiento de su hija.

—No me diga. ¿Por qué? —Se inclinó, con una expresión de inmensa curiosidad.

—Bueno... —Hulda se lo pensó—. No se puede descartar que haya relación entre ambas cosas, ¿entiende? Dos muertes misteriosas en el mismo grupo de amigos.

—Lo veo muy poco probable, la verdad. El padre de Katla se quitó la vida, así que ese caso está cerrado.

Hulda hizo un gesto de asentimiento, pero sin decir nada sobre este último comentario.

—Desde luego me fío de ustedes, que son los profesionales. Solo he querido reiterar que mi marido y yo haremos todo lo que podamos para ayudar. ¡No se puede ni imaginar lo importante que es para nosotros! —Estaba ya conmovida—. Tenemos que saber qué pasó.

—Haré todo lo que esté en mi mano, se lo prometo —contestó Hulda, dejando que el silencio se impusiera un rato para darle a la madre de Klara la oportunidad de recuperarse un poco—. ¿Estaban saliendo su hija y Benedikt cuando Katla murió?

—No, de hecho acababan de romper solo unos días antes. Lo recuerdo tan bien por la muerte; pone todas las fechas en contexto. No es que aquello tenga algún nexo entre sí, en absoluto.

—Claro.

Hulda retrasó un poco la próxima pregunta; debía decidir qué dirección tomar. Se bebió un sorbo del café aguado y aspiró el silencio de la casa, prestando por primera vez la debida atención al salón: las paredes estaban cubiertas de antiguos óleos paisajísticos de motivos conocidos, de artistas que sin duda debería reconocer, pero que en ese momento no supo situar. El mobiliario consistía en muebles tallados de clase alta, como Hulda optó por llamarlos. Más o menos al estilo de los que Jón y ella, sin duda, habrían adquirido para la casa de Álftanes al pasar el tiempo. Entonces recordó lo que la madre de Klara había dicho en la anterior ocasión.

—Ellas dos eran muy buenas amigas, ¿verdad? —preguntó.

—Las mejores, sí —contestó Agnes.

Saltaba a la vista que no tenía la más remota idea de que Katla había estado embarcada en una romántica excursión al campo con Benedikt, el novio de su mejor amiga o, más bien, de su antigua mejor amiga. ¿Cuántos días habrían pasado entre que Klara y Benedikt rompieron y él empezó su relación con Katla? ¿Se habría enterado Klara de esto último? Y si fue así, ¿cuándo lo supo?

—Me mencionó el otro día que todo cambió al morir Katla... —dijo Hulda, dejando que las palabras se desvanecieran poco a poco. Más que una pregunta era una afirmación. Y ahora aguardaba la reacción.

—Sí... —contestó Agnes, aunque con reticencia.

—Obviamente, fue un golpe perder a su mejor amiga —continuó Hulda.

—Exacto —contestó la otra, vacilante.

—Pero no solo eso...

—Tiene razón, fue más que eso.

Hulda esperó.

—Eran como hermanas. Casi como gemelas, si se puede decir así; lo hacían todo juntas, como pegadas con cola. Y, sin embargo, eran muy distintas. Klara era cálida, pero no tan popular como

Katla. Katla los tenía a todos comiendo de su mano, aunque podía mostrarse fría; nunca sabías del todo dónde la tenías. Eran inseparables, ¿entiende? Klara y Katla, Katla y Klara... —Agnes canturreaba sus nombres casi como si estuviera en trance; su voz se fue apagando.

—¿Qué pasó?

—Fue de lo más extraño, y... Sé que mi marido seguramente no querría que hable de ello. Pero confío en usted.

Hulda asintió.

—Puedo fiarme de usted, ¿no?

—Por supuesto.

—Si ha sido... Si nuestra hija ha sido asesinada... —Hablaba bajo, con un leve temblor en la voz—. Tiene usted que averiguar quién lo ha hecho. Y por eso voy a ser franca con usted.

Hulda aguardó.

—La muerte de Katla impactó mucho a Klara, más de lo debido, en realidad. Literalmente se quedó trastornada, vencida, hecha trizas. Pero lo peor fue que empezó a ver a Katla por todos lados. No podía dormir por las noches. Se despertaba bañada en sudor, diciendo que Katla había venido a hablar con ella. Gritaba en sueños. Y aquello fue a peor...

—¿En qué sentido?

—Casi se... se convierte en Katla. Es difícil de explicar, lo sé, pero a veces nos hablaba como si Katla estuviera presente, como si siguiera entre nosotros. Todavía recuerdo el primer episodio que llegó a nuestros oídos. —Se tomó una pausa, inspirando profundamente; el relato le costaba—. Algunas veces hacía de canguro para gentes del barrio, en concreto unos vecinos de Katla; un matrimonio de lo más simpático, que tenía una niña pequeña. Vivían en el adosado contiguo al de la familia de Katla. Y quizá vivan allí todavía. Una vez, poco después de que muriera Katla, hizo de canguro para ellos, como de costumbre. Al volver a casa todo era como si nada hubiese ocurrido, pero, luego, a la mañana siguiente, el padre de la niña me llamó y me dijo que a la cría le había entrado mucho miedo, porque..., porque Klara había fingido «ser Katla» de vez en cuando durante la noche. La chiquilla solo tenía seis o siete años, creo recordar, y yo me llevé un buen susto. Hablé con mi hija, pero ella no quiso decir nada, solo se refugió más adentro de su caparazón. —Se calló un momento—. Saltaba a la vista que aquello era grave, enfermizo. Consultamos con médicos, y ellos apuntaban al trauma, diciendo que la cosa mejoraría.

—¿Y mejoró?

—Tomó diferentes formas, dejó de ser tan evidente, pero Klara tuvo a Katla en el cerebro hasta su fallecimiento. Solía dormir mal, no aguantaba en ningún trabajo y vivía con nosotros. De puertas afuera era una chica normal. Había que pasar algún tiempo con ella para darse cuenta de que algo no andaba como debía. Creo sinceramente que nunca iba a poder arreglárselas por sí sola. —Agnes soltó unas lagrimitas, carraspeó y continuó—: Por supuesto, siempre habríamos cuidado de ella, teniéndola en casa... Yo nunca perdí la esperanza de que algún día superase aquel trauma.

—¿Por qué cree que aquello le afectó tanto? —preguntó Hulda, observando de cerca la reacción de la madre.

—No me lo puedo imaginar, la verdad —contestó y la respuesta parecía sincera—. Eran buenas amigas, como hermanas; esa es la única explicación. —Había una inocente candidez en sus ojos, pero también una oscuridad insondable.

—Siento mucho oír eso —dijo la inspectora—. No tenía ni idea de que estuviera en esa situación. ¿Sabe qué sentimientos tenía en cuanto a la excursión a Ellidaey?

—Le hacía ilusión. Tenía sus días buenos, ya sabe. La mayoría de los días eran buenos, de hecho. Lo complicado eran las noches, y aguantaba mal cualquier situación de estrés. Por eso casi todos se cansaban de ella en el trabajo, y al final, ella se hartó de solicitar empleo.

—¿Últimamente mencionó algo sobre la muerte de Katla? ¿En relación con la escapada de fin de semana, por ejemplo?

Hubo un silencio. Luego la madre habló:

—Bueno, ahora que lo dice... Algo hablaba de que sería bueno volver a ver a la pandilla y tener ocasión de revivir el pasado. Rendir cuentas... ¿Cómo lo dijo?... Viejos secretos, algo por el estilo. Sí, que todo aquello podía aliviar sus conciencias. La verdad, sí, algo acerca de la verdad... Que se había ocultado demasiado tiempo. No comprendí nada de lo que me dijo, si entiende a qué me refiero...

—¿Y se sentía preparada para hacer la excursión? —preguntó Hulda para luego añadir—: ¿Y usted se fiaba de ella? ¿Era capaz de viajar así por sí sola?

—Obviamente, no estaba sola —contestó Agnes, algo brusca—. Estaba con sus amigos. Sus mejores amigos. Son todos unos buenos muchachos. No es justo que paguen el pato porque Veturlidi cometiera un asesinato en su día. —Se levantó—. Creo que ya basta, creo que he hablado demasiado. Tiene que entender que no podíamos de ninguna manera saber lo que sucedería en Ellidaey. Lo tiene que entender...

Hulda se levantó y aguardó un momento antes de contestar, escogiendo las palabras con esmero.

—Nadie está insinuando eso, desde luego que no. Lo único que queremos ahora es llegar al fondo de lo que ocurrió el fin de semana pasado, y coger al que..., bueno, al que la empujó, si es que nuestras sospechas demuestran ser ciertas.

La mujer pareció tranquilizarse un poco.

—Gracias. Pero, aun así, debe irse. Tengo que descansar. Y no quiero que... —Hizo una breve pausa—. No quiero que mi marido la vea; él no quiere que hable de esto. No quiere que se sepa, ¿entiende?, no quiere que se sepa cómo estaba Klara. Cómo había cambiado. Creo que incluso le da vergüenza. No, no debería decir eso... No me malinterprete, está claro que no se avergüenza de ella, pero... Era muy duro. Era muy duro para él..., para nosotros, ¿entiende?

—Agradezco su sinceridad —contestó Hulda—. Le prometo que trataré lo que me ha contado con discreción.

—Gracias por la visita. Ya conoce el camino hasta la puerta.

45

La perspectiva general se iba aclarando. Hulda notaba que se acercaba a la verdad; por fin los viejos secretos estaban saliendo a la superficie. Y estaba convencida de que el caso se resolvería en breve, incluso esa misma noche o esa madrugada. Sabía que sería su mayor victoria hasta ahora. Las ataduras del silencio estaban a punto de romperse; solo necesitaba excavar un poco más profundo.

Benedikt había estado en la casa de campo con su novia, Katla, el fin de semana de su muerte.

Y Benedikt y Klara habían sido pareja poco tiempo antes.

Y ahora las dos estaban muertas. Asesinadas.

Lýdur dijo que había interrogado a Alexandra y que no había averiguado nada. Hulda no podía, ni mucho menos, confiar en que hubiera llevado esas tareas a cabo con eficacia, además ya había surgido nueva información. Tenía que ver a Alexandra personalmente. Y esta vez no valían medias tintas. Alexandra le había ocultado algo la última vez que se encontraron, de eso estaba segura.

La tía de la chica acudió a la puerta en camisón y no hizo el menor intento por esconder que estaba furiosa.

—¿Sabe qué hora es? —preguntó bruscamente, sin molestarse en saludar.

—Tengo que hablar con Alexandra.

—Ha estado hablando con su colega hoy. Se lo he advertido; voy a llamar a un abogado. Mi cuñado es abogado y tiene un bufete en Hamraborg, aquí en Kópavogur. Voy a llamarlo ahora mismo, sí, lo voy a llamar ahora mismo. Entonces podrá hablar con él, en lugar de acosar a mi sobrina de esta manera. Esto ya pasa de castaño oscuro.

La mujer suspiró.

—Alexandra es adulta. Me imagino que aún se aloja con usted y necesito hablar con ella. ¿Me hace el favor de buscarla? Si no, tendré que arrestarla y tomarle declaración de manera formal. Su cuñado será bienvenido a acompañarnos allí si Alexandra lo solicita.

Esto pareció dejar fuera de juego a la tía.

—Está dormida. ¿Puede volver mañana?

—Tengo que hablar con ella ahora —dijo Hulda en tono firme.

—Bueno, en ese caso... será mejor que vaya a buscarla.

Desapareció y poco después apareció Alexandra, que se frotaba los ojos; saltaba a la vista que acababa de despertarse; descalza, en camiseta de manga corta y pantalón de pijama.

—Hola de nuevo.

—Hola, Alexandra. Espero que te sientas mejor. Tenemos que hablar a solas. ¿Estás dispuesta?

—¿Ahora?

—Sí, ahora.

—Vale, adelante, acompáñeme.

Condujo a Hulda a la misma habitación que la otra vez. La inspectora cerró la puerta tras ellas, convencida de que ahora las dejarían en paz para conversar.

—Hemos detenido a Benedikt, como supongo te habrá contado Lýdur —comenzó Hulda sin preámbulo.

—Sí, y no lo entiendo. Estoy hecha un lío. Benedikt no haría daño ni a una mosca.

—Sospechamos que asesinó a Klara. Se quedaron solos los dos cuando tú y Dagur subisteis a dormir, ¿es correcto?

—Sí, se lo mencioné a..., emm, a Lýdur. Es cierto... —Se calló, pero Hulda tuvo la fuerte sensación de que iba a añadir algo. De que tenía ganas de decir algo más, admitir algo..., confesar algo. El silencio, en cambio, se alargaba, y quedaba claro que la inspectora tendría que presionar más a la chica.

—En realidad, creemos que también asesinó a Katla.

—¿Qué? —Alexandra se mostró muy sobresaltada—. ¿A Katla? ¿En la casa de verano? No..., no puede ser. Fue el padre de Dagur quien lo hizo; aquello quedó probado en su día.

—No necesariamente. ¿Sabías que Benedikt y ella estaban juntos?

—¿Benni y Klara? Sí, claro, pero de eso hace mucho.

—Me refiero a Benedikt y Katla.

—No, se está confundiendo. Benni estuvo con Klara. Aquello acabó después..., después del asesinato.

—No, en realidad aquella relación acabó antes. Benedikt estuvo con Katla en la casa de campo —dijo Hulda, ponderada, observando de cerca la reacción.

—¿En la casa de campo? ¿Cuando..., cuando murió? ¡No, se lo está inventando! No me lo creo. —Alexandra, desde luego, parecía estar diciendo la verdad: la sorpresa se diría auténtica.

—Por eso creemos que ha matado a las dos, Alexandra. A Klara y a Katla.

—¡No, no, eso no es cierto, no puede ser! ¿Ha confesado haberlo hecho?

—No, lo niega rotundamente, claro.

—Veturlidi, el padre de Dagur... Fue él quien mató a Katla. Incluso se suicidó por ello.

—Entonces, ¿quién asesinó a Klara? —preguntó Hulda, clavando los ojos en Alexandra. Ahora mismo estaba convencida de que esa chica sabía la respuesta a esta pregunta.

Pero ella seguía callada como una tumba.

—¿Qué pasó en Ellidaey, Alexandra? ¿Qué es lo que no me estás contando?

Tras un largo silencio, Alexandra habló como si lo hiciera para sí misma más que para Hulda.

—Le pasaba algo a Klara, me pareció.

—¿Ah, sí? —inquirió Hulda, pese a que el comentario no la sorprendía tras la conversación con la madre de Klara.

—Se comportaba de manera extraña en la isla. Se despertó en plena noche, gritando, diciendo que había visto a Katla. Y fue tan convincente que me dio un susto de muerte. Parecía creer, de todo corazón, que se había encontrado con Katla, que había visto su fantasma. Y dijo que reclamaba justicia. Como si creyera que alguien distinto de Veturlidi había asesinado a Katla. No, no como si lo creyera, sino como si lo supiera. ¿Entiende lo que quiero decir? Fue muy extraño. Hasta entonces creo que todos nosotros, en el fondo, dábamos por sentado que Veturlidi era el culpable, por terrible que parezca. Todos menos Dagur, claro. Él desde el principio ha defendido siempre la inocencia de su padre. Pero allí, esa noche, me pareció como si Klara supiera de golpe que Veturlidi era inocente...

—¿Y tú qué crees?

—La verdad es que no estoy segura, ya no...

Pero no puedo creer que Benni lo hiciera; sencillamente no es capaz de algo así. Es un buen chico.

—Pero tú siempre te sentiste más cerca de Dagur, ¿verdad? Estabas enamorada de él, según me han contado.

Alexandra asintió con la cabeza.

—Nunca hice nada al respecto. Pero... sí. Tiene algo y siempre ha habido una conexión entre nosotros, ¿sabe?

Hulda no tuvo apenas que continuar con la conversación. La perspectiva se abría ante sus ojos. Sabía quién había matado a Katla. Solo una persona podía haberlo hecho, todo apuntaba en la misma dirección. Y lo mismo pasaba con el incidente en la isla. Sabía quién había atacado a Klara, empujándola al vacío; incluso podía visualizar la «ira en los ojos» que Benedikt había mencionado.

—¿Te queda algo por contarme, Alexandra?

—Sí, de hecho sí... A estas alturas, tengo que contarle que Benedikt no fue la última persona que vio a Klara con vida.

—¿Quién, entonces? —preguntó Hulda, aunque era una formalidad. Ella ya sabía la respuesta.

46

Hulda iba sola, aun cuando probablemente debería haber hecho que alguien la acompañase, tanto para tener un testigo de una posible confesión, como para tener ventaja en caso de llegar a las manos. Pero, en el fondo, no esperaba que se produjera ninguna confrontación. Incluso si iba al encuentro de un asesino, no le tenía miedo. Sabía que no corría ningún peligro.

Aquí había estado antes, llamando al timbre y a la puerta, sin recibir respuesta. Esta vez, en cambio, él acudió a abrir en cuanto ella pulsó el timbre.

—Hola, la estaba esperando.

Dagur estaba completamente vestido y eso que la medianoche ya había quedado atrás.

—¿Puedo pasar?

—Sí, por favor, pase. Fue aquí donde detuvieron a mi padre en su día —añadió—. El poli, su amigo Lýdur, estaba aquí en el recibidor; lo sacaron a rastras en pijama, en plena noche. Yo estaba ahí de pie en lo alto de la escalera... —Volvió la vista atrás, señalando—. Ahí estaba yo, todavía adolescente, gritando y llorando, suplicándoles que dejaran a mi padre en paz. Por supuesto, la muerte de Katla fue un momento decisivo, todo cambió con ello, pero ese instante, cuando lo arrestaron... Aquel instante fue el principio del fin. A partir de entonces, la familia comenzó a descomponerse. Antes de eso teníamos alguna posibilidad de salir de aquello, de superarlo. Pero entonces se llevaron a mi padre. Luego él murió. Y mi madre no pudo con ello. Me quedé solo... Solo en esta casa grande, y aquí está usted para detenerme a mí, ¿verdad?

—Sí, eso es, Dagur.

—Al menos no estoy en pijama. Y no tengo intención de poner resistencia revolviéndome o gritando. Ahora no hay ningún chiquillo en la escalera, protestando. En realidad, también él murió aquel día. Los vecinos no se van a enterar de esto hasta leerlo en los periódicos; usted ni siquiera ha llegado en un coche patrulla. ¿Lleva ese verde?

Ella asintió con la cabeza.

—La pasma en un Škoda verde, vaya, vaya.

—¿Entramos y hablamos un poco?

—No hace falta. Voy a vender la casa y la verdad es que no me apetece volver a entrar. ¿No puedo ir con usted y punto?

En ese momento, lo que más quería Hulda era

soltarlo, darle otra oportunidad. Le tenía lástima y lo entendía a la perfección. Sabía que algunos crímenes son tan horribles que puede ser justificable alguna clase de venganza. Podía entender por qué había atacado a Klara, empujándola por el acantilado, sin duda en un momento de locura transitoria. Por supuesto estaba fuera de lugar dejarlo escapar, sobre todo porque Alexandra había confirmado que Klara había acudido a él durante la noche, y ellos dos habían bajado juntos. Ella no había logrado pegar ojo, dijo, siempre medio esperando que Dagur se metiera en la cama con ella, en sus propias palabras. Pero él se había dormido sin más, mientras que ella se había quedado desvelada. Y aquella conexión entre los dos era tan fuerte, al menos por su parte, que al principio pensó callar sobre este incidente...

—¿Asesinaste a Klara?

—Yo... no fue mi intención. Creo que no fue mi intención, ¿sabe? Pero es que no pude controlarme. Vino a mí durante la noche. Yo estaba dormido, pero ella quería hablar conmigo, decía que tenía algo importante que contarme; algo que debía salir a la luz. Salimos a pasear, y recorrimos todo el camino hasta aquella cornisa; fue idea suya. He estado dándole vueltas a si, a lo mejor, ella ya tenía decidido saltar al vacío.

Se calló.

—¿Qué era lo que quería contarte? —preguntó Hulda.

—Pues, obviamente, que fue ella quien mató a mi hermana. Supongo que, a estas alturas, usted habrá atado cabos en este sentido.

La inspectora hizo un gesto afirmativo.

—Por lo visto, Katla y Benni habían empezado a salir, sin que nadie lo supiera. Benni había roto con Klara y aquello fue un ajuste de cuentas muy dramático, según ella. Ella sabía la razón; había sumado dos y dos. Sabía que Katla se lo había robado, en esos términos me lo formuló. Y, ni corta ni perezosa, los siguió cuando salieron de Reikiavik (hacía poco que se había comprado un coche), y se dio cuenta de que iban camino de la casa de campo. Las amigas habían estado allí varias veces. Klara me dijo que aquello, por supuesto, había sido un accidente, que solo iba a agitar un poco las aguas a mi hermana, sacarla de quicio. Esperó su oportunidad, aguardando allí toda la noche, durmiendo en su coche, a la espera de pillar a Katla a solas. Mi hermana siempre conseguía lo que quería, ¿entiende? Yo la quería con toda mi alma. Era mi hermana mayor, una persona maravillosa, pero sabía cómo hacer para que la gente comiera de su mano. Y también sabía apartar a la gente, dejándola en la cuneta. Quería tener a Benni y lo obtuvo. Y, en este caso, le dio exactamente igual cómo se sentiría Klara. Así era Katla, una personalidad muy fuerte. De hecho, todos nosotros llevamos diez años viviendo bajo su sombra, en uno u otro sentido.

—¿Y qué pasó en la casa de campo?

—Una pelotera de órdago y amenazas. Acabó en pelea. Klara la golpeó y la empujó. Mi hermana se dio con la cabeza contra el pico de una mesa y..., bueno, murió desangrada. Muy rápido, tengo entendido. Klara, sencillamente, se vio superada por las circunstancias. Como es lógico, no había teléfono en la casa y no había manera de llamar a una ambulancia. Y Klara me aseguró que no había forma de salvarla. De eso, la verdad es que no sé nada... Pero tiene que entender que perdí los estribos por completo. Esa hija de puta me arruinó la vida, hizo trizas mi familia. Fue responsable de la muerte de mi hermana y la de mi padre, así como de la condición de mi madre. Y ahora es responsable de que yo esté camino de la cárcel. Es el colmo.

—Lo mejor es que salgamos ahora, Dagur.

Él asintió con la cabeza, antes de añadir:

—Y luego está Benni; el cabrón de Benni. También tiene su responsabilidad. Habría podido salvar a mi padre si hubiese tenido las agallas de entregarse, de mancharse un poco esa camisa de trabajador de cuello blanco, el maldito perfecto Benni. Todo tiene que ser perfecto para él y sus padres. Por supuesto, no le entraba en la cabeza verse envuelto en una investigación criminal... ¿Sabe?, estábamos a punto de liarnos a hostias cuando usted acudió a su casa. Él lo negó todo, aunque, después de hablar con Klara, sabía que él había estado en la casa de campo con Katla... Pero, obviamente, no le pude mencionar esa conversación a él.

—Es hora de irse.

Dagur cerró tras de sí la puerta de su hogar de infancia, quizá por última vez.

Se subió al Škoda sin oponer la menor resistencia. A pesar de lo lamentable que le parecía a Hulda tener que detener a este joven, sabía que ahora había logrado la gran victoria que necesitaba. Y esta era una buena sensación.

EPÍLOGO

I
ROBERT

Savannah, Estados Unidos, 1997

La esposa de Robert había salido a una cita con sus amigas. Él estaba sentado fuera al crepúsculo en Savannah, con una botella de cerveza fría a su lado. A la señora, que era abstemia, no la entusiasmaba demasiado que bebiera, pero hacía la vista gorda de vez en cuando. Es que él tenía un certificado de su médico de que gozaba de bastante buena salud, y eso le proporcionaba crédito ante la mujer. Lo que más le gustaba era tomarse una cerveza al raso tarde por la noche tras un caluroso día de verano.

A Robert el pensamiento se le fue a su paso por Islandia. La visita del día anterior lo había alterado más de la cuenta. No había pensado en aquel frío país desde hacía muchísimo tiempo. Para él, aquella estancia y aquella guerra estaban envueltas en una especie de neblina. Desde luego, se acordaba bien de aquel tiempo, pero el velo era consecuencia de lo irreal que aquella época había sido. Prácticamente, como si le hubiera pasado a algún otro.

Y Anna. Sí, Anna, ciertamente se acordaba bien de ella, a pesar de lo corta que había sido su relación. No tenía costumbre de engañar a su amada esposa, en absoluto, y Anna fue en realidad la única mancha en ese expediente. Tenía algo que lo hizo ceder a la tentación. Luego ella desapareció y durante cierto tiempo la echó de menos, pero en su fuero interno sabía que esa era la mejor solución para todos. Por algún motivo, sin embargo, había preservado una fotografía de ella, casi una foto de carnet que Anna le trajo a su último encuentro amoroso. Sabía con exactitud dónde estaba guardada. Ahora la había sacado y puesto en la mesa al lado de la cerveza, de modo que la lucecilla de la linterna del porche iluminaba ambas cosas.

La foto, como es lógico, se había vuelto amarillenta y mate con el tiempo, pero el solo hecho de mirarla transportó al instante a Robert medio siglo atrás, a la Reikiavik del año 1947, una aldea en vías de convertirse en ciudad. Él, de algún modo, había sido representante de los nuevos tiempos, le pareció; algunos de los habitantes admiraban a los soldados, otros no los recibían tan bien. Las chicas eran muy guapas, y a Anna nunca pudo olvidarla.

En realidad, era increíble lo bien que se acordaba de ella, dado lo corto del idilio. Por descontado, era una relación sin futuro, y desde el primer instante le había martirizado la conciencia día y noche, pero aun así había algo agradable en la memoria de aquel breve amorío. Él había estado, y seguía estando, enamorado de su mujer y con los años el remordimiento se había difuminado, así que aquello ya solo era un recuerdo lejano de algo inesperado, inescrutable y fascinante. Nunca se lo contaría a su esposa. Ese secreto se lo llevaría consigo a la tumba: no podía bajo ninguna circunstancia reconocer a una hija islandesa.

Había sospechado por dónde iban los tiros desde el mismo momento en que ella anunció su visita, a pesar de que no había dicho nada al principio. A lo mejor, de un modo inexplicable, había sabido desde siempre que aquella relación había tenido su fruto. Por otro lado, Anna nunca lo había buscado, y eso tenía que significar que no habría previsto que él participara en la crianza. De alguna manera, él también quería respetar ese deseo suyo.

Por eso mintió a Hulda.

Pero ante todo pensaba en proteger sus propios intereses, en ese matrimonio perfecto que había tenido durante más de medio siglo. No tenía sentido echarlo todo por la borda ahora para convertirse en padre de una mujer de mediana edad. Ella no necesitaba un padre en absoluto, ya no, y él tampoco una hija. Ya no. No le había mentido al decirle que su mujer y él no habían podido tener hijos, aunque la causa de ello probablemente radicaba en su mujer, y no en él; y la existencia de Hulda, desde luego lo confirmaba. No dudaba que ella hubiera dicho la verdad. Durante una fugaz velada, había compartido mesa con su propia hija. Y sabía que jamás iba a repetirse.

No sintió ninguna añoranza especial tras el adiós de Hulda. Resultaba difícil echar de menos a un desconocido. Y en realidad, ni siquiera había conocido bien a su madre, a fin de cuentas. Su vínculo con Hulda se reducía a la mera biología. La había observado con atención, intentando discernir si debía sacrificar todo para que ellos, padre e hija, pudieran llegar a conocerse mejor. Pero el anhelo no existía; los lazos no eran lo bastante fuertes, así que tomó esa decisión por los dos, por muy injusto que eso pudiera ser. La decisión de que el secreto quedase enterrado para siempre. Sabía que ella nunca regresaría.

Pero cuando bajó la mirada hacia la vieja foto, no pudo evitar sentir una ligera punzada en el corazón al pensar en que Hulda probablemente nunca llegaría a saber que había conocido a su padre.

De todos modos, había hecho algo por ella: le había enviado una antigua fotografía suya vestido de uniforme, de los años de la guerra. Su aspecto había cambiado bastante desde entonces, el esplendor juvenil hacía tiempo que había desaparecido, así que creyó seguro mandarle la foto. Le dijo en una carta que era una fotografía de su padre, y no mentía, aunque ella seguramente nunca se daría cuenta de quién era en realidad.

II
LÝDUR

Reikiavik, 1997

Lýdur nunca había dudado de la culpabilidad de Veturlidi, no hasta ahora, claro. En su día, en plena investigación, había procedido con dureza, en la firme convicción de que ese hombre era más culpable que el demonio. Un pederasta y un asesino.

Lýdur no pensaba que pudiera estar equivocado; además, todo indicaba que el hombre había matado a su propia hija. Aun cuando Veturlidi nunca quiso confesar, Lýdur jamás tuvo problemas para rellenar los huecos. Lo más probable: alguna forma de abuso, violencia prolongada de cualquier índole, que habría alcanzado su cénit aquel fin de semana en la casa de veraneo. Era la casa de campo de Veturlidi, su santuario. Nadie había reconocido haber estado con Katla allí, y a duras penas se habría ido sola a los Fiordos del Oeste para alojarse en una casita en algún maldito valle abandonado. No, todo eso estaba más claro que el agua, le pareció.

La teoría en la que Lýdur se había basado era la siguiente: padre e hija habían ido allí juntos, y a él le dio por tratar de abusar de ella una vez más. En esa ocasión, sin embargo, la muchacha se defendió con ganas, revolviéndose, y se produjo una pelea que acabó con ella muerta. Homicidio involuntario o asesinato premeditado, lo mismo daba; juzgar si una cosa u otra les correspondía a otros.

Ahora sabía que había errado el tiro por completo. A Katla la había matado su amiga Klara, que jamás estuvo bajo sospecha.

Pero Lýdur había estado tan convencido, pese a faltarle una confesión, o pruebas más consistentes... El jersey sí que valía su peso en oro, pero tal vez no bastaba para una condena. Y lo peor era que este, sencillamente, estaba ahí tirado en el suelo cerca del cuerpo. Para lograr resultados mucho más incriminatorios, convendría que la chica lo tuviese agarrado con fuerza, quizá con la idea de señalar a su padre. Había sido de lo más sencillo convencer a ese viejo, ese poli de los Fiordos del Oeste, a Andrés, de que mintiese. Demasiado fácil, claro está, porque más tarde ocurrió que tuvo remordimientos; típico de los eternos perdedores en la vida. Poco después se puso en contacto con Lýdur, en plena investigación del asesinato hacía diez años, lamentándolo todo y diciendo que dudaba que Veturlidi fuera culpable, sobre todo porque no se había producido ninguna confesión. Para colmo dijo que tenía que sincerarse, que era la única manera de darle al acusado una oportunidad justa para defenderse. Andrés admitió que eso para él sería catastrófico, que sin duda perdería su empleo, además de temer que el asunto de las deudas y el prestamista usurero llegase a ser de conocimiento público. También dijo que sería difícil que Lýdur quedase al margen, dado que necesariamente saldría por qué Andrés se había dejado convencer de que mintiese y quién se lo había pedido. Lýdur intentó disuadirlo, pero con pocos resultados. Era como hablar con una pared. Andrés estaba en Ísafjördur, pero decía que en los próximos dos días iba a viajar a Reikiavik e ir a las autoridades policiales y enmendar su error. Lýdur se encontraba en un terrible aprieto.

Tenía dos días, incluso menos, para solucionar las cosas. La única manera era conseguir que Veturlidi confesara, pero no era tarea fácil. El infeliz estaba totalmente deshecho; parecía que había perdido las ganas de vivir y las fuerzas de luchar, previendo su condena a prisión y el vilipendio de la familia, según dijo. E hicieran lo que hicieran no hubo manera de que confesara. No quiso «confesar un crimen que nunca cometería», en sus propias palabras. Puto cabezota.

Lýdur tardó una noche, y apenas eso, en dar con la solución.

Se despertó de madrugada con esa genial idea en la cabeza.

Salió de casa a hurtadillas sin despertar a la mujer y los niños. Estaban acostumbrados a su trabajo por turnos y sus movimientos nocturnos relacionados con su empleo, así que, incluso en el caso de despertarse, no se habrían sorprendido al ver que no estaba.

A renglón seguido, se fue a la prisión de preventivos. Sus visitas allí eran habituales y tenía libre acceso. No reveló con qué detenido iba a hablar. Consiguió llegar a la celda de Veturlidi con facilidad y pasarle de tapadillo el cinturón.

Tal vez, Lýdur no lo tenía pensado hasta sus últimas consecuencias. De todas maneras, había estado completamente convencido de su culpabilidad. Su intuición nunca le había fallado y estimó que la reacción de Veturlidi, la depresión y el silencio, confirmaba aún más sus sospechas. Además, no había otra teoría posible; lo cierto es que no. No en aquel momento.

El cinturón fue en realidad una prueba.

Una prueba a vida o muerte.

Si Veturlidi fallaba el test, entonces sus actos equivaldrían a una confesión de asesinato. Sería la solución más sencilla para todos los aspectos del caso. El asesino habría confesado, indirectamente, y la investigación se cerraría con una victoria definitiva. Y encima: el vejete ese de Ísafjördur no tendría ningún motivo para poner todo patas arriba, comprometiendo la carrera de Lýdur, solo para apaciguar su propia conciencia. Andrés se daría cuenta enseguida de que los motivos de Lýdur estaban bien fundados y que nada se ganaría con hurgar más en el caso.

A la mañana siguiente no le sorprendió lo más mínimo la noticia de que Veturlidi se había ahorcado en su celda. Eso solo venía a demostrar que él estaba en lo cierto.

En absoluto se sentía responsable de la muerte, ni en aquel entonces, ni nunca, pero tuvo el cuidado de ocultar que él había echado una mano en el asunto, por así decirlo. Por supuesto, se investigó cómo el prisionero había conseguido el cinturón, pero esa investigación fue breve e infructuosa.

Y ahora el maldito Andrés había vuelto a salir a la palestra con el cuento que había amenazado con contar diez años atrás. Lýdur seguramente perdería su trabajo; de hecho, ya estaba suspendido de empleo y sueldo. Era un tremendo golpe, claro está, pero cuando Hulda lo vino a ver, temió durante un momento que se hubiese descubierto que fue él quien pasó el cinturón a Veturlidi; que hubiera salido a la luz que lo había ayudado a suicidarse... Eso habría sido infinitamente peor...

Pero, a estas alturas, seguramente nunca se descubriría.

III
HULDA

Reikiavik, 1997

Hulda se encontraba junto a la tumba de su madre.

El sepulcro aún tenía buen aspecto, pero tendría que aplicarse más en visitarlo al entrar el otoño. Su madre no tenía a nadie aparte de ella.

Aunque la relación entre las dos había sido tensa, Hulda debía reconocer que la echaba de menos. Ella misma se sentía muy sola, y, sin embargo, todavía no estaba dispuesta a empezar una nueva relación.

Todos sus allegados habían fallecido: Jón, Dimma, su madre, e incluso su padre en Estados Unidos.

Todavía era relativamente joven —al menos aún no era vieja—, con buena salud y ambiciosa.

Le quedaban muchas cosas por hacer, a pesar de todo. Tenía por delante quince años en la policía, tiempo suficiente para hacerse valer, y luego seguirían los años de jubilación. Para entonces tendría sesenta y cinco años, aún sería joven. A lo mejor entonces sería el momento para enganchar a un buen hombre, empezar una nueva vida, incluso intentar salir de esa maldita casa trasera y mudarse a un sitio donde la naturaleza estuviera más a mano. Sí, por supuesto, quedaban muchas cosas en el horizonte; tenía que mirar hacia delante con optimismo e ilusión.

Y, sin embargo, pensar en la muerte la aterraba.

Algún día descansaría en una fría sepultura. Obviamente, cuando llegara ese momento, habría pasado a mejor vida, pero la idea de descansar bajo tierra resultaba superior a sus fuerzas.

Presa de una repentina sensación de ahogo, se dio la vuelta y se alejó de la tumba de su madre mientras llenaba los pulmones de aire.

Libros del autor en Booket

Serie Inspectora Hulda:

Serie Islandia Negra: